KAYLA PERRIN

Tres mujeres y un destino

Editado por HARLEQUIN IBÉRICA, S.A.
Núñez de Balboa, 56
28001 Madrid

© 2006 Kayla Perrin. Todos los derechos reservados.
TRES MUJERES Y UN DESTINO, N° 5 - 7.3.13
Título original: Getting Even
Publicada originalmente por Harlequin Enterprises, Ltd.
Este título fue publicado originalmente en español en 2008

Todos los derechos están reservados incluidos los de reproducción, total o parcial. Esta edición ha sido publicada con permiso de Harlequin Enterprises II BV.
Todos los personajes de este libro son ficticios. Cualquier parecido con alguna persona, viva o muerta, es pura coincidencia.
® Harlequin y logotipo Harlequin son marcas registradas por Harlequin Books S.A.
® y ™ son marcas registradas por Harlequin Enterprises Limited y sus filiales, utilizadas con licencia. Las marcas que lleven ® están registradas en la Oficina Española de Patentes y Marcas y en otros países.

I.S.B.N.: 978-84-687-2427-0
Depósito legal: M-40384-2012

El amor es ciego

Capítulo 1

Claudia

Dicen que se puede llegar al corazón de un hombre por el estómago, pero yo creo que eso son tonterías. Ese camino pasa por su libido.

Yo debería saberlo. Ahora mismo me muero de vergüenza, en un restaurante de Atlanta del Norte, junto al hombre de mis sueños, Adam Hart. Trato de parecer despreocupada y sigo bebiéndome el margarita con pajita, mientras Adam mete su mano entre mis piernas. Sus dedos me hacen cosquillas en la piel.

—Adam... —le digo, juguetona, mientras mete los dedos en mis braguitas—. Estoy tratando de mantener una conversación.

—¿Es que no te parezco serio?

Sí que lo parece. Y ese es el problema. Se toma este pequeño juego preliminar demasiado en serio.

—Cariño, sabes lo mucho que te quiero, pero...

—¿Qué? ¿Esto?

Me estremezco al sentir cómo me acaricia, justo ahí...

—Mm —dejo escapar un sutil gemido. De pronto levanto la vista y allí está el camarero.

Tengo las mejillas encendidas. Me pregunto si mi piel color café me delatará. Junto las rodillas, pero eso no detiene a Adam.

—¿Han decidido qué van a tomar? —pregunta el camarero.

No sé si el destello de sus ojos significa algo. Si no es así, debe de pensar que Adam y yo estamos tan enamorados que no soportamos estar lejos el uno del otro. ¿Por qué si no compartiríamos el mismo lado del asiento?

—Eh... —empiezo a decir antes de darme cuenta de que ni siquiera he mirado el menú—. Creo que necesito unos minutos más.

—Yo ya sé lo que quiero —dice Adam.

Me está mirando a mí y me dan ganas de darle una bofetada. No, eso es una mentira. Tengo ganas de llevarlo al asiento de atrás de su todoterreno. Me encanta que Adam me desee tanto. Es solo que no me gusta que lo haga en público.

—Un filete Nueva York. Poco hecho. Me gusta rojo.

—Yo tomaré lo mismo —digo, esperando no sonrojarme—. Bien hecho.

—¿Arroz y patatas cocidas?

—Arroz —decimos los dos a la vez.

El camarero toma nota.

—Viene con sopa o ensalada...

—Dos ensaladas de la casa para empezar —digo, interrumpiendo al camarero—. Y una ración de pan de ajo. Y también un tercio de Cardona.

—Que sea una botella —dice Adam.

Nuestras ojos se encuentran, sorprendidos. Él tiene la mirada velada y no para de morderse el labio inferior. Un escalofrío de excitación me recorre los hombros. Sé lo que quiere. Quiere que me emborrache. Así sí es mucho más fácil desinhibirse. Me pregunto qué querrá esta vez.

—¿Eso es todo? —dice el camarero.

Ya me había olvidado del camarero. Lo miro a los ojos y sonrío.

—Sí, eso es todo.

Por suerte, el camarero da media vuelta y se aleja. Él no me conoce, pero aun así suspiro aliviada. Me gusta venir aquí porque este lugar está muy lejos del barrio de Buckhead, donde vivimos Adam y yo. Si me pillan haciendo algo escandaloso, por lo menos nadie sabrá quién soy. Y como es lunes por la noche, no está tan lleno como en los fines de semana.

—Y ahora... —Adam sonríe mientras sus dedos exploran mi cuerpo bajo la mesa—. ¿Dónde estábamos?

Yo le aparto la mano, algo molesta ante su insistencia. Tenemos tanto que hablar...

—Adam, en serio. Tenemos que hablar.

Él se queja un poco, pero finalmente termina cediendo.

—Vale —se apoya en el respaldo del asiento—. Hablemos.

Entonces yo sonrío de oreja a oreja. Estoy loca por Adam, pero quizá haya algo que me vuelva aún más loca. Nuestra boda...

Es que ya estoy a punto de cumplir los treinta, y

hubo un tiempo en que me preguntaba si me casaría alguna vez, o moriría siendo una solterona. Seguramente penséis que ninguna mujer que se precie usaría el término «solterona», pero es que no conocéis mi mundo de princesas afroamericanas de la alta sociedad, por no hablar de mi madre, que lleva soñando con el día de mi vida desde antes de que yo naciera. En general, me he criado entre algodones, pero si no me caso, arruinaré mis expectativas.

Pero sí que voy a casarme. Dentro de seis semanas, seré la señora de Adam Hart. Me he pasado un año preparando todos los detalles de una lujosa ceremonia. Por lo que a mí respecta, va a ser la boda más espectacular que jamás haya tenido lugar en Atlanta.

Como veis, no he dicho que «Adam y yo» hayamos preparado la boda. Desafortunadamente, Adam es un hombre y no está interesado en todo lo que conlleva una boda como la nuestra. Él piensa que el gran día será como en un cuento de hadas para la novia, y no puedo decir que esté equivocado.

Pero sí os tengo que decir que planear una boda de cuento no tiene nada de divertido. Lleva mucho trabajo y esfuerzo. Y hay cosas que tengo que saber, teniendo en cuenta que el gran día se acerca.

Saco la agenda del bolso de Gucci.

—Tenemos que ver a Diana este fin de semana para repasar todos los detalles. Le he dicho que nos vemos el sábado a las diez. ¿Te viene bien?

—Claro.

—Ya sé que habíamos elegido los colores, pero no consigo decidirme con los trajes de las damas de honor. Las de Rebecca Morrison van a ir de amarillo pastel, y teniendo en cuenta que nuestras bodas tendrán

lugar con dos semanas de diferencia... —me detengo al sentir los dedos de Adam sobre la muñeca—. ¿Me estás escuchando?
—¿Quieres cambiar los colores?
—Estoy pensando en ello. Sí.
—Adelante.
—Pero ya sé que tú y tus amigos habéis elegido vuestros trajes.

Por no mencionar que los trajes ya están hechos, y que hacerlos de nuevo conllevaría otro gasto.

—Entonces cambiaremos el color de la flor que llevaremos en la solapa —se encoge de hombros con indiferencia, como si quisiera decir que estoy haciendo una montaña de un grano de arena.

Quizá tenga razón, pero este asunto de la boda es estresante. Decidí dejar el tema de los colores hasta ver a la de la agencia de bodas. Pero hay otro asunto urgente.

—¿Recuerdas que en la carta de contestación dimos a elegir entre pato y pargo rojo?
—Ah.
—Bueno, ya han empezado a llamar. La gente se pregunta por qué no se puede elegir ternera. Parece que esperan que esto sea una especie de bufé en el patio de atrás en lugar de una boda por todo lo alto. A mí y a mi madre nos están volviendo locas, pero ahora me pregunto si no deberíamos incluir la ternera como tercera opción —entorno los ojos y gimo.
—¿Y sería muy difícil conseguir ternera?
—No lo sé. Supongo que no mucho.

Diana ha preparado un equipo de chefs de primera para nuestro gran día, venidos directamente del Commander's Palace de Nueva Orleans.

—Pero quizá deberíamos plantarnos. Habrá ocho platos. Nadie se va a morir de hambre.

—Si no es mucho problema... —empieza a decir Adam, cubriendo mis manos con las suyas—. Tendremos el entrante de ternera.

—¿Estás seguro, cariño? ¿Y qué pasa si no es tan fácil?

—Pero queremos que todo el mundo esté contento. Démosles variedad. Costará más, pero eso no nos preocupa.

—No. No, tienes razón —yo me relajo en el asiento. Mi padre no está preocupado por el gasto, así que... ¿Por qué debería estarlo yo?—. Sí que quiero que todos estén contentos.

Tan contentos que sigan hablando del gran evento muchos meses más tarde...

—No sé por qué estás tan estresado. Parece que todo está bajo control.

—Es muy fácil decirlo. Tú no te has ocupado de los preparativos.

Le lanzo una mirada de reproche y él me da un suave beso en los labios.

—Sabes que te quiero por ello.

—Más te vale.

—Te lo prometo. Nuestra luna de miel será la recompensa perfecta por todo lo duro que has trabajado.

En este momento, la luna de miel parece una fantasía remota que nunca pasará.

—¿Cuándo me dirás adónde vamos?

—Cuando lleguemos.

Debería estar emocionada, pero no es así. Creo que la idea de la luna de miel empezará a ilusionarme cuando sepa que todos los problemas de última hora están resueltos.

Adam me suelta la mano para agarrar mi margarita. Le da un sorbo y, mientras lo miro, me doy cuenta de lo atractivo que es. Mide un metro ochenta, lleva el pelo muy corto y tiene una piel de chocolate reluciente. Adam es el tipo de hombre que llama la atención allá donde vaya. Incluso en este restaurante, he visto las miradas indiscretas que le lanzaban las mujeres.

Pero eso no me preocupa. Pueden mirar todo lo que quieran. Adam no va a ninguna parte. No tiene por qué. Yo puedo satisfacer a mi hombre en la cama.

Una tipa muy atractiva le echa una mirada seductora, y yo le pongo la mano en la pierna por debajo de la mesa.

—Mm —responde él.

—Te amo, Adam Hart —susurro.

—Te amo, Claudia Fisher.

—Lo sé —suelto el aire de golpe—. Y es por eso que he tratado de mantenerte al margen de esto.

Adam me mira alarmado y me doy cuenta de que no he elegido las palabras adecuadas.

—No son malas noticias —me apresuro a decir—. De hecho, son las mejores noticias.

—Tienes toda mi atención.

Yo me consumo en mi propia emoción. Lo que estoy a punto de decirle es algo maravilloso. El toque perfecto para que nuestra boda sea memorable... la comidilla de toda Atlanta.

—¿Recuerdas que te dije que tenía una sorpresa para ti?

—Sí.

—No tenía pensado decírtelo hasta la cena de ensayo, pero estoy tan emocionada que no puedo esperar.

—¿Qué pasa, nena?

—No te vas a creer quién va a cantar en nuestra boda. Estoy tan emocionada que me va a dar algo.

Adam se muere de curiosidad.

—Dime.

—¡Babyface! ¿Te lo puedes creer?

Adam me da un beso con lengua que me deja sin aliento, pero no me importa.

—¿Cómo? ¿Cuándo?

—Fue gracias a mi prima.

Morgan Fisher, una de mis primas, trabaja como ejecutiva en Palm Records, en Los Ángeles. Conoce a Babyface personalmente, pero eso no era una garantía de que pudiera cantar en nuestra boda.

—Oh, Dios —Adam sonríe de oreja a oreja—. ¿Babyface?

—El mismo. ¿No es genial?

—Tú sí que eres genial —dice Adam en un susurro.

Yo sé lo que está pensando. Quiere desnudarme aquí mismo.

El camarero vuelve con el vino. Abre la botella, sirve una copa y Adam lo prueba.

—Muy bueno —le dice al camarero.

Tras marcharse el camarero, Adam levanta su copa.

—Por nosotros —dice—. Y por un futuro maravilloso.

—Brindo por eso —digo, y choco la copa contra

la de mi prometido, sabiendo que soy la chica con más suerte del mundo.

Una vez más, Adam desliza una mano entre mis piernas.

—Vamos, nena. Déjame darte placer.

—Adam... —protesto con debilidad.

Él empieza a acariciarme y yo empiezo a calentarme aunque no quiera.

—¿Sabes lo mucho que me gusta que te pongas caliente? —me dice al oído.

Entonces mete un dedo dentro de mí y empieza a menearlo.

—Déjame probarte. Por favor, nena...

Yo gimo suavemente.

—¿Aquí?

—Dios, sí.

Saca la mano de debajo de la mesa y se la acerca a la cara. Aspira la fragancia de mi ser, gimiendo de placer, y entonces se mete el dedo en la boca suavemente. Yo casi tengo un orgasmo.

—Maldita sea, te quiero —dice Adam y vuelve a meter la mano entre mis piernas. Mete dos dedos y me acaricia el clítoris con el pulgar.

—¿Cómo lo haces? —le pregunto—. ¿Cómo logras ponerme tan cachonda?

Sus movimientos se aceleran y yo estoy segura de que la gente se ha dado cuenta. Es imposible que no lo noten.

Oh, maldita sea. Estoy tan cerca...

Cierro las piernas alrededor de su mano y apoyo el rostro sobre su hombro.

—Eso es, cariño. Sabes que te quiero.

Y entonces me corro. Una y otra vez...

Lo muerdo en el hombro. Hago un gran esfuerzo por no gritar. Espero que todos piensen que me estoy riendo.

—Deben de estar celebrando algo.

Levanto la vista y me encuentro con el camarero. Adam me tiene sujeta por la cintura, así que no puedo apartarme. Aún tiene la otra mano dentro de mis braguitas.

—Oh, sí —le respondo temblorosa.

Todavía me da vueltas la cabeza después del orgasmo.

—Nos vamos a casar.

—Ah —dice el camarero y deja el pan de ajo sobre la mesa—. Enhorabuena.

Cuando el camarero se aleja, me atrevo a separarme de Adam. Él me sonríe, victorioso, consciente de haber tenido otra conquista sexual.

Y yo no puedo evitarlo. Le sonrío.

Quiero a este hombre.

Una hora más tarde (yo creo que ha pasado una hora, pero no estoy segura después de varias copas de vino), me agarro del brazo de Adam mientras conduce por la 285, que circunvala toda la ciudad de Atlanta. Parece como si lleváramos siglos dando vueltas, pero puede que me equivoque, sobre todo porque tengo la mente entumecida. Apenas puedo mantener los ojos abiertos. De pronto Adam gira a la derecha y me incorporo de un salto. Está tomando una salida que no lleva a mi casa.

—Oye... —le digo.

Él me acaricia la mano.

—No te preocupes, nena.
—¿Adónde vamos?
Él me mira y esboza una pícara sonrisa.
—Tú tenías una sorpresa para mí. Ahora me toca sorprenderte a ti.

Yo lo miro con ojos escépticos. No se le dan muy bien las sorpresas románticas. Además, ¿con qué me podría perder en medio de la nada? A menos que vaya...

Y entonces caigo... La emoción me hace despertar.

—¡Adam! —grito—. ¡No es verdad! —yo espero que sí.

Miro a mi alrededor con expectación, esperando ver enormes mansiones con jardines y robles centenarios. Yo pensaba que nos quedaríamos en Buckhead, pero quizá él quiera que nos quedemos en Duluth.

Seguimos adelante pero el paisaje industrial no cambia. Estoy un poco confundida. Esta zona no solo es industrial, sino que está en ruinas. No es el barrio donde Adam compraría una casa.

Algo nerviosa, agarro su mano con mucha fuerza.

—Relájate, cariño —me dice—. Verás lo que es cuando lleguemos.

Me quedo perpleja al verlo aparcar delante de un enorme edificio gris de una planta. Parece ser un almacén. No me imagino por qué me ha traído aquí, a menos que quiera enrollarse conmigo en un lugar desierto. No creo que sea el caso, después del apaño que le hice en el aparcamiento. Bueno, por lo menos creo que así fue. No lo recuerdo muy bien. De todos modos, no estoy por la labor.

—Adam, creo que deberías llevarme a casa.
—No te preocupes.
Se dirige hacia la parte de atrás y gira a la izquierda en una esquina. De pronto vemos una fila de coches. Lexus, Jaguar, BMW.
—¿Qué es este lugar? ¿Una especie de club? —le pregunto.
—Sí, es un club.
—Pero yo pensaba que... —me acurruco a su lado—. Pensé que iríamos a tu casa antes de que me llevaras a la mía.
Adam aparca junto a un Ford Explorer.
—Creo que te va a gustar.
Yo arrugo el entrecejo. Adam sale del vehículo. Un momento después, me abre la puerta y me ofrece su mano. No estoy muy convencida, pero él sonríe como un tonto.

Negando con la cabeza, dejo que me ayude a salir del coche. Me lleva hasta una puerta trasera. Este no es el tipo de bar que yo frecuento. Yo estoy acostumbrada a los garitos de moda de Buckhead. Clubes con un piano bar, una banda de jazz en directo... Este es... bueno, un poco siniestro. Esa es la única palabra que se me ocurre.

Al entrar me aferro al brazo de Adam. Este lugar es raro. Ya lo creo que sí. Apenas está iluminado y el recibidor está separado del resto del local. Oigo música suave a través de las paredes. Me siento como si estuviera en los días de la Ley Seca: frecuentando antros de forma furtiva, al abrigo de la noche. Es como si estuviera haciendo algo ilegal.

Hay un cajera con unos pechos enormes dentro de un cubículo. Adam le da dos billetes de cien dólares, pero ella no le da el cambio. Nunca habíamos pagado tanto por entrar en un local. Una vez más, me pregunto qué clase de sorpresa es esta.

El portero nos abre las puertas y un río de luz me deja ciega por un instante. Adam da un paso adelante, yo entro con él... y entonces me paro en seco.

Estoy tan perpleja que no sé qué pensar. Cierro los ojos por si estoy teniendo alucinaciones, pero al abrirlos, sigo viendo lo mismo. Lo que está ocurriendo allí es real.

Todo el mundo está practicando el sexo, de una forma u otra. Justo delante de mí hay una mujer haciéndolo con dos hombres a la vez. A la derecha hay una mujer de rodillas... le está haciendo una felación a un tío. Y un poco más allá, un hombre tiene a una chica contra la pared, y le está dando por detrás con mucha energía.

Dios mío. Esto es enfermizo. Es como si estuviera en una habitación llena de animales copulando.

De pronto siento una ola de pánico. He bebido un poco, pero no lo bastante como para no preguntarme por qué me ha traído aquí. Este lugar no es una discoteca corriente. Ni siquiera creo que sea legal. Y para colmo hay una pista de baile repleta de gente semidesnuda, ajena a todo lo que ocurre a su alrededor.

—Adam...

—Podemos mirar si eso te hace sentirte mejor.

Yo lo miro estupefacta. Esperaba que dijera muchas cosas, excepto eso. Debe de estar tan sorprendido como yo, tan horrorizado como yo.

En cambio, él se queda mirándome con la esperanza en los ojos. Le sudan las manos.

Dios mío, él está muy excitado.

Pero yo no lo estoy.

—¿Sabías cómo era este lugar antes de traerme aquí? —le pregunto, escandalizada.

—Alguien me habló de él, y quería investigar un poco.

A mí me da vueltas la cabeza y no sé qué pensar.

—Genial —le digo—. Lo has visto. ¿Podemos irnos ya?

Adam me atrae hacia él y me pone las manos en el trasero.

—Vamos, Claudia. ¿No te pone caliente?

—¿Caliente?

—Sí —hace una pausa—. Toda esta gente... practicando el sexo salvaje.

—Debe de ser una broma.

—El sexo es una cosa natural, nena. Algo hermoso. ¿Por qué no pueden expresar lo que sienten abiertamente?

Si mi madre pudiera verme ahora, caería muerta en el acto. Y no solo mi madre, yo también. Si alguno de mis conocidos me viera en este lugar, estaría perdida. Además, no me va mucho mirar a otros mientras realizan el acto sexual.

—Quiero irme —le digo.

Él señala a su izquierda.

—Mira a esa mujer —me dice suavemente—. Mira la expresión de su cara mientras ese tío se lo come.

La mujer se está mordiendo el labio y no hace más que girar los ojos.

—Ella se está dejando llevar por la experiencia.

Yo observo a la mujer, la escucho... y entonces trago con dificultad. Algo incómoda, aparto la vista.

—Y seguro que ni siquiera conoce al tío.
Nunca he conocido a gente tan promiscua.
—Adam, honestamente, no me siento bien aquí.

Adam me ignora por completo. Toma mi mano y la pone sobre su pene erecto. Dios mío, está tan dura como una piedra. No sé si debería escandalizarme o aceptar que ponerse cachondo en un sitio así es una cosa natural.

Un hombre y una mujer, tan bien vestidos como nosotros, se acercan a nosotros. Me alarmo un poco al ver que la mujer me mira de arriba abajo. Me pego a Adam, buscando protección. No sé de qué...

—Hola —dice la mujer.
—No me interesa —le respondo rápidamente.

Abrazo a Adam y doy un paso a la derecha, arrastrándolo conmigo. Adam se encoge de hombros y la pareja sigue de largo.

—Ya sé que eres un poco miedosa —dice Adam.
—Eso ni siquiera se acerca a lo que estoy sintiendo.
—Busquemos un lugar.
—¿Qué? —sacudo la cabeza—. Adam, no.
—Solo un ratito.

Mi corazón entra en taquicardia. He hecho tantas cosas para satisfacerle sexualmente que me sienta fatal que quiera hacerlo mirando a otros.

Él me acaricia los labios.

—Sé que es una locura, pero pronto estaremos casados, y solo quiero... probar algo distinto... solo una vez. Antes de decir «sí quiero» y comprometerme para siempre.

No sé qué quiere decir. Y lo peor es que tengo miedo de preguntar. ¿Acaso quiere que nos lo hagamos con otra pareja para fingir que no ha ocurrido al día siguiente?

Debido al insaciable apetito sexual de Adam he hecho cosas que nunca habría hecho de no haber estado con él... cosas de las que me avergüenzo, desde el sexo más exhibicionista hasta las perversiones sexuales más extrañas. Mi abuela se revolvería en su tumba...

Pero yo he hecho todo lo posible para satisfacer a mi hombre. Soy una chica del nuevo milenio y no soy ninguna mojigata. Sin embargo, lo de cambiar de pareja... Eso es otra historia.

—Podemos tomar algo y mirar un poco.

—No voy a hacérmelo con otro tío. Y no quiero que tú lo hagas con otra.

Adam me aprieta la mano.

—No. No. No es eso lo que yo quiero, cariño. Se trata de nosotros. Tú y yo. Se trata de probarlo todo antes de comprometernos para siempre.

—¿Es que no estás contento conmigo? —le pregunto, temiendo que a pesar de lo mucho que me esfuerzo, no logre satisfacer sus deseos.

—No. Claro que no. Tú tienes mi corazón, y siempre lo tendrás, pero no seremos jóvenes para siempre. Y no quiero que nos arrepintamos de nada.

—¿Te arrepientes de que nunca hayamos cambiado de pareja? —le pregunto, alucinada.

—No quiero que llegue el día en que deseemos haber probado algo y nos arrepintamos de no haberlo hecho. Se trata de abrirse a nuevas experiencias.

Realmente no sé qué decir. Y vuelvo a tener esa extraña sensación que me invade cuando temo perderlo.

—Yo no quiero estar con otra persona —me dice—. Solo quiero mirar... y después quiero hacerlo contigo.

Sin cortarse un pelo, Adam me mete la mano por dentro de la falda. Empieza a acariciarme con el pulgar, y a pesar de los reparos, siento una chispa de deseo.

—Quiero comerte mientras todos miran —me dice en un susurro—. Y después quiero hacerte el amor.

No estoy segura de esto. En absoluto. No... Eso es mentira. Estoy segura. Estoy segura de que no quiero hacer esto. Pero entonces pienso en mi hermana. Su marido la abandonó porque creía que era muy puritana. Me pregunto si Adam me dejaría por algo así. Y si me dejara porque no me gustan los clubes promiscuos, no es el tipo que yo pensaba que era.

No obstante, estamos comprometidos. He invertido mucho esfuerzo e ilusión en el día de mi boda y todo tiene que salir a la perfección.

—¿Solo una vez? —le pregunto.

Él sonríe radiante.

—Una vez, nena.

Yo suspiro y le dejo guiarme hasta un rincón oscuro. Y entonces me doy cuenta de que me estoy dejando llevar. Es solo una fantasía. En cuanto se haga realidad seguiremos adelante y no tendremos que volver a pasar por ello.

Capítulo 2

Annelise

Estoy ahí.

—¡Sí! Oh, Dios. ¡Sí!

Una ola de excitación recorre todo mi ser y empiezo a jadear. Me encanta esta parte. Estamos perfectamente sincronizados. Nos encontramos a gusto el uno con el otro y la entrega es total. El ritmo es constante y me dirijo hacia la cumbre del más puro éxtasis.

Presiono el botón de la cámara y las instantáneas se suceden.

—Genial. Y ahora, acercaos un poco. Eso es. Amas a esta mujer. Demuéstralo. Inclina la cabeza, Mark —voy hacia él y le hago girar la cabeza hasta alcanzar la pose adecuada—. Oh, eso es —estoy encantada—. Y ahora aguanta la pose, y sonríe.

Estoy sujetando la cámara. No me gusta ponerla en el trípode. Así tengo más libertad y puedo experimentar con distintos ángulos. Doy un paso atrás y me muevo de derecha a izquierda hasta encontrar la posición perfecta. Miro por el visor, enfoco y... *voilà*. La perfección. La cámara adora a esta pareja.

Saco algunas fotos más en una pose distinta. Ya tengo varias, pero aún no he terminado. La próxima instantánea será la del gran momento, la del desenlace triunfal.

—Giraos un poco, los dos. Miraos a los ojos. No sonriáis tanto. Una mirada romántica —Dios, hay tanta honestidad entre ellos...—. Sí. Perfecto.

Presiono el botón y no lo suelto hasta acabar el carrete. Yo nací para esto. La fotografía es mi vida.

Bajo la cámara.

—Ha sido genial —les digo a Mark y a Robin, sintiendo la descarga de adrenalina que me invade después de cada sesión—. Las fotos serán maravillosas.

Robin sonríe de oreja a oreja.

—¿De verdad?

—Ya lo creo. La cámara te adora.

—Estoy deseando verlas —Robin se vuelve hacia Mark y roza su nariz con la de él.

Yo los observo un instante y su felicidad me hace sentir bien. No hay nada como capturar el amor de dos personas en una foto. Sus ojos reflejan todo lo que hay en sus almas.

Esta pareja acaba de comprometerse, y por eso están en mi estudio. Las fotos son para anunciar el compromiso.

Y es por eso que muestran su amor tan abiertamente. No pasan ni un segundo sin tocarse. Se han levantado del sofá, pero sus manos siguen unidas. Aunque me gusta ver parejas felices, la nostalgia invade mi corazón.

—¿Podemos verlas en la pantalla?

Yo sacudo la cabeza y pongo la cámara en la mesa.

—Seré un poco anticuada, pero no soy muy amiga de la fotografía digital. Cuando ves una foto en papel, sabes cómo será la foto impresa.

Robin asiente, pero está un poco decepcionada.

—¿Cuándo estarán listas?

He tenido una semana muy ajetreada en el estudio.

—Oh, dentro de nueve o diez días.

—¿Tanto? —me mira y se vuelve hacia Mark, alarmada. Está impaciente por anunciar el compromiso.

—Si os corre prisa, puedo tenerlas dentro de tres o cinco días.

—Tres —dice Robin sin dudar—. Queremos anunciarlo cuanto antes.

Ah, el primer amor. Trato de recordar aquellos momentos en que mi marido y yo estábamos tan enamorados. Entonces, un minuto separados era toda una eternidad.

El recuerdo está algo borroso, pero aún sigue ahí. Hace diez años, cuando estábamos en la universidad, antes de que Charles se fuera a estudiar Derecho. Entonces nos llevábamos tan bien... Reíamos, bromeábamos...

Y hacíamos el amor sin parar.

«Olvida a Charles», me digo a mí misma. No quiero pensar en él en este momento. No cuando me siento tan feliz.

Y así me entrego a mi trabajo una vez más. Les digo cuándo pueden venir a ver las pruebas. Mark y Robin se deciden, me dejan un depósito y los acompaño hasta la puerta. De la mano, los enamorados bajan las escaleras del estudio. Entran en un BMW y me saludan con la mano antes de partir. Son los detalles lo que hace que la gente vuelva. Los veo alejarse y dejo escapar un suspiro. Entro en el estudio y, una vez más, me encuentro sola...

Es tan fácil olvidar mis propios problemas cuando estoy ahí, en lo más alto. Pero ahora todos vuelven a mí. Ser testigo de un amor tan puro siempre me hace reflexionar sobre mi propia vida. Pienso en los contrastes. Mark y Robin están tan felices... Charles y yo estamos tan mal. Hay tanta distancia entre nosotros.

Llevo cinco años casada con Charles y la mayor parte del tiempo hemos sido felices, pero últimamente nuestra relación ha dado un giro. Charles se ha vuelto frío y distante. Lleva más de un año sin tocarme.

Nos besamos y nos abrazamos como dos hermanos. Si trato de acercarme, él me esquiva.

Me dice que es el estrés, y yo lo entiendo. Mi marido es abogado y está especializado en derecho civil. Sé que tiene mucho trabajo, pero... ¿catorce meses? Yo pensaba que el sexo era relajante.

A veces me siento tan frustrada que quisiera dejarlo, pero cuando lo pienso mejor me doy cuenta de que no podría hacerlo. Él es el hombre al que amo más que a nada. Cuando me casé con él, era para siempre, pero eso es demasiado tiempo sin que me haga el amor. Si lo presiono un poco, elude mis preguntas, así que he tratado de atraer su atención de forma sutil. Le acaricio la espalda, lo tomo de la mano cuando nos sentamos en el sofá... Y ni siquiera eso funciona. Al final siempre me da un beso casto y me dice que se va a la cama.

Eso ocurrió anoche.

Y la noche anterior Charles se fue a la cama después de mí, pero no se acurrucó a mi lado. Nunca lo hace. Es como si hubiera una línea en mitad de la cama que no quiere cruzar.

Esta mañana lloré al preguntarle si quería seguir casado conmigo. Él me aseguró que sí, me dio un beso en la frente y se fue.

Ya he jugado todas mis cartas y no sé qué hacer, pero no puedo tirar la toalla. Tengo que encontrar la forma de recuperarlo.

Hoy estoy decidida a conseguir un poco de amor de mi marido. De camino al estudio pensé en mil maneras de hacerlo y llegué a una conclusión: tengo que hacer algo distinto. Algo completamente distinto.

Estoy pensando en velas perfumadas, vino y un ambiente relajante. Vosotros estaréis pensando que eso no es gran cosa. Y seguro que tenéis razón, pero esta vez voy a darle un toque especial poniéndome algo sexy, una prenda que me haga irresistible.

Solíamos hacer este tipo de cosas al principio, pero en algún momento caímos en la rutina y el tedio.

Con la mente llena del arte de la seducción cierro el estudio. Es un local pequeño. Se compone de una habitación y una oficina, situados en un edificio comercial. Eso es todo lo que me puedo permitir si quiero hacer el trabajo que me gusta. Pero el paisaje que lo rodea es hermoso y suelo usarlo a menudo como fondo para mis fotos.

Este ha sido un buen mes. He tenido más bodas que de costumbre. Por suerte tengo unos cuantos dólares más para gastar, y los voy a utilizar para reavivar mi matrimonio.

Hay una persona que puede ayudarme. Mi hermana. Me monto en el coche y la llamo por el móvil. Mi hermana y yo no hablamos muy a menudo, pero esto es una emergencia. Necesito sus consejos expertos.

Yo siempre he sido la chica buena y Samera la mala, pero yo la quiero a pesar de todo, y no voy a culparla por sus errores. Mi madre es toda una beata y Samera eligió el camino contrario. Por mi parte, yo pasé mucho tiempo creyendo que el deseo sexual te garantizaba un lugar en el infierno.

Samera lleva seis años trabajando como *stripper*. Ella prefiere que le llamen bailarina exótica, pero a mí me gusta llamar a las cosas por su nombre.

El teléfono de mi hermana da señal y yo espero.

—Hola —dice con alegría.

—Hola, Sam. Soy yo.

Ella hace un pausa.

—Annie. ¡Vaya! Esto sí que es una sorpresa.

—Lo sé. Siento no haberte llamado antes, pero he estado hasta arriba de trabajo.

—Te entiendo. Yo también he estado muy ocupada. ¿Te va todo bien?

Lo que realmente quiere saber es si estoy ganando suficiente para arreglármelas sola. No soporta que no pueda mantenerme a mí misma si me separo de mi marido.

—Las cosas van mejor.
—Porque si las cosas no van bien, sabes que puedo conseguirte trabajo en el club.

Yo me río con ironía, aunque no me haga gracia. Es la misma broma de siempre. Esa es su forma de decirme que soy una mojigata. Claro que ella no se cree ser una chica fácil. Dice que disfruta de su libertad sexual.

—¿Por qué no quedamos para comer? —sugiero—. Pronto. Ha pasado mucho tiempo desde la última vez.
—Claro, hermanita.

Queda por ver si quedaremos al final.

—Escucha —le digo—. Te llamo porque tengo que pedirte un favor.
—Claro.
—Ya sé que suena raro, pero ¿dónde puedo encontrar una tienda para adultos?
—¿Una tienda para adultos? ¿Cómo JCPenney?

Ella sabe lo que quiero decir.

—No. Una tienda que venda... cosas. Tú sabes.
—¿Quieres decir un *sex shop*?
—Sí. Eso.

Samera se ríe.

—Te lo juro, Annie. Puedo ver cómo te pones roja. No sé por qué te sientes tan incómoda. Estamos en el nuevo milenio. Las mujeres pueden decir la palabra «sexo» sin ser perseguidas.
—No necesito un sermón, sino consejo.
—¿Qué quieres exactamente? ¿Vídeos? ¿Juguetes?
—Yo estaba pensando en lencería sexy. Quiero avivar la llama con Charles —al decir esto, me imagino a un sonriente demonio con un tridente.

Es difícil dejar atrás dieciocho años de aleccionamiento cristiano por parte de mi madre.

—¿Por qué no venís al club? Os estimularía un poco.

—No, gracias.

No iría a un garito de *striptease* con Charles. No, estaba pensando en algo diferente.

—Solo quiero encontrar un lugar donde pueda comprar lencería atrevida. Encaje, plumas... Quizá ropa interior con abertura.

—Oh, Dios mío. Sí que vas en serio.

—Ya puedes dejar las risitas. No he vivido en un convento.

—Vale, vale. Lo de la ropa interior con abertura está muy bien, por cierto. Siempre funciona. Y también la lencería comestible. Una vez la compré para un tío con el que salía y déjame decirte que...

—Demasiada información —digo interrumpiéndola.

Samera suele dejarse llevar, dándome detalles que no quiero saber.

—Solo quiero saber dónde puedo comprar algo así.

—¿Dónde estás? ¿Vienes del estudio?

—Sí.

—Hay un lugar en Sugarloaf que te recomiendo. Está de camino a tu casa. Suelo comprar mucho allí. Se llama Traviesa y está en la esquina de John con Hibiscus.

Ahora que Samera ha dicho el nombre me acuerdo de la tienda. He pasado muchas veces por delante, pero nunca he reparado en ella.

—Creo que la conozco.

—Tiene todo lo que puedas imaginar. Pregunta por Suzie. Dile que vas de mi parte y te hará un descuento.

Me pregunto cuánto compra mi hermana en esa tienda. De hecho, no quiero saberlo.

—Muchas gracias, hermanita. Escucha, te llamo más tarde. ¿Vale?

—No tienes que seguir con Charles si no te aprecia. Y si esto no lo pone caliente, yo empezaría a preguntarme si no tiene un rollo por ahí.

—Hasta luego —entorno los ojos al colgar.

Es por eso que no nos llamamos con frecuencia. Le encanta insinuar que soy una esposa dócil e inexperta en cuestiones sexuales. La quiero mucho, pero somos como la noche y el día. Ella está soltera y no cree en el matrimonio, por no hablar de la monogamia. A ella solo le interesa lo que los hombres puedan darle pues ya ha tenido varios desengaños. A mí, en cambio, nunca se me ocurriría estar con un hombre por dinero. Samera cree que me dirijo hacia el fracaso, sobre todo desde que sabe cómo me va con Charles.

Media hora después llego al centro comercial en la esquina de John con Hibiscus. Enseguida veo las luces de neón de color rosa y un maniquí con ropa atrevida en el escaparate. Ya está atardeciendo, pero me pongo las gafas de sol al salir del coche. No quiero que me reconozcan.

Entro en la tienda y miro a mi alrededor. A mi izquierda hay mucha lencería ceñida, pero no hay nada del otro mundo. Es lo que está a mi derecha lo que me hace ruborizar.

Hay toda un pared repleta de consoladores. Algunos son tan grandes que no puedo imaginar que alguien los compre. Parece que los hay de muchos colores y yo me pregunto si tienen sabores como los condones.

—Hola —una morena bajita se me acerca.

Lleva un *piercing* en la ceja y un maquillaje muy oscuro.

—¿Puedo ayudarte?

—Solo estoy... mirando.

Ella me mira con ojos curiosos, como si me conociera.

—Tu cara me suena. ¿No has estado aquí antes?

—¿Yo? No —entonces me doy cuenta—. Seguro que me confundes con mi hermana. Samera Peyton.

—Sí, claro.

—¿Eres Suzie?

—Mm. ¿Seguro que no puedo ayudarte a encontrar lo que buscas?

Sé que esto es un *sex shop*, pero no quiero que esta chica se imagine lo que voy a hacer después. Sacudo la cabeza.

—De momento, no. Pero si te necesito, te llamo.

Me doy la vuelta y voy hacia la izquierda, en dirección a la lencería que no tengo intención de comprar. Y no es que tenga mucho sentido. Suzie acabará viendo lo que voy a comprar.

«Relájate», susurro para mí.

«Eres una mujer hecha y derecha. Puedes disfrutar del sexo».

En este momento eso es lo que más deseo. La triste realidad me hace olvidar los reparos y busco la pieza de lencería más cachonda. Encuentro unas braguitas con abertura y un sujetador con plumas en los pezones. Me aferro a ellos como a un salvavidas.

Entonces veo un disfraz de sirvienta en un maniquí y no puedo contener la risa, pero le echo un vistazo. Se trataba de hacer algo distinto. Con este traje puedo convertirme en otra. Podría ser una cocinera cachonda, o una criada seductora...

Y Charles me puede dar un azote en las nalgas, y también castigarme con su vara...

Me muerdo los labios para no reír en alto. He leído demasiadas novelas románticas.

Sigo mirando. También hay un maniquí vestido de cuero con un látigo en la mano. Eso es una buena idea. Podría azotar a Charles por ser un chico malo, pero no me lo imagino a cuatro patas con el trasero al aire. Agarro una bolsa con el uniforme de sirvienta y lo sujeto bajo el brazo. Escojo una peluca negra. Si voy a jugar a este juego, tengo que hacerlo bien.

Solo llevo quince minutos en este lugar, pero me siento distinta. Tanto es así que, de camino a la caja, me detengo frente a los vibradores. El juguete que llama mi atención es largo, grueso y azul, un extraño color dadas sus dimensiones reales. Agarro el paquete y le echo un vistazo a través del envoltorio.

—Oh, ese me gusta mucho.

Doy un salto y las cosas se me caen al suelo. La pequeña Suzie se agacha y recoge los artículos rápidamente. Con el rostro encendido, agarro las cosas sin mirarla a los ojos.

—También tienes este —dice y agarra un enorme pene que estaba en exposición—. Este es muy real. Tócalo.

«Que Dios me perdone...», me digo a mí misma. Entonces lo toco y descubro lo suave que es.

—Estupendo —murmuro, sin saber qué decir.

—Los testículos también se mueven, y estimulan mucho más. Tiene tres velocidades.

Ya estoy roja como un tomate.

—Eh... Creo que me llevo esto —levanto la lencería.

¿Qué diría mi marido si otro miembro viril entra en su casa?

Suzie me acompaña hasta la caja. Sé que estamos en el nuevo milenio, pero este lugar es tan... poco decoroso. No me puedo creer que esté aquí. Siento una ola de culpabilidad y me dan ganas de ir a misa.

—Quizá te apetezca probar uno de estos —Suzie señala un contenedor lleno de tubos pequeños—. Es lubricante con sabores. A mí me gusta el de frambuesa.

«Dios mío». Parece demasiado joven para haber probado todas esas cosas. Estoy a punto de decirle que no me interesa, pero de pronto cambio de idea. Me he perdido muchas cosas y tengo que ponerme al día.

Agarro unos cuantos tubitos.

—Me gustan mucho —le digo.

—Oh, te entiendo.

Estoy riendo a carcajadas, disfrutando del momento... y hay alguien a mi derecha. Me doy la vuelta y casi me caigo al ver a un tío bueno a unos metros de distancia. ¿Cuánto tiempo lleva ahí? ¿Cómo es que no lo había visto?

Y lo que es peor... ¿Cuánto ha oído?

Sonríe cuando lo miro. Dios mío. Debe de pensar que soy algo rarita.

Pago la compra y salgo de la tienda a toda prisa.

Ya son las nueve y Charles no ha llegado. Hace tres horas lo de hacer algo diferente parecía un buen plan, pero ahora me parece una estupidez. Estoy tumbada en el sofá, viendo un estúpido *reality* de citas. Me he puesto el ridículo uniforme de sirvienta, y la peluca también. La carne que preparé se enfría en el horno.

Ni siquiera me ha llamado para decir que se retrasaría.

Podría haberme cambiado, pero quiero que vea lo que he hecho para tratar de seducirlo. Y, francamente, una parte de mí aún espera que entre por esa puerta y se ponga caliente al verme medio desnuda.

Como si eso fuera a ocurrir...

¿Por qué me molesto? Quizá Samera tenga razón. Tal vez tenga una aventura.

El inalámbrico está al pie del sofá, muy cerca de mí. Esperaba que Charles me llamara. Marco el número de una amiga. Necesito oír una voz amable.

—¿Hola?

Por suerte Lishelle está en casa. Es reportera y a veces trabaja hasta por la noche. La conocí en Spelman, el mismo lugar donde conocí a mi otra mejor amiga, Claudia Fisher. Creo que sentían pena por mí. Yo fui una de las pocas chicas blancas que tuvo las agallas de ir a un colegio adonde solo iban personas negras, y creo que me tenían un poco de pena. Pero a mí no me importaba nada de eso. Yo solo quería disfrutar de la vida en un colegio de chicas. Seguramente quería satisfacer a mi madre, que quería evitarme tentaciones en un colegio mixto.

—Hola, Lishelle —digo—. Soy Annelise.

—¿Qué tal, chica?

Yo suspiro suavemente.

—Bien. Estoy viendo la tele y me dio por llamarte —no quiero hablar de Charles. Ya estoy lo bastante deprimida—. ¿Te mandó un mensaje Claudia?

—Mm.

—Entonces hay otra prueba el sábado.

—Esa chica no para. Se ha tomado tanto trabajo con los vestidos, los diseñadores... Parece que nada es lo bastante bueno para ella.

—Tiene que decidirse pronto. La boda es el veintisiete de mayo —levanto la cabeza al oír que giran el picaporte. Es Charles.

El corazón me da un vuelco.

—Lishelle, tengo que dejarte.

—¿Qué?

—Te llamo mañana —le digo y cuelgo.

Ya no queda mucho de mi escena de seducción, y no se qué hacer. ¿Me levanto para recibir a mi marido, o me acuesto en el sofá de forma provocativa?

La decisión ya está tomada, pues no tengo tiempo de levantarme. Arrojo la peluca al otro lado de la habitación y me atuso el pelo. Respiro hondo, doblo una pierna por la rodilla y me apoyo sobre los codos.

—Hola... —susurro al verlo entrar.

Charles se para en seco, como si estuviera sorprendido de verme. Creo que lo está. Parece que estaba mirando las cartas que había en la mesa del recibidor.

—Hola —vuelvo a decir.
—Hola.

Charles mira a su izquierda y ve los candelabros en la mesa. Yo espero a ver su reacción, pero él vuelve a examinar el correo.

¡El correo! Estoy vestida como una meretriz francesa y a él solo le preocupa el correo. Me incorporo sin saber qué hacer. Lo que realmente quiero es darle un puñetazo.

—Charles —le digo en un tono enérgico.

Él rodea el sofá y se sienta a mi lado. Mi corazón se llena de esperanza. Me recuesto sobre él y le doy un beso en la mejilla.

—Te he echado de menos, cariño.

—He tenido un día muy largo —me mira de arriba abajo—. ¿Qué tienes puesto?

¡Por fin se ha dado cuenta! La cosa se pone interesante.

—Una cosa que me he comprado hoy —le doy un beso en la boca.

Abro los labios y me rozo contra los suyos. Enseguida siento una ola de calor pero... me doy cuenta de que estoy besando un témpano de hielo.

Dejo caer los hombros, derrotada.

—Charles...

—Dios, lo siento, pero francamente, Ann, he tenido un día muy largo. Me duele mucho la cabeza.

No quiero rendirme, pero ¿cómo puedo luchar contra esto? Antes de entrar en la casa, ya está pensando en formas de rechazarme. ¿Qué ha sido del hombre que me escribía poemas y me cantaba canciones desafinadas? Lo echo mucho de menos.

—Hay carne picada en el horno.

Charles hace una mueca.

—¿Carne picada? Sabes que no me gusta mucho la carne roja.

¡Qué descaro! Me humillo a mí misma en un *sex shop*, regreso a casa y le preparo la cena, pero eso a él le trae sin cuidado. Quiero ahogarlo con el cojín del sofá.

—Lo siento —digo—. Fue... —no puedo terminar la frase.

No quiero decirle que preparé algo rápido porque tenía la esperanza de que llegara pronto y me hiciera el amor.

—De todos modos, ya he cenado —me dice.

Y para colmo de males, Charles agarra el mando y empieza a cambiar de canales. Está tan cansado que no puede darme un beso decente, pero sí tiene ganas de ver la televisión. ¿Por qué no se toma dos aspirinas y se va a la cama?

Se pone a ver un partido de fútbol. ¿Desde cuándo le gusta ese deporte? No puedo evitar preguntarme si ya no le gusto. Duele mucho ser rechazada. He buscado en lo profundo de mi ser y le he entregado mi alma, pero él me ha escupido en la cara. Así me siento. Y odio esta sensación.

Siento el picor de las lágrimas en los ojos, pero mi querido esposo ni se da cuenta. Nunca pensé que sería como esas mujeres que se quejan de sus maridos en las revistas.

—¡Oh, imbécil! —grita Charles, como si supiera qué está pasando en el juego.

Me levanto del sofá en silencio y salgo de la habitación.

Capítulo 3

Lishelle

No estoy de humor para esto. Desenrosco la tapa de mi bote de Motrin y me tomo dos cápsulas con un poco de agua. Entonces me recuesto sobre el escritorio y suspiro.

He tenido un día muy ajetreado en la cadena de televisión y lo último que necesitaba era una llamada de él.

Él es mi exmarido. Parece que se ha propuesto hacerme la vida imposible. Me divorcié de él por una razón, pero él no parece entenderlo. Sin embargo, debería, sobre todo porque su amiga se presentó en nuestra casa hace dos años y medio con un hijo suyo.

Y todavía quiere que le dé una segunda oportunidad. Quizá no debería sorprenderme. David cree que él es lo mejor que le puede pasar a una mujer. Seguro que piensa que soy una infeliz sin él, pero nada está más lejos de la realidad. La ruptura fue triste, pero entonces empecé a sentirme libre.

Siempre supe que algo no funcionaba en nuestra relación, pero no sabía de qué se trataba. Y cuando me enteré de que me estaba engañando con otra, todo empezó a tener sentido. Si alguna vez me fue fiel, habrá sido los tres minutos siguientes a la boda. Las cosas que la gente puede llegar a decir después de haber firmado los papeles de divorcio. Ojalá mi familia y amigos me lo hubieran advertido antes de casarme con ese hombre.

No obstante, parece que en algún momento se ha hecho algo de justicia poética. Como era de esperar, David recapacitó y se dio cuenta de que yo era lo mejor que le había pasado en la vida. Aunque el divorcio se consumó hace más de un año, quiere que vuelva desesperadamente.

No puedo expresar el placer que siento al ser capaz de rechazarlo. Ese pensamiento me hace sonreír y me incorporo. Miro el teléfono con cansancio, esperando que no suene otra vez. Estoy cansada de las llamadas de David. He cambiado el número de teléfono de casa y también el móvil, pero él sabe dónde trabajo. Soy reportera en el Canal Cuatro.

En los últimos dos años, he llegado a ser presentadora de las noticias, y no puedo evitar preguntarme si esta es la razón por la que él quiere volver conmigo. Tengo un trabajo más prestigioso en la cadena, gano más dinero y he logrado cierta fama. Es curioso que David esté interesado en ello ahora, sobre todo porque nunca quiso que siguiera mi sueño. De hecho, una vez me dijo que estaba cansado de que sus compañeros de la policía le dijeran que me habían visto en las noticias.

Karen, la mujer con la que me engañó, es maestra, y eso a él le viene muy bien ya que no hay competencia en cuanto a trabajo se refiere.

Sin embargo, tengo que reconocerle cierto mérito. Incluso ella tiene un límite. Supongo que al final se dio cuenta de que mi ex es infiel por naturaleza, y los infieles por naturaleza les son infieles hasta a sus amantes. Apuesto a que ahora desea haber encontrado a un hombre sin compromiso con el que liarse. Esto me da cierto regocijo. ¿Y por qué no? Nunca he entendido cómo algunas mujeres están orgullosas de destrozar familias.

David nunca lo admitirá, pero he oído que Karen se fue con el niño mientras él estaba en el trabajo. Me habría gustado verlo.

Bueno, ya basta de hablar de mi ex. Aunque no lo parezca, ya no pienso en él. Me llamó para decirme que había cambiado, que si le doy otra oportunidad lo comprobaré, pero yo no voy a tropezar otra vez con la misma piedra. Él cree que hay otra persona, y yo voy a dejar que lo crea.

La verdad es que no hay nadie especial. Odio tener que admitirlo, pero los hombres que he conocido hasta ahora son unos auténticos fracasados. Si no quedan deslumbrados al conocer a una celebridad televisiva, resultan ser un poco raritos.

La gente cree conocerte porque sales en la televisión, y cuando los hombres creen que te conocen son mucho más lanzados. Por ejemplo, hace dos semanas, en una gala para recaudar fondos, un hombre se me acercó y me pasó una nota. Decía: *Tú y yo, fuera en el patio en cinco minutos.*

No hace falta decir que no acudí a la cita. Tengo tan mala suerte con los hombres que he dejado de tener citas. De verdad. ¿Qué sentido tiene? No hay ni uno que merezca la pena.

Pero Rhonda, una cámara de la cadena, dice que estoy equivocada. Dice que ha encontrado al hombre perfecto para mí... su primo.

No me hace mucha ilusión conocerlo, pero Rhonda lleva meses insistiendo, así que, a pesar de todo, he decidido tener una cita con él esta noche. Llevo meses posponiéndolo, pero al final me di cuenta de que Rhonda no iba a dejar el tema.

Alguien llama a la puerta de mi camerino.

—Adelante —digo.

Rhonda asoma la cabeza.

—Hola, Lishelle.

—Hola.

—Ese peinado te queda genial.

Me pongo el pelo detrás de la oreja. Cuando se trata del pelo, soy bastante conservadora. Llevo una melena hasta los hombros y siempre me lo tiño de negro. Nunca había cambiado hasta hace unas semanas. Mi estilista me dijo que necesitaba un cambio. Yo acabé cediendo y me hizo una mechas rojizas. Estuve a punto de tener un ataque de pánico al ver la diferencia, pero mi estilista, Jenny, me dijo que iba bien con mi tono de piel.

—Gracias —le digo a Rhonda.

—Vas a impresionar a Trevor —me dice y me guiña un ojo.

¿Y Trevor me va a impresionar a mí? Espero que sí, aunque solo sea por Rhonda. Lleva tanto tiempo intentando que quedemos...

—¿A qué hora habéis quedado? —me pregunta.

—A las ocho.

Así tendré algo de tiempo para arreglarme un poco después del programa. Hemos quedado en un restaurante del centro.

Él se ofreció para venir a buscarme, pero yo le dije que no. Tengo mi propio coche y si las cosas no salen bien, puedo irme.

—Vais a pasarlo bien —me dice Rhonda—. Trevor es un encanto.

—Eso espero.

Rhonda esboza una sonrisa y se marcha. Yo me levanto de la silla y vuelvo al trabajo. Todavía tienen que maquillarme y peinarme, y después... comienza la función.

Dos horas más tarde, me va a estallar la cabeza. Estoy en el restaurante, en el aparcamiento, y no quiero entrar. No sé si debo hacer esto. Seguro que esta cita termina en desastre. Mejor debería irme a casa y dormir.

Pero ya estoy aquí, y quizá pueda intentar pasarlo bien. Hay formas peores de pasar un jueves por la noche.

Me vuelvo a pintar los labios antes de salir del coche. De camino a la puerta del restaurante, siento mariposas en el estómago.

Ojalá no esté cometiendo un error. No es que necesite a un hombre, pero tener a alguien en mi vida no estaría nada mal.

—Hola —le digo al maître al entrar—. He quedado con alguien. Crenshaw. Trevor.

El maître consulta las reservas.

—Ah, sí. Venga por aquí.

Las manos me sudan y agarro mi Louis Vuitton con fuerza. Fue Trevor quien eligió el Macaroni Grill, y parece que fue una elección acertada. Es un sitio agradable y refinado, y la comida es muy buena.

—Aquí, por favor.

—Graci... —no termino la frase al ver levantarse a un hombre.

Por un momento me quedo anonadada. Así que ese es Trevor... Es alto y está muy elegante. Estoy impresionada...

—Lishelle, hola.

Dios mío... Esa sonrisa debe de haber roto muchos corazones.

—¿Tuviste problemas para encontrar el lugar?

—No, no. Ninguno —sonrío, algo avergonzada—. Hola.

Le extiendo la mano, pero Trevor se acerca y me da un abrazo.

—Es un placer conocerte. Créeme, soy un fan tuyo.

Yo sonrío con timidez y hago un gesto para restar importancia al comentario.

Trevor me aparta la silla y yo me siento, maravillada.

—Me he tomado la libertad de pedir vino —me dice y señala una botella.

—Es blanco. Riesling.

—Estupendo —estoy extasiada.

¿Cuándo fue la última vez que usé esa palabra? Tengo que controlarme un poco. Trevor va a pensar que he estado saliendo con marcianos hasta ahora.

Bueno, no está tan lejos de la verdad.

Trevor me sirve una copa y levanta la suya para hacer un brindis.

—Por las nuevas amistades.

—Por las nuevas amistades —repito, con esperanza.

Dos copas de vino más tarde, me siento muy a gusto, y no me duele la cabeza. Aceptar esta cita con Trevor es lo mejor que he hecho en mucho, mucho tiempo. Incluso estoy pensando en invitarlo a casa, dependiendo de cómo vayan las cosas. Eso no es propio de mí, pero es que no he tenido sexo desde hace siglos y tenerlo delante me ha disparado la libido.
Trevor me ha estado hablando de su profesión. Es abogado. Nunca pensé que esa profesión pudiera interesarme tanto. Sigo bebiendo vino y sonrío como una tonta, escuchando cada palabra que dice.
—No podía creer a ese tío. Todos sus vecinos declararon haberlo visto perseguir al otro con un cuchillo. Le oyeron amenazarlo, pero él lo negaba. No se defendía en absoluto, sino que lo negaba sin más. Y cuando despidió a su abogado y decidió defenderse a sí mismo... ni siquiera el jurado podía aguantar la risa.
Trevor se ríe y yo también. Podría ser interesante verlo en acción en los juzgados. Y definitivamente creo que sería muy interesante verlo en acción en la cama.
—Ah, bueno —Trevor para de reír—. Ya basta de hablar de mí. Quiero que me hables de ti.
—¿De mí? Oh, no hay mucho de que hablar. Nada tan interesante como lo que me has contado.
Trevor ladea la cabeza.
—Eso no me lo creo.

Yo respiro profundamente para mantener a mi corazón bajo control.

—Supongo que... sí que tengo algunas historias interesantes. Sobre todo de mi época como reportera.

La verdad es que tengo miles de historias curiosas, pero prefiero hablar de mí y de Trevor, para averiguar si tiene algo que hacer luego. Pero no es el momento para sacar el tema.

—¿De qué quieres que te hable? ¿De los exhibicionistas o de las amenazas de muerte?

—¿Amenazas de muerte?

—Oh, sí. Estaba cubriendo una historia sobre una disputa entre dos comerciantes. El nuevo había abierto la tienda hacía poco y le estaba robando los clientes al otro. Cuando le pregunté al nuevo acerca de sus prácticas de negocio, golpeó al cámara y me amenazó con cortarme el cuello.

—Vaya.

—No pasó nada. Pero he tenido otros momentos como ese, y me he preocupado más de una vez. Hay gente que está muy loca.

—¿Qué más?

—¿Más historias?

Trevor sacude la cabeza.

—No. Cuéntame de ti, de tu vida.

Mi corazón entra en taquicardia. Parece que le gusto. Qué bueno saberlo. A mí también me gusta él.

—Bueno, soy de Idaho.

—¿Idaho? —Trevor me mira como si estuviera loca.

—Sí.

—Vaya. No sabía que hubiera negros de Idaho.

Las líneas de la sonrisa aparecen en torno a sus ojos.

—Eso me dice la gente, pero sí que los hay.

—Atlanta está muy lejos de Idaho. ¿Cómo viniste aquí?

—Porque siempre quise salir a ver mundo. Tenía ganas de vivir en una gran ciudad. También quería ir a una universidad de gente de color, y allí no hay. Hice mi solicitud en Spelman, me aceptaron y lo demás es historia.

—¿Te arrepientes de algo?

Me pregunto si está hablando sobre mi traslado a Atlanta, o sobre nosotros.

—No.

—Bien.

Quizá sea el vino, pero estoy un poco lanzada. Me inclino sobre la mesa.

—¿Sabes? Me alegro de que Rhonda nos hiciera quedar. Estaba un poco harta de las citas. Es que siempre me encontraba con los mismos hombres, los malos.

—Lo mismo digo. Las malas, quiero decir.

Trevor y yo nos echamos a reír. Entonces me pregunto si debería invitarlo a casa. No, aún no. No hay prisa.

—¿Cuándo tuviste tu última relación? —le pregunto.

Con lo que me diga podré hacerme una idea del terreno que piso. Si está colgado de otra, por muchos sexo que quiera tener, no quiero un rollo de una noche.

—Ya ha pasado un tiempo —me dice—. Cuatro meses.

—No hace tanto. ¿Estabas enamorado?

Trevor se encoge de hombros.

—Pensaba que lo estaba, pero al final me di cuenta de que no era así.

Está evadiéndome un poco. Me pregunto si tengo motivos para preocuparme. Pero puede ser que no le apetezca hablar de ello. Quizá la ruptura fue desastrosa.

—¿Alguna vez has estado casado? —le pregunto.

—No. ¿Y qué me dices de ti?

—Oh, sí, pero afortunadamente recuperé la cordura —fuerzo una sonrisa. No quiero que piense que estoy amargada—. No era el hombre adecuado, pero... oye, a veces pasa.

Noto que los ojos de Trevor miran por encima de mi hombro. Parece que no me está haciendo caso. Él sigue mirando en esa dirección y me doy cuenta de que no me está esquivando, sino que está mirando otra cosa, o a otra persona.

Miro por encima del hombro rápidamente. Hay una familia de cuatro personas, dos parejas jóvenes y una mesa con dos hombres. Cuando me vuelvo hacia él, me está sonriendo. Vuelvo a tener toda su atención. Agarra la botella de vino y me sirve otra copa.

—No te conozco muy bien, pero estoy seguro de que tu esposo se lo pierde.

—No tienes que convencerme de ello —le digo.

Veo venir a la camarera y me termino el vino. La velada está siendo muy agradable y aún no quiero que acabe. Me apetece tomarme algo. Me puedo quedar en casa de Trevor, o él en la mía, y puedo recoger el coche por la mañana.

—¿Han mirado la carta de postres? —pregunta la camarera.

—Yo tomaré un café con Baileys —le digo.

—Nada para mí —dice Trevor sin mirar a la camarera. Está mirando hacia otro lado.

Ahora sé que me estoy perdiendo algo. Trevor está preocupado. O bien no nos entendemos, o es que hay alguien a quien conoce allí.

—Trevor... ¿Va todo bien?

—Claro —me responde con rapidez, pero su cara me dice que está mintiendo. Parece tenso e irritado.

Yo estoy algo confusa.

—Trevor, ¿he dicho algo que no debía?

—No. ¿Por qué me lo preguntas?

—Pareces algo... enojado.

Trevor sacude la cabeza, pero aún mira hacia otra parte. Esta vez sigo su mirada y me topo con un hombre blanco muy bien vestido que está junto a un hombre de rasgos asiáticos. El hombre blanco no deja de mirar a Trevor.

Yo me vuelvo hacia él.

—¿Conoces a ese hombre? Oh, Dios. No me digas que es de un juicio.

—Creo que deberíamos irnos.

Trevor ya se está levantando y está sacando la billetera.

—¿Dónde está la camarera?

Se me hace un nudo en el estómago. Que Dios me ayude. Estoy en un restaurante con un loco que fue lo bastante listo como para convencer al jurado de su inocencia. Ya veo cómo lo hizo. El tío que no deja de mirar a Trevor no parece haber roto un plato.

Pero yo soy más lista. Los criminales no llevan

escrito en la frente lo que son. Si por lo menos tuvieran colmillos y ojos saltones...

Trevor se pasa una mano por la cara y yo empiezo a asustarme. ¿Qué puede hacer este loco? Ya veo las noticias de las once. «Abogado local muere tiroteado por una venganza».

Veo alivio en el rostro de Trevor cuando ve a la camarera. Sin esperar ni un segundo va hacia ella. Yo me pongo de pie lentamente. No creo que sea buena idea mostrar impaciencia. Espero durante una eternidad. Quiero marcharme, pero no puedo dejar a Trevor. Si la situación fuera al revés, no quisiera que él me dejara.

Cuando Trevor vuelve, estoy lista para salir pitando. Vamos hacia la puerta, pero ya es demasiado tarde. El loco se pone en pie al vernos pasar por delante de su mesa. Yo me quedo helada del susto.

Hago lo primero que se me ocurre. Me escondo detrás de Trevor. ¿Qué puedo decir? Él no está conmigo. No estoy dispuesta a morir por él.

—Trevor —dice el hombre.

—Ahora no —dice Trevor, pasando por delante del otro.

El individuo agarra a Trevor del brazo.

—Mira, sé lo que dije, pero he tenido tiempo para pensar...

—He dicho que ahora no —dice Trevor, furioso, y echa a andar.

Yo voy a su lado.

—Por favor, no huyas de mí.

Esas palabras me hacen pararme en seco. Eso ha sonado un tanto... Sacudo la cabeza y ahuyento esos pensamientos. Está claro que este hombre no es un criminal enajenado. Conoce a Trevor y no sé de qué.

Trevor entra en la recepción. El hombre va detrás de él. Yo me quedo atrás, y observo esa curiosa situación. El hombre intenta alcanzar la mano de Trevor. Este duda un instante y finalmente se aparta.

Me pregunto qué está ocurriendo. ¡Dios...!

—Hablaremos luego, Brian —dice Trevor.

—¿Cuándo? —pregunta Brian—. Ya llevas tiempo esquivándome.

Trevor me mira. Está molesto por haberme hecho presenciar esto. Brian también me mira, de otra forma...

Yo suelto el aire contenido con desprecio y me dirijo hacia la entrada.

—Lishelle, espera —dice Trevor.

—Va a ser que no —digo.

Y así salgo del restaurante.

Cuando llego a casa de Claudia, estoy exhausta. Es como si hubiera corrido una maratón. Mi corazón sigue retumbando.

Estoy a punto de tocar a la puerta, pero se abre antes de que lo haga. Aunque Claudia comparte piso con Adam en Buckhead, está viviendo con sus padres hasta la boda. Tiene su propio apartamento en la mansión, y allí vivía antes de ir en serio con Adam. Menos mal que ese apartamento tiene una entrada aparte. No quiero que nadie me vea así.

Claudia abre la puerta y me mira con preocupación.

—Cariño, ¿qué pasa?

Me siento un poco tonta por haberla llamado estando tan nerviosa, pero necesitaba alguien con quien hablar. Entro en la casa.

—Hazme un favor. Si me vuelves a oír decir que voy a tener una cita, pégame un tiro.

—¿Tan mal ha estado?

Dejo el bolso en la mesa del recibidor.

—Ya lo creo.

La realidad me golpea en la cara y quiero gritar. En cambio, dejo escapar un gruñido de impotencia y me adentro en la casa. Me paro en seco al ver a Annelise sentada en el sofá.

—Ah, hola.

—Annelise estaba aquí cuando me llamaste —me dice Claudia—. Decidió quedarse suponiendo que nos necesitarías a las dos.

A pesar de los nervios, me siento un poco mejor. Esas dos mujeres son mi salvavidas. Las quiero un montón y también sé que ellas me quieren a mí. Harían lo que fuera por ayudarme.

—Te lo agradezco —digo.

Annelise viene hacia mí y me rodea la cintura con el brazo.

—¿Qué ha pasado?

—Digamos que llegué a pensar que mi cita saldría en las noticias de las once.

—Vaya —dice Claudia—. ¿Por qué?

Nos sentamos en el sofá y yo se lo cuento todo. Cuando termino, Annelise apenas puede aguantar la risa y Claudia se está desternillando.

—No tiene gracia. No sabéis lo asustada que estaba.

—Oh, vaya —Claudia está a punto de llorar—. Demasiado para mí.

—¿Para ti? Yo soy la que estaba en medio de la crisis de identidad sexual de ese tío. Ni siquiera sabía si era gay o no. Yo debería haberlo sabido. Era demasiado guapo. Y llevaba zapatos de Kenneth Cole. Era demasiado obvio.

—Vaya, qué miedo —dice Annelise—. Salir con un tío que juega en los dos bandos —se estremece.

—Menos mal que no me acosté con él —ahora soy yo quien se estremece—. Esto debe de ser una señal. Está claro que debo dejar las citas.

—No digas eso —me dice Annelise—. Hay un hombre estupendo esperándote ahí fuera. Sé que lo encontrarás.

—¡Ja!

Las dos me miran preocupadas.

—No me miréis así. Vosotras no sabéis cómo es. Tenéis pareja. Encontrar al hombre adecuado. Dios, es tan difícil...

—Lo sé —dice Annelise—. Pero no puedes rendirte.

—¿Por qué no? Tener una cita es como jugar a la ruleta rusa. Es mejor volarse los sesos y acabar de una vez.

—Creo que necesitas una copa de vino —Annelise va hacia la cocina.

—Que sea whisky, cielo.

Me vuelvo hacia Claudia. Ya me siento un poco mejor y quiero pensar en algo positivo.

—Entonces... ¿el sábado por la noche? ¿Seguro que has tomado la decisión correcta esta vez?

—No sé, pero no puedo posponerlo más. La boda es dentro de cinco semanas.

—Teniendo en cuenta lo que costaba, me encantó

la tela de color malva que me enseñaste. Creo que es mejor que la de color amarillo.

—¿De verdad? —los ojos de Claudia se iluminan.

—Claro. El malva me queda mejor.

Su sonrisa fluctúa. Claudia detesta decidirse por algo que no sea la decisión correcta.

Le agarro la mano y la aprieto con fuerza.

—Relájate. El malva está bien. A todo el mundo le sentará bien.

—¿Estás segura?

Mi amiga es la típica géminis. Es incapaz de tomar una decisión. Aún no me puedo creer que haya podido planear una boda para dos días después de su cumpleaños. Pero según ella, es la mejor manera de celebrar la nueva década.

—Sí, estoy segura —le digo.

No me molesto en decir que el otro color también me gustaba. No quiero hacerla vacilar de nuevo.

—Lo que quiero saber es si estás lista para esta boda —le digo—. Me dejaste un mensaje diciendo que querías hablar de Adam.

Claudia me hace un gesto al volver Annelise. Yo la miro intrigada, pero está bebiendo de su copa como si nada.

—Aquí tienes —Annelise me pasa la copa.

Ella se ha servido una copa de vino.

—¿Y qué tal si nos olvidamos de los hombres por una noche? —sugiere Annelise.

—Me parece bien —dice Claudia.

—Brindo por eso —digo y vacío la copa de whisky.

Capítulo 4

Claudia

Ha pasado casi una semana desde que fui a ese club con Adam, y tengo que decir que lleva unos días siendo un encanto. El martes me regaló un brazalete de diamantes y platino. El miércoles me regaló un bolso de Dior que me encantaba, y ayer por la noche me llevó a cenar. Me volví a enamorar de él mientras me daba fresas cubiertas de chocolate. Me agradeció el esfuerzo que puse en los preparativos de la boda y me prometió que merecería la pena porque tendríamos un futuro maravilloso.

No podría haber pasado una semana mejor.

Estoy desnuda encima de Adam y él me aparta a un lado para sacar una caja de debajo de la cama. Otro regalo. Es fácil acostumbrarse a esto.

Esbozo un sonrisa.

—Adam. ¿Qué es esto?

—Ábrelo.

Agarro la caja y me incorporo. Tiro del lazo y le

quito el envoltorio dorado sin dejar de reír, pero cuando destapo la caja y aparto el papel, se me borra la sonrisa. Se me hace un nudo en el estómago y me llevo una gran decepción.

—Es un regalo para ti —me dice mientras me acaricia el brazo.

Es un consolador enorme. Inmenso. Pero también tiene tiras, y Adam ya tiene uno.

—No lo entiendo —le digo.

—¿Te acuerdas de la otra noche?

¿Cómo podría olvidarlo?

—Vi muchas cosas.

—¿Te acuerdas de la mujer que estaba en la jaula y del tío que estaba con ella?

Enseguida lo recuerdo. La mujer llevaba puesto uno de estos y estaba dándole por detrás.

—Adam... —me río, nerviosa—. Vamos, no querrás que haga eso. ¿No?

—Si tú quieres probar, yo estoy dispuesto.

Yo lo miro perpleja.

—¿Es que eres gay?

Es lo único que se me ocurre preguntar. Sobre todo después de lo de Lishelle.

Él echa la cabeza hacia atrás y se ríe a carcajadas.

—¿Yo, gay? Vamos, Claudia.

—Entonces, ¿por qué...?

—Nos queda un mundo por descubrir. Yo quiero descubrirlo contigo.

—¿Es que no te hago feliz?

Adam me mira con ojos de amor y pone las manos sobre mis mejillas.

—Claro que no. Tengo tanto amor para ti, tanta

pasión, que quiero probarlo todo contigo. Eso es todo.

—¿Estás seguro?

—Claro que sí. Quiero que tengamos una relación que nos permita probar de todo, sabiendo que eso nos acerca aún más. Y no quiero que te dé vergüenza sugerir algo, porque sea lo que sea yo estoy dispuesto.

—¿Lo que sea?

—Lo que sea.

Yo trago con dificultad y miro el contenido de la caja.

—No sé si voy a estar cómoda con esto —levanto la tira del consolador.

—No es algo que hayamos experimentado hasta ahora. ¿Quién sabe? Podría ser divertido.

No sé qué le pasa a Adam. Es como si se hubiera transformado de pronto.

¿O es que soy una mojigata? ¿Pero cómo puedo ser tan puritana? Adam y yo hemos probado todas las posturas y hemos tenido sexo en lugares públicos. Hemos probado decenas de juguetes sexuales y hemos visto vídeos eróticos juntos. Incluso me convenció para probar el sexo anal, y eso es algo que no me he atrevido a decirle a nadie. Pensé que lo pasaría fatal, pero lo cierto es que me gustó. Era un tema tabú y por eso me puso más caliente de lo que esperaba.

¿Pero esto?

Dejo el juguete en la caja y la pongo detrás. Entonces me estiro al lado de Adam.

—Cariño, me gusta ser la chica.

—Y a mí me gusta ser el chico. Nada va a cambiar

eso. Pero vi lo bien que se lo pasaba aquella mujer y pensé que... podría gustarte. Es otro tipo de placer.

Yo pongo una sonrisa irónica.

—Quédatelo hasta que te sientas a gusto con él. A lo mejor nunca sucede, pero nunca se sabe.

No creo que eso vaya a pasar. La verdad es que nunca habría sugerido las cosas que he probado con Adam, y a decir verdad, no me hace falta ver vídeos porno, ni tampoco quiero ir a otro club de sexo. Adam me excita, solo él, todo él.

—Te lo digo ahora. No voy a dejar eso en casa de mis padres. Lo tendremos aquí. No puedo imaginar lo que pasaría si la de la limpieza se lo encontrara o peor... ¡mi madre!

Me río y Adam también. Eso me alivia un poco, pero aún no sé si se olvidará de este juguetito. No puedo evitar preguntarme si está atravesando algún tipo de crisis sexual. Lleva meses haciéndome probar cosas raras. Espero que esta fase pase pronto y que podamos empezar la vida de casados con la que siempre he soñado.

¿Acaso Diana me mira de forma extraña? No puedo evitar preguntármelo. Está sentada delante de mí en el jardín de mis padres y esta mañana tenemos que reunirnos con la de la agencia de bodas para decidir el menú. Es la hora de la verdad. Una semana antes de la boda traemos a los chefs de Nueva Orleans para preparar la degustación. Si hay algo que no nos gusta, podemos cambiar de idea entonces, pero tenemos que hacernos una idea hoy.

Diana, una cincuentona con canas que se parece mucho a Diane Keaton, se pone las gafas y abre su agenda.

—Entonces como entrantes quieres la ensalada de tomate y mozzarella, y sopa de quingombó. ¿Y qué hay del primer plato? ¿Aún quieres ternera?

Yo miro a Adam. Lleva gafas de sol, así que nadie puede verle los ojos. Pero yo ya sé cómo los tiene. Rojos. Se ha colocado antes de venir a ver a Diana. Ese es otro cambio que no me gusta. Durante el último año, su hábito de fumar hierba se ha hecho más frecuente. Dice que tiene que relajarse porque está muy estresado con los preparativos de la boda y su candidatura a la alcaldía. Yo lo entiendo, pero hay un límite para todo.

—¿Qué te parece, Adam? —le pregunto.

—Ya te dije lo que pensaba. Tomemos la ternera.

Yo me vuelvo hacia Diana.

—Nos han llamado mucho. La gente se pregunta por qué no pueden elegir ternera.

—Esa gente no tiene que preparar una boda para seiscientos invitados.

—Lo sé, pero...

—¿Puedo hacer una sugerencia? —dice ella.

—Claro —le respondo.

—Tienes pargo rojo americano con cebolla y pechuga de pato Muschovy ahumada. Es un menú excelente, para el paladar más exigente. Si quieres añadir algo, yo sugeriría otro entrante. La sopa de cangrejo. Hay variedad para todo el mundo.

—Tienes razón.

—La tengo —me asegura Diana—. Si alguien quiere quejarse, diles que vengan a verme —esboza una cálida sonrisa.

Lleva treinta años preparando bodas y sabe lo que hace.

Tres mujeres y un destino

—¿Podemos decidir con esto, Adam?
—Lo que tú quieras está bien.
Yo entorno los ojos y mascullo un juramento.
—¿Y el postre? —dice Diana.
—Lo mejor —digo yo—. Creo que ganaré tres kilos antes de la luna de miel.

Diana levanta la hoja con la lista de postres. Adam y yo tenemos una copia.

—«Flan de limón» —lee Diana—. «Dulce de chocolate Sheba, crème brûlée, praliné parfait, pudin con pan criollo, y tarta criolla de queso Filadelfia» —baja la hoja—. Tenéis que elegir dos.

Yo miro a Adam de reojo, pero él está mirando hacia el bosque que está detrás de la casa de mis padres.

Le toco la pierna con la mano por debajo de la mesa.
—¿Cariño?
—Sí, claro. Suena bien.

Ni siquiera estaba prestando atención.

—Vamos a tomar el pudin de pan criollo y la crème brûlée —añado rápidamente para ocultar la vergüenza. Sí, eso está bien.

Diana toma notas.

¿He elegido bien?

—Espera. ¿Sabes qué? Si nos van a preparar un menú degustación... ¿Por qué no añades el flan de limón y el praliné parfait? Así podemos saber lo que nos gusta más antes de la boda.

—De acuerdo —Diana sigue escribiendo—. Estáis pagando mucho para que todo esté perfecto, y os aseguro que todo estará perfecto.

A juzgar por sus honorarios, sin duda nos merecemos la perfección.

—Y ahora lo más divertido.
—Oh —digo.
—Tengo una sorpresa para ti.
Yo aprieto la mano de Adam.
—Una sorpresa. ¿No es emocionante, Adam?
—Oh, sí. Genial.
Diana se quita las gafas y se pone en pie.
—Vayamos al bar de la piscina, porque vosotros dos vais a crear vuestra propia bebida.
—¿Nuestra propia bebida? —sonrío.
—Traje a un barman y él trabajará con vosotros para crear un cóctel especialmente diseñado para vosotros y vuestros invitados, que lo probarán al llegar a la recepción.
—Eso es increíble —miro a Adam, pero él ha puesto una sonrisa de plástico—. No tenía ni idea.
—Me gusta añadir un toque personal —nos dice Diana.

Adam y yo nos levantamos y vamos tras Diana. Tienen un chiringuito de estilo caribeño en medio del patio. Detrás de la barra espera un hombre blanco de pelo rubio. Está muy bronceado y parece que acaba de salir de la playa. Parece un surfista aventurero.

—Creo que esto va a gustarme.

Por lo menos está interesado. Con la cantidad de bebidas que probaremos, seguro que terminaremos medio borrachos antes de mediodía.

—Os dejo con Jason —dice Diana—. Y yo volveré a la casa, ya que tengo algunas cosas que consultar con vuestros padres.

Adam y yo nos sentamos en los taburetes y le estrechamos la mano a Jason.

—Jason, parece que has venido directamente desde Hawái —le digo.

Jason se ríe

—No. Soy de Atlanta. Trabajo en un bar de Buckhead.

—Adam y yo vivimos en Buckhead.

—¿Habéis estado en Apple?

—No. Es un piano-bar. ¿No? Siempre hemos querido ir. ¿Verdad, Adam?

—Sí —responde él.

Seguro que Jason se da cuenta de que está colocado.

—¿Y por qué no vais? Ahí estoy casi todos los días de la semana.

Los ojos de Jason me miran fijamente y yo me pregunto si le gusto, pero Adam no parece enterarse de nada. Me agarra la mano y yo lo miro con cariño. Me encanta cuando se pone mimoso.

Pero Adam no solo me agarra de la mano, sino que tira de ella con fuerza y se detiene al rozarle la bragueta.

Dios mío. Tiene una erección.

—Jason. ¿Qué tienes para nosotros? —le pregunto.

—Sí. ¿Qué?

Jason se encoge de hombros.

—¿Qué os apetece?

—Oh, somos muy atrevidos. Nos gusta vivir al límite. Seguro que lo que nos ofrezcas nos excitará.

Oh, Dios mío. Parecería que se le está insinuando al camarero.

—Estaba pensando en algo afrutado —le digo a Jason rápidamente—. Hecho con vodka, o ron. Algo que me haga pensar en una playa paradisíaca.

—Ya lo tengo.

Jason se da la vuelta y agarra unas botellas. Si encontró extrañas las palabras de Jason, decidió ignorarlo.

Gracias a Dios.

Yo me quito las gafas y fulmino a Adam con la mirada. Él sonríe como un demonio y mis peores temores se confirman.

¿Qué te ha pasado, Adam?

¿Qué le ha pasado al hombre que amo?

El lunes todavía me siento muy rara por lo que pasó con el camarero. Podría quedarme en casa y darle vueltas a la cabeza, pero prefiero llamar a Annelise a ver si quiere cenar conmigo. Nada especial; solo una cena aquí en mi casa. Lishelle está trabajando. Si no también la habría invitado.

A lo mejor es bueno que solo estemos Annelise y yo. No solo tenemos que hablar de la sesión de fotografía, sino que he decidido comentarle lo de Adam. Al principio pensé que podría hablar de sus gustos bizarros en temas sexuales con Lishelle, pero como Annelise tiene pareja, ella podría ser las más adecuada para discutirlo. Tengo que hablar con alguien y sacármelo de la mente.

Trago un bocado de ensalada César y dejo a un lado el tenedor.

—Annelise —digo tímidamente.

Ella levanta la vista.

—¿Sí?

Pienso en una buena forma de decirlo, pero solo hay una manera.

—¿Charles te ha pedido alguna vez... practicar algún tipo de fetichismo sexual?

Annelise se queda sorprendida.

—¿Por qué me lo preguntas?

—Es que —me inclino y susurro—. A Adam le ha dado por toda clase de cosas raras últimamente. Espero que sea solo una etapa, pero también me pregunto... ¿Es que soy yo? ¿Me siento incómoda porque soy una puritana o algo así? Sé que los tiempos han cambiado mucho, así que a lo mejor soy yo. Pero... —respiro hondo—. Sé que es una pregunta personal, pero... ¿A Charles le ha dado alguna vez por... cosas raras? Y si fue así... ¿Lo superó? Quiero oír que no dura para siempre.

Annelise carraspea un poco.

—Vaya. Eso ha sido...

—Ya sé que lo he soltado de sopetón. Demasiada información, pero necesito saber si me estoy obsesionando con esto, o si tengo que liberarme más en temas de sexo.

Annelise deja caer el tenedor sobre el plato.

—Me temo que no puedo ayudarte. No tengo experiencia en esas cosas.

—Maldita sea —murmullo—. Entonces Adam es rarito. ¿Es eso lo que crees?

—No me has dicho lo bastante para opinar. ¿A qué te refieres exactamente?

No puedo mirarla a los ojos.

—Sexo anal —admito con vergüenza—. Sexo en lugares públicos. No es que alguien pudiera vernos, pero siempre existe el riesgo de que nos pillen. Eso le pone muy caliente. Y el viernes por la noche... —suspiro—. Me compró una prótesis de pene. Como regalo.

Annelise se queda estupefacta.

—¿Qué?

—Sé que es horrible. ¿No?

—Pero no entiendo...

—Dice que quiere que lo hagamos así —la miro a los ojos—. ¿Te lo puedes creer?

Annelise sacude la cabeza.

—Lo siento. No me lo puedo creer.

Yo demuestro mi frustración.

—Lo sabía. Sabía que esto era demasiado —aparto la ensalada. Ya no tengo apetito—. Y por favor, no se lo menciones a Lishelle. Ya me siento bastante incómoda.

—Cariño, ojalá tuviera yo tus problemas.

Ahora la miro con ojos enormes.

—¿Qué?

—Quizá usar un pene protésico sea un poco extraño, pero por lo menos Adam quiere tener sexo contigo. Quiere experimentarlo todo contigo. A mí me encantaría que las cosas fueran así en mi vida.

—Vale. Estoy un poco perdida. No, muy perdida.

Annelise suspira suavemente.

—No he dicho nada porque... Bueno, porque es demasiado desagradable. Pero Charles lleva más de un año sin acostarse conmigo.

Estoy tan perpleja que no puedo hablar.

—Sí, así es. Mi marido ni siquiera quiere tocarme. Es todo un halago para mí.

—Oh, Dios mío —le agarro la mano—. Cariño.

—Esto me está volviendo loca. Ya no sé qué hacer. Me estoy esforzando mucho, pero él siempre está cansado, estresado. Y cuando lo toco, es como un bloque de piedra.

—No tenía ni idea.
—No quería decir nada, pero ya que estamos hablando de sexo.... Cualquier sugerencia es bienvenida.
—Siempre puedo prestarte mi pene protésico.
Eso la hace reír.
—¿Qué has intentado hacer? —le pregunto después de la broma.
—Velas, cenas, vino. Todo eso. Cosas que lo hagan relajarse y lo pongan de humor, pero nada ha funcionado. Así que la semana pasada fui a un... *sex shop*. Me compré un traje de sirvienta francesa. La verdad es que era un poco vulgar.
—¿Y no funcionó? —le pregunto sorprendida.
No conozco ni a un hombre que no se excite con la fantasía de la sirvienta francesa.
Annelise sacude la cabeza decepcionada.
—Me ignoró por completo. Se puso a ver un partido de fútbol, y ni siquiera le gusta ese deporte.
—Vaya. Hay que tomar medidas desesperadas.
—Lo sé. ¿Pero qué?
Ir a un club de sexo... No me atrevo a mencionárselo a Annelise. No puedo confesar que he ido a ese sitio, aunque fuera contra mi voluntad.
—No lo sé —digo finalmente—. Déjame pensar. Mientras tanto, espero que le baje el estrés. Está trabajando en ese caso importante.
—Lo sé. Lo sé. Créeme que lo sé. Y lo siento por toda esa gente que enfermó con esas galletas. Yo lo apoyo en lo que está haciendo. ¿Pero no se supone que el sexo alivia el estrés?
—Eso creía yo. Para Adam funciona así.
Annelise suspira otra vez, y parece tan desilusionada que me siento mal por ella.

—Bueno, si tiene algo que ver con el trabajo, no durará para siempre. Sé que ahora no te sirve de consuelo, pero mañana será otro día. No pierdas la esperanza.

—Aún no la he perdido —dice Annelise.

Parece que está a punto de echarse a llorar. Y yo que pensaba que las cosas iban mal porque el apetito sexual de Adam era insaciable... Quizá no sea así. Quiere probarlo todo, pero como dice Annelise, lo quiere hacer conmigo. Confía en mí para realizar sus fantasías y eso significa algo.

Sí. Creo que he sido un poco puritana. Nada tiene que dar vergüenza entre dos personas que se aman con toda el alma.

Capítulo 5

Annelise

Tanto hablar de sexo con Claudia me ha hecho excitarme, y ahora me siento todavía más frustrada. Así que al llegar a casa y ver que Charles no ha llegado me encierro en la habitación y comienzo a masturbarme.

Imagino que estoy con Charles al principio de nuestra relación; el Charles apasionado en todo momento; el Charles que me acariciaba la entrepierna en la montaña rusa; el que me tocaba los pechos en el cine; aquel que sabía con solo una mirada que estaba dispuesta a hacer el amor.

—Charles, Charles, Charles —susurro mientras me toco, imaginando que son sus dedos, sus labios.

Enseguida llego a lo alto de la ola y me precipito hacia el clímax, pero eso dura solo un instante. Pronto me siento fría y vacía, tan fría y vacía que me dan ganas de llorar.

Tengo un esposo. ¿Por qué tengo que darme placer yo sola? Mi marido es joven y debería estar loco por mí.

—Olvídate de Charles —me digo a mí misma y me levanto de la cama.

Voy al baño y abro la ducha. Quizá el agua fría me ayude a despejarme.

Diez minutos más tarde salgo de la ducha y me seco con la toalla. Entonces me pongo un poco de crema en las piernas y recuerdo que Charles solía hacerlo en mi lugar. Sus manos se movían lentamente sobre mi piel.

Seguro que Oprah me ayuda a sacarme el sexo de la cabeza. Puedo sentirme un poco mejor contemplando tristes vidas ajenas. Me pongo unos pantalones cortos y una camiseta y me dirijo hacia el salón para preparar el vídeo. Grabo el programa de Oprah todos los días.

Rebobino la cinta unos segundos y entonces aprieto el botón de «*play*».

Cuando empieza el programa Oprah está mirando a una mujer que parece a punto de llorar.

—¿Y qué crees que pasó? —le pregunta Oprah—. ¿Por qué se acabó la pasión en tu matrimonio?

La mujer parece confusa.

—No lo sé.

—Tienes que saberlo —dice Oprah—. Si piensas en tu matrimonio, en tu vida, estoy segura de que tienes que tener alguna idea de lo que salió mal.

Yo me pongo de parte de la mujer. Quizá no lo sepa. Yo soy la prueba de que las cosas pueden torcerse sin que una persona sepa por qué.

—Los niños —dice la mujer al final—. Supongo que cuando llegaron los niños se apagó la llama.

—Ya he dicho esto —dice Oprah—. Y lo diré de nuevo. Las mujeres suelen ponerse en el último lugar cuando llegan los hijos. La maternidad las absorbe y se olvidan de sus propias necesidades como mujeres.

—No siempre —le digo a la tele.

Yo sé que seguiría teniendo una vida sexual activa aunque tuviera hijos. Pero Charles no tiene excusa porque no tenemos niños.

Me acomodo en el sofá y sigo viendo el programa, aunque no sé por qué. No me está haciendo olvidar los problemas con mi marido, pero por lo menos sé que no estoy sola.

Me incorporo cuando Oprah anuncia que tiene una sorpresa para sus invitados.

—Sé que todos habéis venido porque necesitáis ayuda —dice Oprah—. Y yo quiero ayudaros a recuperar la pasión en vuestros matrimonios. Por eso os quiero regalar una escapada de cuatro días en el *spa* de Canyon Ranch, en Tucson, Arizona.

Las parejas sonríen y el público rompe a aplaudir.

—Este *spa* tiene todo lo que podáis imaginar para parejas. Clases de besos. Cómo tener sexo del bueno —el público silba y grita—. Si no podéis reavivar la llama después de estos días no creo que podáis hacerlo más.

Oh, Dios mío. Eso es. La respuesta que estaba esperando. ¡Claro! ¿Cómo he podido ser tan estrecha de mente? ¿Cuándo fue la última vez que Charles y yo salimos de viaje? Fue hace como un año y medio y nos lo pasamos muy bien en la cama. Tengo que apartar a Charles del trabajo, llevármelo en un viaje romántico, y así podremos recuperar lo que falta en nuestra relación.

Salto del sofá y me dirijo hacia el despacho. Trato de averiguar todo lo posible sobre el *spa* de Canyon Ranch. No me importa lo que cueste. Pagaría lo que fuera por estar a solas con Charles en un lugar donde el único objetivo sea hacer el amor.

Por lo menos, sabré de una vez por todas si mi esposo se siente atraído por mí. Si estamos solos en un paraíso sexual, y no le sube la libido, tendré que...

La verdad es que no quiero pensar en esa posibilidad. No quiero seguir casada sin amor, y sí quiero tener niños, pero eso solo ocurrirá cuando Charles y yo encaminemos nuestro matrimonio. Ya puedo oír sus objeciones a causa del trabajo. Echa muchas horas en la oficina.

Sé que va a ser difícil sacarlo de su rutina, pero lo voy a intentar. Solo necesitamos un fin de semana. Tecleo *Spa de Canyon Ranch*. Cuando se carga la página me quedo impresionada. Este lugar es impresionante. Jacuzzis al aire libre, palmeras... El romance en su máxima expresión...

Miro al cielo.

—Gracias, Dios mío.

Horas después no puedo dormir. Puedo oír los ligeros ronquidos de Charles. No me ha tocado, por supuesto, a pesar del salto de cama rojo que llevo puesto. Sé que ni siquiera un sacerdote se podría resistir, pero él no parece darse cuenta.

Le toco el brazo.

—Charles.

No se mueve, así que le sacudo el hombro. No me importa que sean las dos de la madrugada. Quiero hacer el amor, o por lo menos hablar con él.

—Charles.

—¿Mm? —murmura finalmente.

—Siento despertarte —le digo aunque no lo sienta.

—¿Qué pasa? —dice con voz somnolienta.

—Me preguntaba si podrías tomarte unos días libres en el trabajo.

—¿Qué?

—He encontrado un sitio en Arizona y me gustaría que fuéramos.

Charles gruñe.

—¿No podemos hablar de esto por la mañana?

—Supongo, pero estoy tan emocionada... ¿Sabes cuándo podrás tomarte un tiempo libre?

—No lo sé.

—¿Puedes mirarlo mañana?

—¿De qué va esto?

Entonces titubeo.

—Es que quisiera que volviéramos a conectar. Quizá un viaje nos haga salir de la rutina en la que estamos.

—Oh —él hace una pausa—. ¿Puedo dormirme ya?

Mi corazón palpita con fuerza al intentar acercarme a él. Es mi marido. Tendría que sentirme lo bastante segura para abrazarlo en mitad de la noche... pero no es así. Tengo miedo de que me rechace.

Lentamente lo rodeo con el brazo y pongo la mano sobre su vientre. Empiezo a acariciar el pelo que le rodea el ombligo. No me doy cuenta de que estoy conteniendo la respiración hasta que Charles hace algo que no había hecho en mucho tiempo. Pone su mano sobre la mía. Una ola de calor arrasa mi cuerpo y suelto el aliento con un gemido. El dolor que hay dentro de mí es tan intenso... Deslizo un dedo por su abdomen hasta llegar a la bragueta. Siento el tacto del vello y empiezo a excitarme. Por fin, Charles y yo vamos a hacer el amor. Acaricio su miembro y él vuelve a poner la mano sobre la mía. Le doy un beso en el hombro.

—Oh, Charles...

Él me aparta la mano.

—Ann, son las dos de la madrugada. Estoy cansado.

Yo contengo la frustración y me doy la vuelta, pero ya tengo los ojos llenos de lágrimas.

Estoy desesperada. Eso explica por qué estoy en el trabajo de mi hermana esta tarde, en lugar de ir al estudio para revelar unas fotos. Odio haber venido aquí porque no apruebo el medio de vida de mi hermana, pero tengo que afrontarlo. Ella se come muchas roscas y yo no, así que debe de haber algo que pueda aprender de ella.

A pesar del calor, llevo una bufanda y las gafas más oscuras que me he puesto jamás. Así entro en el Pleasure Dome, el club donde trabaja Samera. La llamé, pero no pude localizarla, así que me imaginé que debía de estar trabajando porque, aunque tenga una cita importante, siempre contesta al móvil.

El club está oscuro y hay mucho humo. Es justo como esperaba que fuera. En medio del local hay un escenario iluminado con luces azules fluorescentes. Para ser miércoles por la tarde, hay bastantes hombres. Miro alrededor para encontrar una mesa libre. En el extremo derecho del escenario hay una. Mantengo la vista fija en la mesa y voy hacia ella.

Al sentarme miro a la *stripper* que está actuando en ese momento. La mujer es morena y tiene el pelo largo. Lleva un cinturón, pero no tiene bragas. El cinturón está lleno de dinero. Creo que lleva una peluca. A lo mejor va vestida de sirvienta francesa... Trato de no pensar en el rechazo de Charles.

La chica va hacia la barra contoneándose de forma sexy. Enrosca una pierna alrededor y empieza a girar. Yo la observo, fascinada por la facilidad con que se mueve. Después de girar se echa hacia delante y aprieta la barra entre sus senos falsos.

Al final me quito las gafas porque no veo bien. Con disimulo, observo a los hombres que la están mirando. Ni uno le quita ojo de encima. Y no puedo negar que hay algo muy erótico en su forma de moverse. Es curioso que lo que ayer me parecía sucio y pecaminoso hoy me parezca sensual.

Agarrando la barra con ambas manos, la *stripper* se echa hacia atrás como una contorsionista y exhibe sus enormes pechos. Oh, sí. Los hombres están hipnotizados. Uno de ellos incluso se lame los labios.

Quizá podría conseguir una barra de estas para nuestra habitación... Charles no me rechazaría si pudiera hacer este baile sensual. La idea suena absurda, pero no está mal. Samera podría enseñarme los pasos básicos.

Ahora la bailarina se desliza por la barra hasta tocar el suelo. Se arrastra como una gata hasta el borde del escenario. Todo es parte de su rutina, pero no puedo evitar reírme al verla recoger el dinero que hay sobre el escenario. Vuelve a extender las piernas, arquea la espalda y acaricia el rostro de algunos hombres antes de abandonar el escenario.

Miro alrededor. Hay algunas mujeres semidesnudas trabajando como camareras y sirviendo bebidas, pero mi hermana no está.

La música lenta termina y empiezan a sonar los primeros acordes de *Dirty*, la canción de Christina Aguilera. La próxima bailarina, de pelo rubio, entra en escena con una fusta. Lleva un minivestido de cuero rojo con la cremallera bajada hasta el ombligo. Solo me lleva un momento darme cuenta de que es mi hermana.

La falda es tan corta que cuando pasa por mi lado, veo su trasero antes que el vestido. También lleva unas botas negras hasta los muslos. Los tacones deben de medir quince centímetros. No me puedo imaginar cómo puede caminar con eso, por no hablar de bailar.

Los hombres la reciben con gritos y aplausos y Samera azota el escenario. Yo aparto la vista. Oh, Samera, ¿por qué lo haces? ¿Por qué te conviertes en un objeto?

Cuando vuelvo a mirarla, una lluvia de dinero está cayendo sobre el escenario. Un montón de dinero. Y entonces entiendo por qué lo hace, o por lo menos eso me digo a mí misma.

También sé que a Samera le encanta su trabajo. Mucho antes de cobrar por desnudarse, ya llevaba ropa ajustada y le gustaba provocar a los hombres. Se lo pasaba muy bien con el segundo marido de mi madre. No dejó de insinuársele hasta que el pobre sucumbió a sus encantos. Mi madre los echó a los dos y les dijo que arderían en el infierno. Supongo que Samera había oído eso tantas veces que decidió disfrutar de la vida y probarlo todo.

Girando sobre sí misma lentamente, Samera baja del todo la cremallera. Empieza a jugar con los hombres dejándoles entrever sus pechos turgentes, mejorados gracias a la cirugía. Yo misma la acompañé a la clínica y traté de disuadirla por el camino.

Giro la cabeza. No es agradable ver a Samera así. Aún sigo oyendo el eterno sermón de mi madre. Me siento mal por ella, tan mal que me siento tentada de rezar por su alma.

De pronto oigo el ruido del látigo y levanto la vista. Ahí está Samera con los senos al aire, totalmente desnuda. Solo lleva un tanga de cuero. Sus ojos se iluminan al reconocerme. Yo la saludo con la mano.

Se dirige hacia el frente del escenario, moviendo las caderas exageradamente. Se agarra de la barra y empieza a girar. Entonces se agacha para que los hombres vean el contraste entre su pálido trasero y el cuero negro. Cuando se pone a cuatro patas yo vuelvo a apartar la vista y finjo buscar algo en mi monedero. Sé que ha terminado al oír la ronda de aplausos. Entonces vuelvo a mirar. Excepto por las botas, Samera está completamente desnuda. Me hace un guiño al dejar el escenario.

¿Cómo lo hace? Desnudarse delante de desconocidos. No lo entiendo.

Unos minutos más tarde, Samera sale de la parte de atrás y viene directamente hacia mí. Yo me pongo de pie y ella me da un efusivo abrazo.

—Annie... ¿Qué haces aquí?
No sé qué decir.
—Dijimos que quedaríamos para comer. ¿Recuerdas?
—¿Y quieres que comamos aquí?
Cuando nos separamos, veo lo que lleva puesto: una camiseta blanca que deja ver la parte de debajo de sus senos. En lugar de una falda, lleva pantalones de cuero ceñidos y esos zapatos de plástico con tacón de aguja que suelen llevar las prostitutas.
—Bueno... claro —le digo—. ¿Por qué no?
Samera me mira sorprendida.
—O has perdido el juicio, o has encontrado tu lado salvaje. ¿Y por qué llevas una bufanda en la cabeza?
—Oh, esto... —no sé que decir, así que me la quito.
Ella toma mi mano.
—Vamos. Sentémonos.
—¿Has terminado? —le pregunto.
—Dios, no. Tengo cuatro bailes más. Pero tengo media hora libre. Y ahora dime... ¿Qué pasa? Porque sé que debe de pasar algo si has venido hasta aquí.
Yo respiro hondo.
—Tienes razón.
—¿Charles? —dice Samera, frunciendo el ceño.
—Sí.
—¿Y qué ha hecho esta vez?
—Es lo que no ha hecho. Aún no tenemos relaciones.
Es raro que no me importe hablar de cosas tan íntimas con Samera a pesar de que no estamos muy unidas.
Como he dicho antes, estoy desesperada.
—¿Qué quieres decir con que no tenéis relacio-

nes? ¿No compraste cosas para usar con él la semana pasada?

—Me compré un traje y pensé que eso lo haría excitarse, pero no funcionó. Era un traje sexy de sirvienta francesa...

—Está acostándose con otra. Ahora lo sabes. ¿No?

—No —digo yo—. No lo sé. Lo que sé es que mi marido está muy ocupado y en algún momento hemos perdido la conexión. Está tan ocupado que se ha olvidado del sexo. Pero eso no es una razón para divorciarme, aunque ahora me parezca que nunca más volveremos a hacer el amor. Solo necesito... ayuda.

—¿Y qué quieres que haga?

—No lo sé.

—Seguro que tienes algo en mente. O no estarías aquí. Podrías haberme llamado, o me habrías pedido la dirección de otros *sex shops*.

—Vale. Estoy desesperada. Pensé que podría venir a echar un vistazo y... aprender algo de paso —la confesión me sorprende tanto como a ella—. Y si tienes algún truco para reavivar la llama con Charles y salvar mi matrimonio, soy toda oídos.

—No sé qué consejo darte. Hasta donde yo sé, si te desnudas delante de un tío, él se pone caliente al momento.

—Creo que eso funciona en una nueva relación, pero Charles y yo llevamos años casados. Creo que... —me duele admitir lo que estoy a punto de decir—. Creo que se ha perdido la novedad.

—Y es por eso que yo no creo en el matrimonio, ni en las relaciones a largo plazo.

—Sammie...

Debo de sonar patética, pero realmente estoy muy desesperada.

—Vale. Déjame pensar. Los juguetes no funcionaron.

—Era un traje de sirvienta francesa y quizá era demasiado conservador. A lo mejor tengo que ser más atrevida.

Dejo de hablar al ver acercarse a una camarera desnuda de cintura para arriba. Me siento muy incómoda y quiero cubrirle los pechos con la bufanda. Por lo menos parecen reales. ¿Es que a los hombres no les gustan las mujeres reales? Nosotras tenemos que aceptarlos a ellos tal y como son.

—Molly —dice Samera—. Esta es mi hermana, Annelise. ¿Qué quieres tomar? —me pregunta Samera.

—Oh, creo que no...

—Tráele un Sex on the Beach —le dice Samera y se echa a reír—. Creo que eso te gustaría. ¿No?

Yo sonrío, con dolor, y veo alejarse a Molly.

—No tienes por qué contárselo al mundo.

—Relájate. Molly no sabe nada, y aunque lo supiera, no le importaría.

Supongo que Samera tiene razón.

—¿Puedes enseñarme algunos de esos pasos eróticos que hacéis con la barra?

—No son eróticos. Son artísticos.

—Eso quería decir —sonrío y las dos nos echamos a reír.

—Oh, Annie. Sé que no estamos muy unidas, pero no me gusta lo que te está haciendo Charles. Te está haciendo dudar de tu potencial sexual. Creo que deberías darle puerta.

—Sammie, por favor.

Sé lo que piensa mi hermana. Ella me dejó bien claro que Charles no le gustaba el mismo día de la boda. Me acorraló en el baño y me dijo que no era demasiado tarde para anular el matrimonio. En esa época Charles y yo hacíamos el amor constantemente.

—¿Me enseñarás a usar la barra o no?

—Puedo enseñarte, pero quizá necesites hacer un gran cambio, no solo en la cama.

—¿Eh?

—Ya sabes. Cambiarlo todo. Empezar a llevar blusas con escote, vaqueros ajustados y sandalias con tacones —Samera me mira de arriba abajo—. Afrontémoslo. Las camisetas y los vaqueros anchos no ponen cachondos a los tíos. ¿Siempre te vistes así?

—No. Bueno, algunas veces.

Samera arruga la frente.

—Vale, casi siempre. Pero quiero estar cómoda. Cuando estoy en el estudio, me tiro en el suelo, en la hierba o me subo a un árbol con tal de conseguir el mejor ángulo. Tengo que ser capaz de moverme.

—¿Quieres que Charles se acueste contigo o no?

—Sí —le contesto sin vacilar.

—Entonces confía en mí. Haz un cambio. Un gran cambio. Cómprate unos pantalones de cuero ajustados y un montón de minifaldas ajustadas. A los tíos les encantan. Les dan acceso fácil y puedes hacerlo donde quieras. Todo lo que tienes que hacer es inclinarte para uno rápido.

—¡Sammie! —exclamo.

Me siento incómoda sabiendo que ella hace esas

cosas en público. Pero entonces pienso en mi situación... Si saliera con Charles y él me deseara lo bastante como para escabullirse conmigo y hacerme el amor en un baño, no tendría ningún inconveniente.

Viene Molly. Sus pechos rebotan como balones de fútbol. Pone mi bebida sobre la mesa y va a atender a unos hombres que la están llamando. Gracias a Dios.

—Deberías probar el sexo en público antes de hablar —me dice Samera.

—Yo haría el amor en la tele si eso pusiera caliente a Charles.

—¡Eso mataría a mamá! —Samera deja escapar una carcajada y yo veo algo en sus ojos.

Echa de menos a mamá.

—¿Hablas con ella? —me pregunta.

—¿Mamá?

Ella asiente.

—Hablé con ella hace una semana. Iba a un retiro religioso en California, o algo así.

—¿Quieres decir que la dejaron salir del complejo de Alabama?

—Parecía que era un viaje en grupo.

—¿Cuándo va a darse cuenta de que esos imbéciles son líderes de una secta? —Samera niega con la cabeza—. Son fanáticos religiosos. No los aguanto.

—Ella parece feliz.

Eso es todo lo que puedo esperar. Sé que ha tenido una vida dura. Creo que sufrió algún tipo de trauma en la infancia y se ha pasado la vida buscando algo de paz. Hablo con mi madre muy de vez en cuando, sobre todo cuando tiene tiempo para llamarme. Se ha metido de lleno en esa nueva iglesia y no tiene mucho tiempo para mí, pero yo lo prefiero así. No aguanto sus sermones infernales.

Samera frunce el entrecejo.

—Olvídate de mamá. Viniste a hablar de Charles.

Samera quiere hacerse la dura, pero yo sé que se preocupa por mamá, y también sé que le dolió que mi madre la echara de su vida. Ella hizo lo mismo que nuestro padre cuando nos abandonó en la infancia.

Pero ahora no quiero hablar de eso.

—¿Ropa sexy? ¿Crees que eso servirá?

—No solo sexy, sino atrevida. Y no te lo pongas solo en casa. Póntela cuando salgas con tus amigas. Eso le hará preguntarse con quién te vas a ver. En serio, a los tíos tienes que hacerles creer que tienes más pretendientes, y enseguida intentan meterte en su cama.

—Puede que tengas razón.

Charles solía agarrarme con fuerza cuando otros hombres me miraban.

—Tengo razón. Y tú lo sabes, o no estarías aquí.

—No te lo discuto.

—Mira, cariño. Lana acaba de terminar, así que tengo que ir a prepararme. Pero quédate y termínate la bebida. Yo invito.

Nos levantamos y nos damos un abrazo.

—Te quiero, Sammie.

Y es verdad. La quiero mucho, a pesar de lo poco que nos vemos. Como le llevo cuatro años, siempre he intentado protegerla, aunque ella pueda defenderme mejor.

—Yo también. ¿Quieres un último consejo?

Nos separamos.

—Claro.

—Empieza a mirar la ropa de Charles. Mira su billetera, su coche... Todo.

—Sam...

—Lo digo en serio. Comprueba si ese capullo guarda números de teléfono y si tiene condones escondidos. Si no se está acostando con su mujer, lo está haciendo con otra.

Capítulo 6

Lishelle

Rhonda asoma la cabeza en la peluquería y yo la fulmino con la mirada. Llevo toda la semana evitándola, y ella también a mí. No podría ser de otra forma.

Pero es obvio que ha decidido tomar la iniciativa. Ha venido en el momento justo, pues la estilista, Joanie, ha ido a tomar un café. ¿Coincidencia? Rhonda entra en la habitación y cierra la puerta, cabizbaja.

—Hola —dice con suavidad.

—Hola.

—Solo quería decir que...

—¿Lo sabías? —le pregunto—. ¿Sabías que tu primo es gay, o bisexual, o lo que sea?

Ella no se atreve a mirarme a la cara.

—¿Lo sabías? —la miro horrorizada—. Rhonda, ¿por qué?

Por fin me mira.

—Trevor me dijo que se sentía muy mal por lo

que había pasado. Que se lo estaba pasando bien antes de que...

—Antes de que su novio decidiera hacer las paces.

—A Trevor le gustas.

Yo la miro perpleja.

—Estás de broma. ¿No?

—Creo que tú podrías ser su media naranja. De verdad.

—Es gay, Rhonda. O por lo menos tiene una confusión sexual.

—Bisexual. O eso me dijo. Pero esa relación solo fue una etapa.

—Ah, ahora me siento mejor.

—En serio. Hablamos de ello y me dijo que se había vuelto hetero, que estaba deseando conocer a una buena chica y sentar la cabeza.

—¿Y lo emparejaste conmigo?

—Es buen chico. Solo tuvo un momento de confusión. Lo sabes.

Oh, Dios mío. No puedo creer lo que me está diciendo. No puedo creer que me haya preparado una cita con un gay.

—Lo siento. Pensé que funcionaría.

—Dile que le deseo suerte para arreglar las cosas con su ex.

—No. Eso se acabó. De verdad. Su ex está loco. No hace más que seguirlo.

Yo levanto la mano.

—Rhonda, no me importa si ha terminado o no. A mí no me van las hombres bisexuales, sea tu primo o no.

—Lo siento.

—Aún no entiendo por qué querías citarme con él —no es que vaya llorando por los rincones porque no hay un hombre en mi vida—. Ante todo, un bisexual es realmente un hombre gay que intenta guardar las apariencias. ¿Por qué querías someterme a eso?

—Lo siento.

—No, en serio —insisto—. ¿En qué estabas pensando? ¿Que me muero por un hombre o algo así? ¿Es eso lo que la gente dice a mis espaldas? ¿Es que parezco desesperada?

—No. No. Claro que no. No era por ti. Era por él —suelta el aliento—. Yo esperaba que...

—¿Sí?

—Bueno, que saliendo con una mujer tan estupenda como tú, se daría cuenta de que es heterosexual de una vez por todas.

Rhonda parece algo incómoda por todo este asunto, así que la rodeo con el brazo.

—No pasa nada. No estoy enfadada. Pero, por favor, no vuelvas a tenderme una trampa así.

Ella esboza una sonrisa justo cuando entra Joanie. Rhonda se marcha.

—Hablamos luego. ¿Vale?

—Claro —le digo.

En cuanto desaparece por la puerta, sacudo la cabeza.

—¿Qué pasó?

—Créeme. Mejor que no lo sepas.

Un poco más tarde he vuelto al camerino para quitarme el exceso de maquillaje. Suena el teléfono.

Es muy tarde. Son más de las doce, así que supongo que ha de ser alguien de la cadena.

—¿Hola?

—Estuviste genial esta noche.

Yo me quedo callada. Espero unos segundos.

—¿Lo conozco?

—Podríamos decir que sí. Sí, definitivamente sí.

Genial. Otro acosador más...

—Gracias por su llamada...

—Eh, eh. Lishelle.

El estómago me da un vuelco. ¿Emoción? Bueno, emoción no. A lo mejor un poquito, pero también hay algo de prudencia.

—¿Glenn? —pregunto.

—¿Quién si no, nena?

Oh, Dios mío. Glenn no. Glenn me hacía tener unos orgasmos que duraban días. Salimos juntos hace diez años y fue capaz de sacar lo mejor y lo peor de mí. Glenn, el que me rompió el corazón cuando descubrí que se estaba acostando con una de sus becarias en la Universidad de Atlanta.

Debería haberlo odiado por ello y olvidado para siempre. ¿Pero cómo se puede olvidar a alguien con quien conectabas tan bien, sin importar el daño que te haya hecho? Es por eso que quedamos algunas veces aquel verano, después de graduarme en Spelman. Y hace seis años, justo antes de conocer a David, Glenn me llamó porque estaba en la ciudad para visitar a un amigo, y de nuevo terminamos en la cama. Desapareció de mi vida la mañana siguiente, yo conocía a David y seguí adelante. Pero nunca olvidé a Glenn.

—¿Cómo estás? —le pregunto, sin saber qué decir.

—Estoy bien. Mejor ahora que estoy hablando contigo.
—¿Por qué me llamas? Después de... ¿Seis años?
—Seis años. ¿Ha pasado tanto tiempo?
—Y suma y sigue.
—Es mi culpa. Pero, oye, me alegro de ver que te va bien. Eres toda una presentadora de noticias. Siempre dijiste que acabarías siendo un pez gordo. Te veo en centenares de carteles publicitarios por toda la ciudad. Enhorabuena.
—Espera, espera. ¿Estás viviendo aquí? La última vez que te vi estabas en Los Ángeles, tratando de ser el próximo Denzel Washington.
—Y tú sabes cómo salió eso.
—¿Lo sé?
—No me has visto en el cine. ¿Verdad?
—No he visto a nadie en el cine. He estado muy ocupada.
—Por lo menos debes de tener a un hombre que te lleve a cenar y te trate bien.
—No es que sea asunto tuyo, pero no.
—Vaya. Eso no está bien. Hay que remediarlo.
Yo respiro hondo.
—Glenn. ¿De qué va esto? ¿Qué pasa? No es que no tenga una ligera idea...
—Te he echado de menos.
Con esas cinco palabras una ola de calor recorre mis entrañas.
—¿Me has oído?
—Mm, sí.
—¿Entonces cuándo podemos quedar? —pregunta Glenn, usando esa voz suave y seductora que solía usar para reconciliarse conmigo después de una bronca.

—¿Y quién dice que yo quiero quedar contigo?

Hay un ligero flirteo en mi voz y la idea de volver a ver a Glenn ha despertado mi sentidos. Cuando estábamos juntos, el sexo era genial, explosivo. Eso es algo que una mujer nunca olvida.

—¿No quieres verme?

—¿Y por qué querrías verme tú? —le pregunto.

¿Para que podamos tener un rollo de una noche como hicimos hace seis años?

—Yo siempre quiero. Tú lo sabes.

—No. No lo sé. No he sabido nada de ti en mucho tiempo.

—Y es por eso que te he llamado. Para arreglar eso. Ha pasado demasiado tiempo.

—¿Cuánto tiempo vas a estar aquí?

—Hasta mañana por la tarde.

Sí. Es otro rollo esporádico.

—Puedo llamarte por la mañana. Podemos tomar un café. ¿Adónde puedo llamarte?

—¿Mañana? —me pregunta él con esa voz ronca y sexy—. ¿Por qué mañana? ¿Qué haces ahora?

—Me voy a casa y a la cama.

—¿Sola?

Me quedo sin aliento. No puedo evitar pensar en la conversación con Rhonda. Le dije que no estaba desesperada. Pero ahora me siento como una mentirosa.

—Eso no es asunto tuyo.

—Ven a verme. Te he echado de menos —me habla en un susurro—. De verdad.

Yo no digo nada. No me fío de mis propias palabras. Hay una parte de mí que se siente tentada, pero hay otra parte que sabe que hacer el amor con un ex es algo muy peligroso.

—Necesito verte esta noche.

Los latidos de mi corazón se aceleran. Siento cosquillas sobre la piel.

—Pásate y... hablamos.

—¿Dónde estás exactamente?

—En el aeropuerto Marriott —hace una pausa—. ¿Cuánto tardas?

—Treinta minutos.

—Estoy en la habitación 623.

—Vale. Te veo después.

Cuelgo el teléfono y respiro hondo. Recojo las cosas y salgo del camerino.

Media hora más tarde, llamo a la puerta de la habitación de Glenn. Tengo mariposas en el estómago. Llevo treinta minutos dándole vueltas a la cabeza, porque sé que entrar en su habitación a la una de la madrugada significa una cosa.

Sexo.

Y cuando se trata de Glenn es del mejor. No me puedo resistir.

¿Qué aspecto tendrá? Seguro que está igual que siempre. Seguro que no ha envejecido...

La puerta se abre de par en par y yo me echo hacia atrás, sorprendida. Lo miro y mi corazón se detiene. Ahí está. Un metro ochenta de hombre pecaminosamente maravilloso. Esbelto y musculoso. Lleva una camiseta interior blanca y vaqueros negros.

Yo tenía razón. Está igual que siempre. Él me mira de arriba abajo y sonríe. Esos ojos... Esos ojos color avellana que te desnudan con una mirada. Siempre han sido mi perdición.

Y huele tan bien... El aroma de su colonia invade mis sentidos y mi temperatura corporal empieza a subir. Todos los recuerdos agradables con Glenn acuden a mi memoria. Él fue el único que supo cómo darme placer en la cama.

Sí. Estoy desesperada por este hombre.

Tengo un problema.

Carraspeo un poco.

—Glenn.

—Mm. Mm. Lishelle.

Llevo un vestido negro por encima de la rodilla con escote en «V». Me he quitado la chaqueta que llevaba en el programa. Sé que hace calor, y Glenn también.

—¿Y de qué querías hablar? —pregunto con un tono estirado.

Él sujeta la puerta.

—Entra. Ponte cómoda.

Yo entro en la habitación lentamente. Detrás de mí, la puerta se cierra y el cerrojo hace clic. Cierro los ojos y cuento hasta tres. Entonces me vuelvo hacia Glenn.

Él viene directamente hacia mí y yo me pongo tensa, anticipando un abrazo. Pero se detiene antes de alcanzarme y agarra dos copas de vino que ya había servido.

Me ofrece una, pero no la acepto inmediatamente.

—Toma —él insiste.

—Glenn. He venido para hablar.

Sus labios dibujan media sonrisa.

—¿De verdad quieres que crea que no quieres acostarte conmigo tanto como yo contigo?

Una llamarada recorre mi bajo vientre. Maldita sea. ¿Cómo me conoce tan bien?

Finalmente agarro la copa y bebo un poco. El Chardonnay da en el blanco, pero no llega al lugar que Glenn conoce tan bien...

Esa sonrisa de satisfacción me dice que sabe lo que estoy pensando.

—Recuerdo qué te gustaba —me dice—. Lo recuerdo todo.

—¿Ah, sí? —le digo con voz seductora.

—Oh, sí.

Me quita la copa de la mano y la pone en la mesa. Toma mis manos y me mira a los ojos.

—Estás maravillosa —me dice.

—Tú estás igual.

—¿Eso es bueno o malo?

—Sabes que es bueno.

—Lishelle. Aquí estamos, en la misma habitación después de tanto tiempo. Es difícil de creer.

Este fuego me consume. Casi preferiría que me arrancara la ropa y me hiciera el amor antes que hablar.

Me besa en la frente y una descarga recorre mi ser.

—Cuando te dije que te echaba de menos lo decía de verdad —susurra.

—Glenn... —tengo la voz temblorosa.

—Me muero por tocarte, nena —sus labios rozan mi mejilla.

—No sé dónde has estado. Han pasado casi seis años.

—Lo sé. Lo sé. No tienes de qué preocuparte. Pero tengo condones.

Sin soltarme las manos, me aprieta contra él y me besa el cuello.

—Oh, Lishelle.

De pronto me abraza y yo no me puedo resistir. Sé por qué vine aquí. Sé lo que él quiere; lo que yo quiero. Sus labios se estrellan contra los míos y yo abro la boca, preparándome para un beso profundo y apasionado. Nuestras lenguas se enredan y empezamos a tocarnos desesperadamente. Pareciera que lleváramos seis años esperando este momento. Quizá sea así. Dios sabe que no he podido olvidar lo que compartí con Glenn en la cama.

—Oh, cariño —sus manos me aprietan el trasero—. Vaya. Estás tan buena...

Le saco la camiseta por fuera del pantalón y meto las manos por dentro. Sus piel está húmeda. Suspiro...

—Tócame —me dice Glenn en un susurro—. Siente lo mucho que te deseo.

Yo pongo la mano sobre su bragueta y siento su excitación a través de los pantalones.

—Glenn, sabes que no me puedo resistir a esto.

—Hay otra cosa a la que no puedes resistirte —pone un dedo entre mis senos y traza una línea hasta llegar a mi entrepierna. Entonces se pone de rodillas y me levanta la falda.

—Oh, sí —dice él mientras toca el borde de mis medias—. Esto me pone a cien.

Me besa en la entrepierna y yo me estremezco. Lo agarro de los hombros para no perder el equilibrio y me besa en la otra pierna; esta vez con lengua.

—Oh, maldita sea —mascullo, cerrando los ojos.

Sus labios van subiendo, y sus dedos también.

Entonces me fallan las piernas cuando me besa a través de las braguitas.

Llevo tanto tiempo esperando esto... Unas manos de hombre sobre mí. Sus dedos; su lengua. Quiero que beba mi néctar hasta tener dos o tres orgasmos. Glenn aparta mis braguitas de seda y acaricia mi sexo con suavidad. Yo me estremezco por dentro. Me toca y me mira. Me vuelve a tocar y mira otra vez. Sabe que no me está tocando como yo quiero.

—Echaba de menos verte así. De forma íntima y personal.

—Ya me había olvidado de lo juguetón que eras.

—¿Soy juguetón?

Yo lo miro a los ojos.

—Vaya. Creo que ahora estás jugando conmigo. Ojalá supieras lo mucho que deseo que estés dentro de mí.

Mete un dedo dentro de mí.

—Ya llegaremos a eso.

Yo suspiro al sentirlo dentro de mí. Una ola de placer me inunda.

—Estás muy tensa.

—Es que hace mucho tiempo...

Él gime de placer. Metiendo el dedo más adentro cubre mi clítoris con la lengua. Calor sobre calor. Yo hundo las uñas en su piel y gimo.

—¿Te gusta? —me pregunta, lamiéndome lentamente entre palabra y palabra.

—Ya lo creo.

Sin dejar de meterme el dedo, empieza a chupar mis labios más íntimos. Me tiemblan las piernas y apenas puedo tenerme en pie.

Glenn se aparta un momento.

—Túmbate en la cama.

Yo gimo suavemente. Quiero que vuelva a hacer lo que estaba haciendo, pero no sé por cuánto tiempo podré soportarlo. Las manos de Glenn me guían hacia la cama. Al tumbarme, él se coloca entre mis piernas y aspira mi fragancia más íntima. Un sonido gutural escapa de su boca.

—Eres increíble, Lishelle. Increíble.

Separa mis labios para llegar al clítoris. Y entonces empieza a chupar y lamer hasta hacerme perder la razón. Me devora como si llevara toda la vida esperando esto.

Mi cuerpo se tensa como una cuerda a punto de romperse. Yo levanto la cabeza para mirarlo. Lo miro mientras su lengua obra su magia. Sus gemidos me ponen caliente y el sonido de sus labios también.

—Ya estoy cerca. Oh, Dios —empiezo a jadear—. Mírame.

Glenn levanta la vista y nuestros ojos conectan. Yo lo observo mientras me da placer y tiemblo con todo mi ser. Mi orgasmo entra en erupción y un río de lava recorre mi cuerpo. Arqueo la espalda y grito.

—Oh, Glenn. Oh, Dios mío. Oh, Dios...

Todavía estoy gimiendo cuando le oigo rasgar la bolsita del condón. Cuando levanto la vista, Glenn está encima de mí. Alcanzo a ver su impresionante miembro antes de que se ponga entre mis piernas. Entonces pone los brazos sobre mis rodillas y me penetra con una embestida poderosa que me deja sin aliento. Ha pasado tanto tiempo. Ya había olvidado cómo era.

Glenn se abre camino en mi interior, dentro, muy dentro, y deja de moverse.

—Maldita sea, Lishelle, eres maravillosa.
—Y tú eres increíble.

Por fin empieza a moverse, empujando profunda y lentamente. Poco a poco acelera el ritmo y termina empujando con tanta fuerza que mis sentidos se desbordan.

—No puedo, cariño. Oh, Glenn, me voy...

Arqueo la espalda y una vez más Glenn me hace saltar por el precipicio. Me aferro al cubrecama y entonces él hace ese sonido que me resulta tan familiar. Gime y ríe a la vez al llegar al orgasmo, y yo aprieto su miembro erecto en lo profundo de mi sexo. Un momento después se desploma sobre mí y nuestros cuerpos se rozan. Nuestro aliento caliente se mezcla. No puedo creer que me sienta tan bien. Qué bien conectamos después de tantos años.

Yo recorro la línea de su mandíbula con la punta de la lengua hasta llegar a su oreja.

—¿Cómo es que siempre me haces lo mismo? ¿Cómo me pones tan caliente?

Él me da un beso ardiente y me queda claro que soy suya.

—Podría quedarme así toda la noche, dentro de ti. De verdad.

—Yo también —le contesto.

Y no es solo por el sexo.

No importa cuánto tiempo haya pasado. No importa con cuántos tíos haya salido. Cuando estoy con Glenn, sé dónde está mi corazón.

Tengo un problema. Glenn y yo hicimos el amor tres veces más durante la noche, y todas fueron tan explosivas y placenteras como la primera. No miento cuando digo que ningún otro hombre me ha amado como Glenn. Su cuerpo y el mío se entienden a un nivel primario que no puedo entender, y no puedo resistirme cuando estamos juntos.

Él es consciente de esto. Claro. Sabe que estaré ahí para él cuando me llame, que lo cancelaré todo por pasar un fin de semana con él.

Anoche fue increíble, pero esta mañana me estoy arrepintiendo. Y francamente, estoy un poco enfadada conmigo misma. Necesitaba hacer el amor, lo necesitaba mucho, así que... ¿Por qué dejar que las emociones se interpongan en mi camino? ¿Por qué no lo veo tal y como es? Un compañero de cama maravilloso que siempre me lleva al séptimo cielo.

¿A quién estoy tratando de engañar? Sé que no es tan simple. Anoche, me dejé llevar por una ola de pasión y deseo y olvidé lo extrañas que son las mañanas con Glenn. Fue igual hace seis años. Fue así las veces que nos acostamos después de romper nuestra relación. Siempre me ha importado Glenn, haya estado en mi vida o no. Y cada vez que lo tengo a mi lado, me quedo deshecha cuando se marcha. Aunque me diga a mí misma que estaré bien sin él, sé que no es verdad.

A mi lado, Glenn duerme en silencio. Yo me acurruco en su abrazo y suspiro. Quizá sea una romántica empedernida, pero quisiera que este momento durara para siempre. Ojalá no hubiera un adiós por la mañana.

Me llevo una sorpresa al ver que Glenn entrelaza sus dedos con los míos. Pensaba que estaba dormido.

—¿Qué estás pensando? —me pregunta.
—Creía que estabas dormido.
—No. Dime en qué estás pensando.
—No creo que quieras saberlo.
—Prueba.
—Vas a irte pronto. Vamos a... disfrutar los últimos momentos juntos.
Él me da un beso en el hombro.
—Nunca se sabe. Puede que esté pensando lo mismo que tú.
Ahora ha captado mi atención. Me doy la vuelta. Estamos pecho contra pecho.
—¿De verdad quieres saberlo?
—Sí.
—¿Y quieres que sea completamente honesta?
—Claro.
—Pienso que no sé cómo he terminado aquí contigo de nuevo. No es que no me guste acostarme contigo, pero... ¿Qué estoy haciendo? Tuvimos nuestra oportunidad y no funcionó. Ahora te veo de Pascuas a Ramos y te deseo más que a nada. ¿Pero qué sentido tiene? ¿Adónde vamos a parar?
—Esto puede ir a parar a muchos sitios.
—Sí, claro. Más sexo del bueno —entorno los ojos—. ¿Dónde has estado en los últimos seis años? Pensaba que nunca te volvería a ver, que te habías casado o algo.
Glenn se ríe a carcajadas.
—No. No me casé. ¿Y por qué crees que estoy aquí contigo? Es porque no puedo sacarte de mi cabeza. Me pones tan caliente... Lo pasamos tan bien juntos...
—¿Entonces por qué me llamas cuando estás en

la ciudad para una noche o dos? Solo quieres un rollo, y no es que me moleste, pero me cuesta mucho afrontar la mañana siguiente.

—Oh.

—No, escucha. Querías honestidad y te la estoy dando. No podemos hacer esto más. No importa cuánto lo desee.

—Lishelle...

—No puedo creer que vaya a decir esto, pero me duele cuando te marchas. Ya está. Lo he dicho. Y es por eso que no podemos quedar de buenas a primeras. Voy a cumplir treinta y uno en agosto. Tengo que sentar la cabeza.

—Vaya. Has sacado todo lo que llevabas dentro.

—Tú querías saberlo. Mira, no es que no seamos amigos. ¿Vale? Podemos ser honestos el uno con el otro a pesar de todo —deslizo un dedo por su pecho—. Es que no quiero que seamos amigos con derecho a roce.

—¿No?

—Bueno... después de hoy.

Glenn se vuelve a poner encima de mí y me da un beso en la frente. Estaba segura de que iba a besarme en los labios.

—¿Y qué pasa si te digo que no quiero que dejemos de dormir juntos?

—Entonces diría que estás siendo egoísta e injusto conmigo. Ni siquiera sé qué estás haciendo ahora. No sé nada de ti.

—Soy piloto.

Sorprendida, lo miro.

—¿De verdad?

—Mm. Aerolíneas All-American.

—¿Cómo? ¿Por qué?

—Cuando estaba en Los Ángeles, esperando mi momento, decidí tomar clases de aviación. Empecé… Vaya. Hace seis años. Pero el gran momento nunca llegó. Y aquí estoy.

—Un piloto. Ya ves... Podrías tener una chica en cada ciudad. Y es por eso que esto tiene que terminar.

—No tengo una chica en cada ciudad, pero sí. Puede que sea un poco egoísta, como dices. Pero todo tiene una razón.

—Ya me imagino cuál es.

—No lo creo —hace una pausa—. Estoy enamorado de ti, nena —me dice mirándome a los ojos.

—¿Qué has dicho?

—No importa adónde vaya. Siempre termino aquí contigo. ¿Por qué crees que es eso?

—¿Porque soy fácil?

Él se ríe y me hundo en el sonido de su risa.

—Yo también soy fácil, pero solo contigo.

—Deja de mentir.

—Te lo juro —me besa con ternura—. De verdad, Lishelle. ¿Por qué crees que siempre vuelvo a ti? Ya han pasado seis años y yo podría haber pasado página. He conocido a otras mujeres, pero ninguna se puede comparar contigo. Ahora sé que nunca podré sacarte de mi corazón.

Aunque no quiero, mi corazón se llena de esperanza.

—¿De verdad?

—Maldita sea. Sí. ¿Por qué no dejamos de jugar y volvemos a estar juntos?

—¿Volver a estar juntos?

—Volver a salir juntos. Pero esta vez tiene que ser para siempre.

Yo lo miro con desconfianza.

—No entiendo.

—¿Me estás escuchando? Te estoy diciendo que te quiero. He estado enamorado de ti todo este tiempo. Y estoy listo, nena. Listo para hacer que funcione.

—Glenn —pongo mis manos sobre sus mejillas—. Oh, Glenn —le doy un beso apasionado.

—¿Eso es un «sí»?

—Te llevo mucho tiempo.

No puedo creer que haya dicho una cosa así. No puedo creerme lo que ha pasado, pero la cálida sonrisa de Glenn me tranquiliza. Me hace sentir que esto está bien. Por fin, por fin ha llegado nuestro momento.

—Lo sé —dice él—. Lo siento.

—Vas a tener que recompensarme —le digo—. Ahora mismo.

—Oh.

—Sí.

—¿Y qué tienes en mente?

Pongo las piernas alrededor de su cintura.

—Solo se me ocurre un castigo —le digo y siento su erección sobre mi vientre—. Hazme el amor —le susurro al oído—. Hazme el amor todo lo salvajemente que puedas.

Capítulo 7

Claudia

Los preparativos de la boda son un auténtico infierno y, a decir verdad, Adam no me ayuda. Antes pensaba que esa actitud varonil tenía su gracia, pero ahora me molesta mucho. Hay muchas cosas que hacer y yo necesito un descanso.

Y es por eso que justo antes de entrar en Liaisons siento una ola de felicidad. Voy a ver a mis mejores amigas.

Annelise me espera sentada en nuestra mesa de siempre. Es casi la una de la tarde. Cada domingo nos reunimos para tomar el *brunch* en este restaurante. Como venimos tan a menudo, el camarero nos reserva la mejor mesa. Ya es hora de relajarse un poco y disfrutar de la buena comida. Aunque hablamos durante la semana, en estas comidas lo soltamos todo.

—Hola —digo con voz cantarina.

Annelise se pone de pie con una sonrisa en los labios. Me da un abrazo.

—¿Cómo estás, cielo? —me pregunta.
—Uff, agobiada. Esta boda me va a matar.
—Te entiendo. Yo también estoy estresada.
—Vaya —me siento—. ¿Te están estresando los preparativos de la boda?
—No —ella sonríe—. Pero he tenido una semana horrible en el trabajo. Dos clientes han cancelado sus sesiones y contaba con ese dinero.
—Oh, no.
—Tengo muchas cosas que contar, pero no hasta que te tomes tu primera taza de café.
—Yo estaba pensando en otra cosa.
Los ojos de Annelise se iluminan.
—Gracias a Dios. No quería ser la única.
Ella le hace señas a la camarera y unos segundos después Sierra, una pequeña mujer asiática, se acerca a nuestra mesa.
—Hola, Claudia —me dice Sierra—. ¿Cómo estás?
—Genial. ¿Y tú?
—Muy ocupada. Estoy haciendo un curso de física en el verano —entorna los ojos—. ¿Qué puedo decir?
Sierra lleva dos años trabajando aquí, pero está estudiando medicina. Yo estoy impresionada y le tengo un poquito de envidia. Siempre he querido estudiar medicina. Mi padre es neurocirujano y su profesión me fascina. Pero a pesar de mis estudios, yo sabía que nunca haría una carrera. Así son las cosas para una mujer de sociedad como yo. Las mujeres de hoy no entienden ese concepto, pero una mujer de mi posición no trabaja fuera de casa, sino que apoya a su marido con sus aspiraciones y hace trabajo voluntario en pos de causas nobles, cría hijos y trabaja en los círculos sociales. Muy pronto Adam entrará en la escena

política y yo tendré que estar a su lado. Necesitará una esposa que lo apoye a tiempo completo.

—Dos mimosas —pide Annelise.

—¿No viene Lishelle? —pregunta Sierra.

—Tienes razón. Que sean tres —decide Annelise—. Si no aparece pronto me tomaré la suya —Annelise le quita importancia al comentario con una sonrisa, pero sé que habla en serio. Sin duda ha tenido una semana horrible.

—Servíos lo que queráis del bufé —nos dice Sierra antes de irse a atender a otros clientes.

Yo miro la hora. Es la una y diez.

—¿Has hablado con Lishelle?

Annelise sacude la cabeza.

—Pero supongo que sí viene. Llamaría si no pudiera.

—Sí. No es propio de ella. Siempre es la primera que llega.

—Seguro que está en un atasco.

—Sí. Seguro.

Vuelve Sierra con una bandeja de bebidas.

—Vaya. Qué rápido —le digo.

Las dos empezamos a beber y de pronto Annelise levanta la vista.

—Hablando del rey de Roma...

Yo me doy la vuelta. Ahí viene Lishelle.

—Hola, chicas —dice casi cantando.

Está radiante. ¿Qué la ha puesto tan feliz?

—Esa debe de ser para mí —comenta Lishelle, agarrando la bebida—. Perfecto —le da un sorbo y nos mira a las dos—. Oh, Annie. Qué vestido tan bonito. Estás enseñando mucho escote. No es propio de ti.

—Sí, bueno. Tengo algo que hacer.

—No te sigo —dice Lishelle.

—He tenido problemas con Charles. En la cama. Él no... Bueno, no quiere acostarse conmigo.

—¿No? —dice Lishelle.

—No.

—Siento que tengas problemas de nuevo.

—¿De nuevo? —Annelise se ríe sin ganas—. Llevamos más de un año así.

—¿Más de un año?

—Me lo dijo hace unos días —digo yo.

—Yo sabía que tenías problemas —dice Lishelle—. Pero pensaba que lo habíais superado. No has dicho nada durante más de... ¿Un año?

—A mí también me resulta incómodo.

Entonces Annelise pone al día a Lishelle.

—Y Charles... —dice Lishelle—. ¿Está reaccionando?

—Me gasté quinientos dólares en ropa nueva. Nuevos sujetadores, zapatos sexy. Y nada.

—Vaya —Lishelle estira la mano y la pone sobre la de Annelise—. No sé qué decir.

—¿Qué puedes decir? Yo estoy empezando a preguntarme si mi matrimonio no está en serios problemas.

—No —digo yo—. Charles te quiere.

—Cada vez que me rechaza, hace mella en mi autoestima. Un poquito por aquí, un poquito por allí.

—¿Cómo podemos ayudarte? —pregunta Lishelle.

—Solo podéis estar ahí para mí, supongo. Escuchad mis penas —sonríe con tristeza.

—¿Has hablado con Charles sobre esto? —pregunto.

—Si intento hablar de ello, se enfada. Se pone a

la defensiva. Algunas veces le pregunto si está molesto conmigo, y me dice que está ocupado, agobiado, que mi impaciencia lo estresa aún más.

—Lo siento —dice Lishelle—. Pero si no está teniendo sexo contigo... ¿No crees que está con otra? Afrontémoslo. ¿Qué tío no quiere acostarse con su mujer? Yo creo que se lo está montando con otra.

Annelise se recuesta sobre el respaldo, desconsolada.

Yo fulmino a Lishelle y ella se disculpa con la mirada. La verdad es que yo también lo pensé, pero ahora sé que Annelise no está preparada para oír eso. Trato de hacerlo con más tacto.

—¿Y qué pasa si Charles tiene algún problema médico? —sugiero—. Eso podría explicarlo todo. A la defensiva, irascible. Sin querer oír hablar del sexo. A lo mejor no quiere empezar algo que no puede terminar.

—Oh, Dios mío —los ojos de Annelise se iluminan—. ¿No creéis que podría ser eso?

—Es una posibilidad.

—Podría explicar muchas cosas —añade Lishelle—. Afrontémoslo, Charles y tú estabais muy unidos.

—Y es por eso que todo esto es tan difícil de asumir —Annelise suspira.

—Quizá deberías preguntarle por ello —sugiero yo—. Pregúntaselo directamente. Dile que lo quieres más que a nada, que estás ahí para él, y que aunque tenga algún tipo de problema seguirás a su lado. Sabes cómo son los tíos. No quieren admitir que tienen problemas sexuales. Pero si le preguntas si tiene algún problema, y le aseguras que lo apoyarás pase lo que pase...

—Dios, creo que tienes razón —dice Annelise—. No se me había ocurrido. Supuse que era yo quien estaba haciendo algo mal y que por eso había perdido el interés. Mi hermana me aconsejó que comprara juguetes sexuales y ropa sexy, pero nada funcionó. ¿Cómo podría funcionar si tiene un problema médico?

—No lo sabrás seguro hasta que hables con él —le digo.

—Eso es lo que voy a hacer. Tengo que saberlo. Si tiene algún problema médico sentiré un gran alivio. No sabéis lo mal que lo he pasado al ser rechazada por el hombre que más quiero en este mundo —los ojos se le llenan de lágrimas.

—No puedo ni imaginármelo —dice Lishelle.

Yo veo la expresión de sus ojos y me doy cuenta de que Lishelle no está convencida de la impotencia de Charles.

—Bueno, ya basta de hablar de mí —dice Annelise—. Ponnos al día con tus planes de boda, Claudia. ¡Ya quedan cuatro semanas!

Yo me quejo un poco.

—Estoy tan agobiada...

—¿Pero por qué, cielo? Tienes a esa organizadora de bodas tan maravillosa.

—Pero aún tengo un montón de cosas que hacer. Y Adam parece menos interesado cada día.

—Cuando me casé, David era igual. Lo último que le importaba eran los preparativos de la boda. Y cuanto más cerca estaba el gran día, menos le importaba. Creo que los hombres no aguantan los debates sobre tartas, vestidos y platos. En lo único que piensan es en la luna de miel.

—Charles me ayudó mucho. Se preocupaba mucho

por los detalles, pero un día se hartó y me dijo que no quería oír hablar más de colores, comida o cualquier cosa que tuviera que ver con los preparativos. ¿Os acordáis? Ese fue el fin de semana que se fue a pescar con su hermano a Macon.

Yo esbozo una sonrisa. Sí que me acuerdo. Y también recuerdo lo triste que estaba Annelise. Estaba a punto de sufrir una crisis.

¿Acaso me he convertido en esa clase de novia? Tensa, histérica...

—En otras palabras —digo—. Las dos creéis que estoy haciendo una montaña de un grano de arena.

Annelise y Lishelle asienten a la vez.

—Así son los tíos —dice Lishelle.

—Vale. Trataré de no volverme loca con esto. Tengo que volver a Nueva York el martes para otra prueba, y después de eso, mi traje debería estar listo —tengo mariposas en el estómago—. Vaya. ¡No me puedo creer que el veintisiete de mayo esté tan cerca!

—Y tu treinta cumpleaños.

—Ya me había olvidado.

—Estábamos pensando salir esa noche —dice Annelise—. Una fiesta de cumpleaños y despedida de soltera a la vez.

—Antes de que lo pienses, serás una mujer casada y en una playa perdida haciendo el amor como una loca.

Yo sonrío al oír el comentario de Lishelle.

—Suena bien.

—Tendremos que arreglárnoslas sin ti —dice Annelise bromeando.

Ellas no saben que la luna de miel se podría ir al garete. Adam se comporta de una forma tan rara...

Lishelle suspira y yo estoy deseando que nos cuente su secreto, porque sé que oculta algo. Es muy propio de ella quedarse callada cuando oculta algo.

—Vale, Lishelle —le digo—. ¿Qué pasa? Desde que entraste por la puerta, has intentado ocultar una enorme sonrisa.

—Tengo algo que contaros, pero no creo que este sea un buen momento —dice con timidez.

—¡Claro que es un buen momento! —exclamo.

Ahora me muero por saber qué pasa.

—No es que no os lo quiera decir, pero después de todo lo que habéis contado, no estaría bien regodearse en la suerte de una.

—Ya vale —le digo—. Suéltalo ya.

—Estás saliendo con alguien. ¿No? —los ojos de Annelise se iluminan—. Oh, Dios mío. Vienes de estar con él.

—Bueno...

—Oh, Dios mío. —digo yo—. Lo hiciste.

Lishelle esboza una sonrisa culpable.

—Sí. Lo hice.

No podría sentir más curiosidad.

—La semana pasada dijiste que nunca más tendrías una cita.

—Lo sé. Creedme. Yo he sido la primera en sorprenderse al empezar una relación ahora.

—¿Una relación? —le pregunto—. ¿Qué pasa?

—¿De verdad queréis que os lo cuente?

—¡Sí! —exclamamos Annelise y yo.

—Vale —Lishelle está radiante.

No la había visto tan feliz desde lo de...

—Estoy con Glenn de nuevo.

Me da un vuelco el estómago.

—¿Glenn? ¿Baxter?

«El tío que solo sabía hacerte daño».

—Sí —Lishelle lo admite—. Y ya sé lo que estáis pensando, pero esta es la definitiva, chicas. Por fin lo es.

Annelise se ríe emocionada. Yo agarro la copa y le doy un gran sorbo.

—¿Y cómo pasó?

—Me llamó el viernes por la noche a la cadena. No quería, pero fui a verlo. Y nos acostamos, como siempre. Entonces, a la mañana siguiente, yo estaba molesta por haberme acostado con él. Empezamos a hablar y me dijo que siempre me había amado, que quiere que estemos juntos.

—¿Y tú lo creíste? —le pregunto.

—Sí.

Me termino la copa. Aunque quiera alegrarme por ella, no he olvidado el daño que Glenn le ha hecho en el pasado.

—Me alegro por ti —dice Annelise—. Sé lo mucho que te importa Glenn.

—Eso es. Todavía lo quiero. ¿No es de locos? Es por eso que no puedo resistirme a él. No es solo por el sexo.

—¿Estás segura? —pregunto.

Ella se vuelve hacia mí y asiente.

—La noche del viernes fue genial, pero a la mañana siguiente no podía controlar mis emociones, así que le dije que no podíamos vernos solo cuando tuviera ganas de sexo. Entonces él me dijo que está enamorado de mí y que quiere hacer funcionar nuestra relación. Se tenía que ir ayer por la tarde, pero hubo un cambio de última hora en sus horarios. Pasamos todo el día paseando como amigos. No fue solo sexo, hasta más tarde. Claro —termina con una sonrisa pícara.

—Cuando es la hora, es la hora —comenta Annelise.

—Eso creo yo.

—A algunos hombres les lleva tiempo. Mirad a Big en *Sexo en Nueva York*.

—Eso es —dice Lishelle—. Yo siempre quise que Carrie terminara con Big.

—Oh, yo también.

A lo mejor Lishelle se ha dado cuenta de que guardo silencio. De pronto se vuelve hacia mí.

—Sé lo que estás pensando.

—¿Yo? No estoy... No estoy pensando en nada. Solo estoy disfrutando... —miro mi copa vacía—. Necesito otro trago.

—No me cambies de tema. Crees que estoy cometiendo un error y sé por qué piensas eso, pero esta vez es diferente. Esta vez es de verdad.

Yo me revuelvo en el asiento y trato de seguir callada, pero no puedo.

—Sabes que te quiero, Lishelle, y quiero lo mejor para ti, pero... ¿Cómo puedes olvidar el daño que Glenn te ha hecho? Saliste con él durante dos años, cuando estabas en la universidad, y averiguaste que se estaba acostando con otras. No solo una. Plural. ¿Cómo puedes confiar en él?

—Por un lado, la universidad terminó hace diez años. Los dos éramos muy jóvenes. Demasiado jóvenes para implicarnos en una relación seria. No me lo puedes negar.

—Pero...

—Pero... ya ha pasado el tiempo, hemos madurado y sabemos lo que queremos. Ya tenemos más de treinta, por favor.

—El que la hace una vez, la hace dos veces —mascullo.

—Claudia —dice Annelise para hacerme callar—. ¿No te alegras por Lishelle?

—Sí, por favor —dice Lishelle.

No está enfadada conmigo. Tiene una mirada radiante, como si fuera la primera vez que se enamora.

—Confía en mí. Sé que estoy haciendo lo correcto.

Yo dejo escapar un suspiro y me rindo.

—Vale. Lo haré. Y si estás feliz, eso es lo que importa. Solo quiero verte feliz.

—Lo sé —Lishelle me sonríe y le da un sorbo a su copa.

—Supongo que lo volveremos a ver si esto va en serio —digo.

—El próximo fin de semana. Lo he invitado al baile de caridad de la fundación Pide un Deseo.

—Ah —yo la señalo con el dedo—. Ahora lo entiendo. Lo de volver con Glenn era para tener pareja en el baile. Muy lista.

—Creo que tiene razón —dice Annelise, entre risas.

—¡Vale! —Lishelle sacude la cabeza—. ¿Es que soy la única que tiene hambre? Ni siquiera hemos probado el bufé.

—Claro, cambia de tema —le digo.

Sin dejar de reír, no levantamos y nos dirigimos hacia el bufé.

Capítulo 8

Annelise

Estoy sentada delante del escritorio y no dejo de mirar el reloj. El segundero avanza sin parar. Ya son las cuatro y cinco y empiezo a sentir que mis próximos clientes no van a venir. No me extrañaría. Ha sido un día muy malo. Me cancelaron las otras dos citas. Iban a ser álbumes de bodas, el trabajo más lucrativo que hago.

—No puedo ganarme la vida así —murmullo.

Quizá tenga que anunciarme más. Este año mis ingresos han ido de mal en peor. Lo único que me salva es que voy a hacer las fotos de la boda de Claudia y su padre me va a pagar un álbum que vale más de mil dólares.

Tic, toc, tic, toc...

Suena el timbre de la puerta y doy un salto. Echo la silla hacia atrás y me pongo en pie. Pongo una sonrisa de plástico.

Entra una pareja de jóvenes, de la mano. Ambos

tienen el pelo oscuro y una sonrisa de oreja a oreja. No deben de tener más de veintiuno, o veintidós años.

—Debéis de ser... —mi voz se pierde al ver entrar a otro hombre.

Nuestros miradas se encuentran y siento una ola de deseo.

—Sebastian y Helen —dice el muchacho y me extiende la mano.

Yo salgo de detrás del escritorio.

—Ya.

Les estrecho la mano a ambos.

—Encantada de conoceros.

Mi mirada se desvía hacia ese hombre misterioso, que me ha hecho sentir mujer de nuevo.

Charles ni siquiera me miró cuando me puse los pantalones de cuero ceñidos que Samera me aconsejó que comprara. Pero este extraño sexy sí me ha mirado, y es genial.

Le ofrezco una sonrisa.

—Si no le importa, deme un segundo para atender a la pareja feliz...

—Es que vengo con la pareja feliz...

—Oh —dejo escapar una risa nerviosa—. Ya veo.

—Es mi hermano mayor, Dominic —dice Sebastian—. Quiso acompañarnos.

—No hay problema —vuelvo a mirar a Dominic y suelto el aliento lentamente al ver que me está mirando.

Me resulta familiar, pero... ¿De dónde?

No sé lo que estoy haciendo cuando escondo la mano izquierda. No. Sí sé lo que estoy haciendo. Estoy escondiendo mi anillo de casada. Lo que no sé es por qué.

Carraspeo.

—Por favor, sentaos.

Sebastian y Helen no separan sus manos a pesar de sentarse en sillas independientes. Dominic se queda de pie y mira las fotos de las paredes.

—¿Cuándo os vais a casar? —les pregunto.

—El veintitrés de septiembre.

Me siento en el escritorio y apunto esa información. Entonces les enseño los productos que ofrezco, empezando por los más baratos.

—Todos los álbumes están en este catálogo —les digo al terminar y les entrego un catálogo a color que me costó una pequeña fortuna—. Pero estos no son definitivos. Puedo adaptar un *book* a vuestro gusto. Podéis usar esta guía y me decís qué cambios queréis hacer.

—¿Tú has hecho todas estas fotos? —dice Dominic, mirándome por encima del hombro.

Tiene un buen trasero. A decir verdad llevaba mucho tiempo sin ver a alguien a quien le sienten tan bien unos vaqueros.

—Sí —le contesto—. Yo hice todas las fotos.

—Me gusta mucho esta —dice él señalando el marco de una foto de un bebé durmiente.

—Esa es una de mis favoritas —le digo, encantada.

Sebastian y Helen siguen mirando el catálogo, así que vuelvo a mirar a Dominic. Él me sonríe.

Ahora sé que estoy desesperada, porque esa simple sonrisa me pone a cien. Estoy sorprendida. No recuerdo haber sentido esta clase de atracción carnal inmediata, ni siquiera al principio de mi relación con Charles.

Y él me resulta tan familiar. ¿Dónde lo he visto antes?

Por mi propio bien, tengo que quitarle los ojos de encima. Me revuelvo en el asiento y miro a la pareja.

—¿Tenéis alguna pregunta?

Helen sacude la cabeza.

—No. Las harás a color y en blanco y negro. ¿No?

—Si así lo queréis.

—Oh, lo sé —dice Helen rápidamente—. ¿Cuánto pides por adelantado?

—Depende del álbum que elijáis. Y podéis cambiar de idea en cualquier momento antes de la boda. Pido un veinte por ciento por adelantado.

Yo espero su reacción. Helen se muerde el labio inferior.

—O me podéis dar el diez por ciento cuando hagáis el encargo, si es más fácil así, y el otro diez por ciento treinta días antes de la boda. Solo tenéis que decírmelo —hago una pausa—. Nunca sé qué pensar cuando no tengo noticias de las parejas. Siempre pienso que los he perdido.

Lo último que quiero hacer es presionar a nadie. Yo no creo en la venta agresiva, aunque Charles dice que debería hacerlo. Todo el tiempo me dice que sacaría más dinero si fuera más dura.

Pero yo no soy así.

—Tomaos vuestro tiempo —les digo—. Echad un vistazo por el estudio. Tengo álbumes de prueba que podéis mirar. Sin prisa.

—Daremos una vuelta, pero queremos que seas tú —dice Helen—. Tenemos muy buenas referencias de tu trabajo. Y las fotos que tienes en exposición hablan por sí solas.

—Vaya, gracias —digo sin perder la calma.

—Podemos dejar un depósito ahora mismo si quieres —prosigue—. Pero nos gustaría elegir el *book* primero y después dejar el depósito.

En este punto muchos fotógrafos se impacientan por asegurar el trato e insisten en que el cliente deje dinero por adelantado, pero yo odio ahuyentar a la gente, aunque sé que tal vez no vuelvan por aquí.

—Cuando os venga bien, hacedme una llamada.

—Muchas gracias —dice Sebastian—. Será al final de esta semana o al principio de la próxima. Entonces te traeremos el depósito.

—Siempre existe la posibilidad de que venga alguien pidiendo la misma fecha, así que por ahora no la marcaré. ¿Nos vemos la semana próxima?

—Sí —dice Helen.

—Entonces os espero. Y enhorabuena por la boda.

Sebastian y Helen se levantan y van hacia la puerta. Yo también me levanto. Dominic, que aún está observando mis fotos, no se da cuenta de que su hermano está listo para irse.

—Eh, Dom —le dice Sebastian.

Dominic se da la vuelta.

—¿Estás listo?

—Sí.

Siento el impacto de su mirada una vez más. No puedo evitar preguntarme por qué se molestó en venir con su hermano.

—¿Tienes alguna pregunta? —le digo.

Él sacude la cabeza.

—Ninguna.

—Vale.

Parece que es el señor Misterio.

—Creo que Dom se aburre mucho y necesita otra vida —me dice Sebastian—. ¿Cuándo fue la última vez que saliste con alguien?

«Entonces está soltero... Y tú estás casada. Ni se te ocurra...».

A pesar de todo me esfuerzo por esconder el anillo al acompañarlos a la puerta. Sé que esto no llegará a nada, pero por lo menos tendré a alguien en quien pensar mientras me masturbo. Pensar en Charles ha dejado de funcionar, porque es difícil fantasear con alguien que no te quiere.

Sebastian y Helen aún van de la mano. Yo los observo y se me hace un nudo en la garganta. Charles solía ser así. Siempre me estaba tocando y me daba besos tiernos en la mejilla. Siempre me hacía sentir querida.

No puedo pensar en Charles ahora, así que echo un último vistazo a la impresionante musculatura de Dominic. Al salir por la puerta, se vuelve y me sonríe. Yo hago lo mismo y lo saludo con la mano. Y entonces se van. La puerta se cierra.

—¡Maldita sea! —me giro y cierro los ojos.

Dominic y yo apenas hemos hablado, pero la forma en que me miró me hizo sentir como si sus manos hubieran acariciado todo mi cuerpo.

¿A esto se refería Samera cuando dijo que ponerse ropa sexy te hace sentir viva? Si es así, estoy alucinada.

El sonido del cazador de sueños de la puerta me hace darme la vuelta. Ahí está de nuevo, sonriendo.

Yo trago con dificultad.

—Hola. ¿Se olvidaron algo?

—En realidad, me di cuenta de que no podía irme sin preguntarte algo —me dice y avanza hacia mí.

Mi corazón está a punto de estallar. ¿Qué podría querer preguntarme? ¿Algo personal? Claro que no. Se acordó de algo sobre las fotos.

—Ya sabía que se te ocurriría algo —digo bromeando.

Él saca una tarjeta de su billetera. Hace como si me la fuera a dar.

—¿Tienes un bolígrafo?

—Sí —yo voy hacia el escritorio con paso sexy.

Al estirarme para agarrar el bolígrafo, levanto un pie de forma de forma sugerente.

¿Qué estoy haciendo?

Le doy el bolígrafo.

—Esta es mi tarjeta —me dice mientras escribe algo en el dorso—. El número de mi oficina y mi móvil están por delante. Este es el número de mi casa.

Yo miro la tarjeta que me ha dado.

—Eres arquitecto.

—Sí.

—Impresionante.

—Está bien. Trabajo para mí mismo. Tengo una oficina en casa. No pertenezco a ninguna firma. Así puedo marcar mi propio ritmo y hacer los proyectos que quiero.

—Entiendo.

Hay una chispa en sus ojos que hacía tiempo no veía. Es deseo, puro deseo.

—¿No me recuerdas, verdad?

—¿Debería? ¿Nos conocemos?

—Bueno, digamos que sí. Fue hace un par de semanas. En una tienda, no muy lejos de aquí —se ríe suavemente—. Traviesa.

Oh, Dios mío. Me quiero morir. Es el tío que me vio cuando estaba en la caja. Mi cara arde en llamas.

—No, no —dice Dominic rápidamente—. No te sientas incómoda.

—Demasiado tarde.

—Lo he mencionado porque pensé que tú... pensé que te acordabas.

No puedo mirarlo a los ojos.

—Tu cara me sonaba, pero no sabía de qué.

—Por favor, no te sientas mal. Y me encantaría que me miraras a la cara. Tienes unos ojos azules maravillosos.

Mi pulso se acelera al mirarlo a los ojos.

—Así. Me encantan esos ojos.

Tengo el estómago lleno de mariposas, pero no digo nada. No sé qué decir.

—Déjame pedirte esto antes de quedarme sin agallas. Me gustaría tomar un café contigo.

—¿Un café?

Él asiente.

—O cenar. U otra cosa.

—No sé...

—No me digas que no. Piénsatelo.

Dominic tiene una voz que me estremece de pies a cabeza, y tiene una sonrisa tan dulce... Es difícil resistirse.

—Vale —le digo—. Lo pensaré.

—Gracias.

—No te estoy prometiendo nada —todavía escondo la mano izquierda.

—Muy bien.

Gracias a Dios, Dominic se da la vuelta y va hacia la puerta. Yo me doy el placer de admirar su cuerpo perfecto.

«Voy a arder en el infierno...».

Es difícil olvidar el diálogo interno con el que has crecido. Mi madre siempre me amenazaba con el infierno en sus sermones. Mientras otros padres les contaban cuentos a sus hijos antes de irse a la cama, mi madre nos daba una lección sobre el pecado que hay en el mundo, y nunca se olvidaba de decirnos que si hacíamos mal, iríamos al infierno.

Recuerdo que decía que pensar en algo impuro era un pecado en sí mismo. Supongo que según ese criterio, ya he cometido adulterio. ¿Qué podría impedir que hiciera el acto real?

Antes de salir, Dominic me mira por encima del hombro.

—Eres realmente preciosa. Pensé que debía decírtelo.

—Gracias —trago con dificultad.

No tiene ni idea de lo mucho que me gustaría arrancarle la ropa y hacerlo con él encima del escritorio.

Por lo menos puedo hacerlo en mis fantasías.

¿Y qué importa si ardo en el infierno?

Pienso en Dominic durante el camino a casa. Mentalmente, ya he cruzado la línea, así que doy un paso más. Me imagino lo maravilloso que sería apretar mis pechos contra su pecho musculoso. Pienso en cómo sería mirarlo a los ojos mientras me hace el amor. Pienso en su sabor y gimo con placer mientras me como su golosina.

Las imágenes sexuales se suceden hasta llegar a casa. Y no quiero que paren. En el momento en que entro en casa, sé lo que voy a hacer; lo que tengo que hacer.

Voy al armario y saco lo que compré después de renovar mi vestuario. El vibrador. Es grande y grueso, muy real. Pero es azul.

No había pensado en usarlo, pero ahora lo estoy deseando. Me quito el pantalón y la blusa y me acuesto en la cama en sujetador y tanga. Enciendo el aparato y cierro los ojos. Las vibraciones suaves estimulan mi pecho, e imagino que Dominic me toca con sus manos. Es tan fácil ponerse caliente pensando en ese hombre... Cuando me toco, ya estoy húmeda.

—Oh, sí. Dom... —susurro, fingiendo que son sus dedos los que acarician mi sexo. Y entonces me imagino su lengua, caliente y hambrienta, lamiendo mi sexo con tanta pericia que casi tengo un orgasmo.

Pero no quiero sentir su lengua. Quiero sentir su potencia masculina, así que meto el vibrador entre mis piernas y empiezo a frotarlo contra mi clítoris. Oh, es maravilloso. Empiezo a gemir como si fuera de verdad.

Ahora mismo, es el de Dominic. Él me desea más de lo que nunca ha deseado a nadie.

Abro las piernas y meto la punta del vibrador. Vaya. Es como si volviera a ser virgen. Sigo intentándolo, metiéndolo más adentro. Finalmente, está tan dentro que las bolas se colocan bajo mi vulva y los tentáculos con forma de pluma me masajean el clítoris.

—Oh, Dom... —empiezo a jadear—. Oh, sí...

Me aprieto un pezón, imaginando que Dominic lo mordisquea. Y esos pequeños tentáculos obran su magia, acercándome a la felicidad.

—¡Oh... Oh! —mi gemido es largo y frenético.

El orgasmo más dulce que jamás he experimentado se apodera de mí durante unos segundos. Dominic está dentro de mí y me observa mientras llego al clímax. Dios. Esa sonrisa suya. Ahora mismo, soy completamente suya.

Los segundos pasan. Mi respiración se calma. Dominic se desvanece. Saco el vibrador. Estoy tan satisfecha como cualquier mujer, pero me siento vacía, incompleta.

Porque no es real.

Después del orgasmo, busco en los pantalones de Charles y después en sus cajones. Finalmente miro en sus zapatos.

Pero no encuentro nada. Nada de nada.

Me dejo caer al suelo, exhausta. Y decepcionada.

Oh, Dios. De verdad estoy decepcionada, cuando debería estar contenta.

—¿Qué estoy haciendo? —pregunto en alto.

Cuando Samera me sugirió que mirara en la ropa de Charles no lo hice. ¿Por qué lo estoy haciendo ahora? ¿Es que estoy buscando una justificación?

Me quejo suavemente, sabiendo que esa es la verdadera razón. Qué patético. Conozco a un tío que enciende mi libido y de repente me da por revisar la ropa de mi marido para encontrar pruebas de su infidelidad. Es como si quisiera averiguar que Charles es un imbécil que no se merece mi fidelidad.

Quiero acostarme con un hombre. Eso es lo que el sexo puede remediar. Este deseo me está comiendo por dentro.

Pero no me importa estar casada con Charles. Quiero sexo salvaje con un hombre que me encuentre atractiva.

Me levanto del suelo y salgo del armario. Me acuesto en la cama. Un momento después, descuelgo el teléfono. Quiero llamar a Claudia, pero recuerdo que está en Nueva York para una prueba de vestuario. Lishelle debe de estar en el estudio y no quiero molestarla.

Al final llamo a Charles, el hombre al que juré amar hasta que la muerte nos separase.

—Despacho de Charles Crawford —dice la recepcionista.

—Emily, soy Annelise. ¿Está Charles?

—Oh, claro. Un momento.

Un segundo después Charles se pone al teléfono.

—Annelise. Hola.

—Hola, cariño.

—¿Qué pasa?

—Oh, nada. Estaba pensando en ti. Quería oír tu voz.

—¿Todo está bien?

—Sí —le digo—. Estoy bien. Es solo que te echo de menos.

—Siento mucho lo de la otra noche —me dice de repente—. Quizá tengas razón. Quizá necesitemos unas vacaciones. Siempre estoy tan ocupado en el trabajo... A lo mejor si me alejo de este sitio...

Mi corazón se llena de esperanza. Hasta este momento había pensado que todo le entraba por un oído y le salía por el otro. Pero Charles me estaba escuchando. De verdad.

—Oh, Charles. Eso sería genial. ¿De verdad crees que podrás sacar tiempo?

—Veré qué puedo hacer.

—Vale. Eso es todo lo que te pido. ¿Y esta noche? ¿Quieres que salgamos a cenar? Es martes. No creo que sea difícil reservar.

—Claro. Llevamos tiempo sin hacer eso, ¿verdad?

—Así es.

—No me puedo creer cómo me absorbe el trabajo. Tendré que esforzarme más.

Charles está tan amable que estoy a punto de llorar.

—Voy a llamar a ver si encuentro un sitio agradable. ¿Una reserva para las siete?

—Perfecto. Ahora tengo que dejarte...

—Charles —le digo rápidamente.

—¿Sí?

—Te quiero.

Hay una pausa y me pregunto si Charles va a decir algo.

—Sé que sí, cariño. Y yo también te quiero.

Cuelgo el teléfono y saco la tarjeta de Dominic de la billetera. La rompo en varios pedazos y la echo por el váter.

Capítulo 9

Lishelle

Estoy mirando a Glenn a los ojos. Sí, mirándolo. Le agarro la mano.

Estamos en mi cama, cara a cara, completamente desnudos. La pierna de él reposa sobre las mías. Me siento tan a gusto... Parece que lleva toda la vida en mi cama.

Podría mirar esos ojos cautivadores color avellana todo el día. Glenn me tiene hechizada. Y estoy enamorada. La verdad es que nunca he querido a nadie como quiero a Glenn.

—¿Por qué me miras así? —le pregunto.
—¿Así cómo?
—Como si me comieras con la mirada.
—¿Quieres que pare?
—No. Quiero quedarme aquí contigo para siempre.
—Sé lo que quieres decir.

Pasa un momento. Yo bostezo.

—Estoy exhausta. Gracias a ti.

—Anoche no te quejaste.

—Claro que no —respondo entre risas—. ¡Qué comienzo de fin de semana!

Después de hablar con Glenn durante la semana, no lo esperaba hasta hoy, pero él me sorprendió llamándome al estudio ayer por la noche. Llevamos desde entonces haciendo el amor. ¿Qué puedo decir? No he tenido sexo en seis años. Voy a aprovechar todo lo que pueda.

Glenn se lleva mi mano a los labios y me da un beso.

—Estoy aquí para darte placer.

—¡Qué bien!

Los dos nos reímos. Parece que tuviéramos quince años y esta fuera nuestra primera vez.

—¿Estás lista para levantarte? —me pregunta Glenn, mientras me acaricia un pezón.

—Oh, no estás jugando limpio.

—La vida no es justa, cariño —Glenn baja la cabeza y me mordisquea el pezón.

Yo cierro los ojos y gimo de placer. Le acaricio el cabello.

—Maldita sea, Glenn.

—¿Quieres que pare?

—Pensaba que... pensaba que íbamos a... —no termino el pensamiento.

Glenn me está masajeando el clítoris y es tan agradable... Estoy a punto de llegar al orgasmo. Es como si todo mi cuerpo fuera un instrumento de placer. Cuando él me toca, estoy perdida.

Soy suya.

Glenn se acuesta de espaldas y me pone encima. Me agarra del trasero y lo acaricia sin parar. Yo me pongo erguida y deslizo un dedo por su miembro erecto, guiándolo hacia mi sexo.

—Oh, Glenn...

Él empuja mis caderas hacia abajo y entra en mí con una embestida poderosa. Nos hemos pasado toda la noche haciendo el amor, pero no importa. El dolor desaparece con el placer.

—Estás muy caliente —susurra Glenn.

Masajea mis pechos y juega con mis pezones. Yo empiezo a cabalgar como si él fuera un caballo salvaje y observo la expresión de sus ojos, de puro éxtasis. Me encanta mirarlo a los ojos y ver más allá.

—Vamos, cariño —dice Glenn, gimiendo.

Me agarra de las caderas con fuerza y empuja hacia arriba con frenesí. Yo me froto contra él. Un momento después, cierro los ojos. Una ola de felicidad orgásmica baña mi cuerpo. Arqueo la espalda y disfruto del clímax. Los dedos de Glenn se clavan en mi trasero. Todavía estoy en la cumbre cuando lo oigo llegar. Tenso mis paredes internas, sabiendo que eso le dará más placer.

Poco a poco sus labios dibujan una sonrisa. Me agarra de los hombros y tira de mí. Me desplomo sobre su pecho.

Permanecemos en silencio un momento. Nuestro aliento es uno solo. Entonces nos echamos a reír.

—Siempre me haces lo mismo, Baxter. Haces que me olvide de todo.

—No puedo quitarte las manos de encima.

Yo me acuesto a su lado.

—Voy a darme una ducha. Sola. Tendré que alejarme de esa arma letal si quieres que hagamos otras cosas hoy.

—Vale, vale —dice Glenn—. Creo que deberíamos salir a desayunar. Podríamos comer algo por ahí.
—¿Para recobrar fuerzas para después? —le pregunto, haciendo una mueca burlona.
—No. Hay algo que quiero enseñarte.
Yo levanto las cejas.
—¿Qué quieres enseñarme?
—Es una sorpresa.
—¿Una sorpresa? —me vuelvo a acostar a su lado—. Vamos, Glenn. Ya sabes que no me gustan las sorpresas. Dime qué es.
—Ve a ducharte. O nunca saldremos de aquí.
—Glenn...
Él me empuja fuera de la cama.
—Vete.
Yo lo fulmino con la mirada y voy hacia el baño. En realidad estoy de broma. Todo es un farol y no quiero que me lo diga. Me encantan las sorpresas.
—Date prisa. O no podrá ser hoy.
—Vale. Ya voy —no paro de sonreír.

—No creo que quieras comer más —le digo un par de horas más tarde.
Estamos tomando café en un bar cerca de mi casa. Glenn mira el menú de comidas.
—No sé. Podría tomar una hamburguesa.
—No puedes, así que vamos a pagar y nos vamos.
—Estás impaciente, ¿no?
Yo sonrío.
—¿Puedo pedir el postre?
—¡No hay postre! —me río—. Sí que sabes cómo sacar de quicio a una chica.

—Me lo dicen mucho.

De pronto me doy cuenta de que no sé nada del pasado de Glenn. Hemos estado muy ocupados en la cama y el tema nunca ha surgido.

—Supongo que sí —sigo sin dejarlo contestar—. No sé mucho de ti, Glenn. Me dijiste que no te habías casado, pero supongo que habría alguien importante. A lo mejor unas cuantas.

Glenn sigue tomando el café.

—No creo que quieras hablar de esto.

—Sí. Al principio creía que no me importaba, pero ahora me doy cuenta de que me estaba engañando a mí misma.

—Vale. Hubo alguien. Solo una desde que nos separamos. Un par de relaciones casi serias, pero la última fue la más importante.

Siento un nudo en el estómago. ¿Acaso estoy celosa?

—¿Cuándo fue?

Se lo piensa un poco.

—Creo que fue hace poco más de un año.

—Vaya. Hace poco.

—Lo sé.

—No me dejes así. Dime qué pasó.

—Salimos durante dos años. Sí. Dos años —me dice, al ver mi cara de sorpresa—. Yo le había pedido matrimonio, y nos íbamos a casar.

—¿De verdad? —me he quedado perpleja.

—Sí. Pero no salió bien.

—Oh, no. No me digas que le pediste que se casara contigo y que no funcionó. ¿Qué pasó? ¿Tengo que preocuparme?

—No. Ella decidió volver con su ex. Rompió conmigo y me dijo que mi propuesta le había hecho darse cuenta de que tenía asuntos pendientes con su marido. ¿De verdad quieres oírlo?

Yo asiento.

—Me declaré. Ella no me contestó, sino que me dijo que necesitaba tiempo. Tres días más tarde, me soltó un rollo sobre el carácter sagrado de los votos matrimoniales. Decía que no le podía prometer a otro hombre lo que le había prometido a su marido. Me dijo que quería darle otra oportunidad —Glenn se encoge de hombros—. Por lo que sé, volvieron a estar juntos y se han casado de nuevo.

—Entonces te rompió el corazón.

—No sigo colgado de ella, si es eso lo que estás pensando.

—¿Estás seguro? Ibas a casarte con ella.

—Sí. Estoy seguro. Porque estoy colgado de otra —me mira con toda intención—. Siempre lo estuve, a decir verdad, aunque nos hubiéramos ido cada uno por nuestro lado. Además, lo de Tess no habría salido bien. Tenía dos hijos...

—Tess.

—Y ella no quería más. Hubiera tenido que forzar las cosas para que funcionaran. Ahora lo sé. Créeme, fue mejor así. Sobre todo ahora que has vuelto a mi vida.

Yo lo miro a los ojos. Parece sincero.

—¿Y qué tal os llevabais en la cama?

—No tan bien como nosotros —contesta Glenn sin vacilar.

Entonces me acaricia la palma de la mano con el pulgar.

—¿Entonces no me tengo que pasar el resto de mi vida odiándola? —le digo bromeando.

—Sería una pérdida de tiempo.
—Lo sé. Tienes razón. Lo que importa es el presente. Nosotros.
—No podría estar más de acuerdo.
Glenn se saca la billetera de los pantalones y saca dinero. Lo pone encima de la cuenta.
—Bueno, ¿estás lista para la sorpresa? —me pregunta.
—No puedo esperar más.

Mi emoción se desborda cuando Glenn y yo llegamos a Duluth, uno de los barrios residenciales más lujosos de Atlanta. Las casas son enormes y los jardines espectaculares. Mi corazón late a mil por hora. ¿Por qué me ha traído a un lugar como este?
Él me lleva de la mano y yo sonrío. Es bueno saber que hay algo más que sexo en nuestra relación.
—Me va a dar algo, Glenn. ¿Cuándo me vas a decir de qué se trata?
—Ya verás...
Yo observo la zona mientras Glenn hace una serie de giros. Al final aparcamos delante de una enorme casa color gris. Tiene un cartel que pone *Se vende*. El camino hacia el garaje se desvía hacia la derecha y hay suficiente espacio para aparcar unos ocho vehículos.
Yo lo miro, confundida. Él no dice ni una palabra, sino que sonríe como un tonto. Saca el teléfono móvil y teclea un número.
—Hola, Sandra —le oigo decir—. Soy Glenn Baxter. Estoy delante de la casa. Estupendo. Te veo ahora.

—¿Quién era? —le pregunto, aunque ya me imagino quién es.

—Era la agente inmobiliaria.

—¡Glenn! ¿Qué estás haciendo? ¿Y cuándo quedaste con ella? Hemos estado juntos todo el tiempo.

—La llamé cuando fuiste a ducharte. Y no te emociones tanto. No sé si te va a gustar.

—¿Gustarme? ¡Glenn! —miro hacia la fila de árboles que separa la propiedad de la siguiente.

A lo lejos puedo ver las límpidas aguas del lago Lanier. Quiero rodearlo con mis brazos y comérmelo a besos.

—Siempre he querido tener una casa cerca del agua. Me encanta el estuco, y los árboles. Dan mucha privacidad. Es muy grande. ¿Cuánto tiene? ¿Un acre?

—Un poco más.

—¡Glenn!

—No te emociones mucho...

—¿Y cómo podría no emocionarme? Tardaré más tiempo en llegar al trabajo, pero esta es la clase de casa... —me quedo sin palabras al mirarla.

—La clase de casa en la que criarías una familia —me dice él.

—¿Qué estás haciendo, Glenn?

—Quiero saber si te gusta el lugar. Así sabré qué hacer.

Yo le doy un abrazo y lo beso con pasión, alimentando la llama del amor que siento por él.

Nos separamos al oír el sonido de un coche. Una hermosa mujer morena sale de un Lexus color plata.

Glenn y yo salimos de mi coche.

—Siento llegar tarde —dice ella, sonriendo—. Estaba en un atasco.

—No pasa nada —dice Glenn.
—Lishelle Jennings.
Sandra me ofrece su mano.
—Te reconocería en cualquier lugar. Siempre veo las noticias en el Canal Cuatro.
—Oh, gracias.
—Soy Sandra Holloway.
—Encantada.

Sandra echa a andar hacia la casa. Glenn y yo vamos tras ella.

—Espero que te guste tanto como a Glenn —me dice la joven.

—Seguro que sí —le digo, pero me sorprende enterarme de que Glenn ya la ha visto. ¿Cuándo? Acaba de regresar a la ciudad.

Me quedo sin aliento cuando Sandra abre la puerta. El impresionante recibidor tiene un techo alto e inclinado y hay una escalinata doble que conduce al piso superior. Toda la estancia está cubierta de tarima de madera noble.

—Hay seis dormitorios y cinco baños.
—Oh, Dios mío —entro en la casa.
—Los suelos son de madera de cerezo. También hay una escalinata en la parte de atrás que conduce arriba. Los techos tienen diez pies de altura, excepto en el recibidor y en la sala de estar, donde son altos e inclinados.

—Me encanta este lugar.
—Pensé que te gustarían las casas más modernas —me dice Glenn.
—Me encanta el *look* moderno. También tiene algún toque clásico —comento al ver las molduras del salón contiguo.

—Es una mezcla de estilos —dice Sandra—. Europeo, tradicional, colonial...

—Sea lo que sea, es maravillosa.

—¿Te gusta cocinar?

—Me encanta. Cuando tengo tiempo.

Sandra nos lleva a la parte de atrás. Yo empiezo a reírme como una tonta. Estoy tan emocionada...

—Todos las estanterías son de arce, y en esta barra americana podrían sentarse veinte personas.

Voy hacia los enormes ventanales que van del suelo al techo y miro hacia fuera.

—¡Mira eso! ¡Qué piscina!

—Es una piscina olímpica —comenta ella—. Climatizada. Y tiene jacuzzi.

—Y ahí está el lago —dice Glenn, señalando hacia un bosquecillo.

Una casa cerca de un lago. Me muero de alegría.

El resto de la casa es mucho mejor. Tiene dos habitaciones de matrimonio con enormes roperos. Hay un despacho...

Sandra se vuelve hacia mí con una sonrisa.

—¿Entonces te gusta? —me dice.

—Me encanta ¿Cuánto cuesta?

—Se vende por ocho noventa y nueve, pero estoy segura de que la podéis conseguir por ocho veinticinco. Ahora está vacía, así que os podríais mudar cuando quisierais.

—Es un poco cara —comenta Glenn.

—Pero es una casa maravillosa —dice Sandra—. Es una inversión, en realidad.

—La mejor inversión —digo yo, pensando no solo en la propiedad, sino en formar una familia.

Glenn debe de estar pensando lo mismo.

—Os dejaré un rato para que os deis un paseo —dice Sandra cuando volvemos al recibidor.

Yo tomo a Glenn de la mano y voy hacia la habitación de matrimonio, que tiene una extraordinaria vista del lago. Miro por la ventana y sacudo la cabeza.

—¿Qué? —me pregunta Glenn.

—Es que... Este siempre ha sido mi sueño. Tener una casa como esta junto a un lago.

—¿Por qué crees que estamos aquí?

Mi corazón se detiene y me vuelvo hacia él.

—¿Crees que no me acuerdo de lo que solías decirme? Siempre decías que querías tener una casa cerca del agua. Una hermosa casa donde criar a tus hijos.

Me quedo sin palabras.

—¿Te acuerdas?

—Cuando se trata de ti, me acuerdo de casi todo.

Yo sí que he olvidado algunas cosas. Me olvidé de lo romántico que era Glenn, de cómo podía sorprenderme.

—¿Y qué me dices de la vista de la cocina? —me pregunta—. Y aún no hemos salido. Hay una cancha de tenis.

—¿Por qué no me sorprende? Me encanta. Toda la casa es maravillosa —miro alrededor.

El dormitorio tiene una pequeña sala de estar separada por unas columnas, y un hogar.

—Mira —Glenn señala hacia fuera.

—¿Qué?

—En el lago. ¿No lo ves?

—¿El qué? —no veo nada extraordinario y me vuelvo hacia él.

Está de rodillas y tiene una cajita en la mano. La abre y yo contengo la respiración. Es un anillo con tres diamantes. Un diamante redondo en el centro y dos triangulares a los lados.

—Eso tiene que ser...

—Más de dos quilates —Glenn está exultante—. Quería comprar algo más grande, pero...

—¿Más grande? No seas tonto. Me encanta.

Estiro la mano para ponérmelo, pero la retiro de inmediato. Él aún no me lo ha ofrecido.

—Sé que esta casa cuesta mucho, y quizá no podamos comprarla —dice Glenn—. Aún. Pero es algo a lo que podemos aspirar. Nuestro sueño, cariño. Tuyo y mío.

Saca el anillo de la caja y toma mi mano. Me doy cuenta de que estoy llorando cuando una lágrima llega a mis labios.

Glenn me pone el anillo.

—Lishelle Amanda Jennings... ¿quieres casarte conmigo?

Yo grito de alegría y me arrojo a sus brazos con tanto ímpetu que lo tiro al suelo. Él estira un brazo para amortiguar el golpe y me rodea la cintura con el otro. Yo aterrizo sobre su pecho fuerte.

Rompemos a reír.

—Glenn Baxter, eres un demonio. No tenía ni idea.

—Así son las sorpresas.

—Oh, lo siento —dice alguien mientras me lo como a besos y levanto la vista. Sandra está junto a la puerta, sonrojada—. Oí un grito.

Yo me incorporo.

—Supongo que me emocioné un poco —le enseño

la mano izquierda—. Glenn me acaba de proponer matrimonio.

—Oh, Dios mío —Sandra contempla el anillo y comparte mi alegría—. ¡Qué bonito! Enhorabuena.

—Gracias.

—Gracias —dice Glenn al mismo tiempo.

—Con una boda a la vuelta de la esquina, es el momento perfecto para comprar una casa.

—La casa me encanta —digo yo y gesticulo—. Pero es la primera casa que vemos...

—Lo entiendo. Y yo no espero que la compréis sin echar un vistazo por ahí —Sandra nos da una tarjeta a cada uno—. Sé que Glenn está fuera toda la semana, pero si quieres que te enseñe otras alternativas, hazme una llamada—. Lo haría ahora mismo, pero tengo otra cita en media hora.

—No hay problema —le digo—. Esta noche vamos a una fiesta y tenemos que irnos a casa para prepararnos.

—Llámame cuando quieras. Podemos quedar un día.

Los tres bajamos a la planta baja. Mientras Sandra cierra, imagino a dos niños jugando en el jardín.

Un niño y una niña.

Casi oigo su risa.

Glenn me toma de la mano y salgo de la ensoñación. Me recuesto en su hombro.

Dicen que cuando menos lo esperas el amor irrumpe en tu vida. No me lo puedo creer, pero eso es lo que me ha pasado.

Capítulo 10

Claudia

Estoy despampanante. Opté por llevar algo de color en el baile de beneficencia., así que me he puesto un vestido de Versace hasta los pies. Es bastante escotado y, francamente, estoy maravillosa. Además, destaco bastante porque el resto de mujeres llevan colores oscuros. Adam tiene la mano sobre mi cintura.

Nos abrimos paso entre la multitud. A nuestro alrededor, la gente sonríe. Hay mucha caras conocidas, familias poderosas que apoyarán la candidatura de Adam a la alcaldía.

Henry Dixon, un juez de Atlanta, se acerca para saludarnos.

—Claudia —dice y toma mis manos en las suyas.

Entonces las extiende para verme mejor.

—Estás fantástica.

—Gracias, Henry.

—Y Adam —Henry le estrecha la mano a Adam—. Me alegro de veros.

—Yo también.

—La velada está siendo un éxito. Estáis haciendo una gran labor por los niños más necesitados.

Yo agarro a Adam de la mano.

—Estoy muy orgullosa de él —digo.

Adam estudió Derecho, pero dejó de ejercer para dirigir la fundación Pide un Deseo, una ONG que ayuda a niños con enfermedades terminales. Él es el presidente del equipo directivo, y su cargo es voluntario. Yo lo apoyé en todo, y cada día lo admiro más. Es una buena causa.

—Todo lo hacemos por los chicos. Es maravilloso hacer sus deseos realidad.

—Estoy de acuerdo —dice Henry—. Estáis haciendo un trabajo estupendo. Pero sigo creyendo que tu talento estaría mejor aprovechado en el juzgado.

Adam se ríe.

—Sé por dónde vas, pero no estoy preparado para comprometerme todavía. Después de la boda, anunciaré algo importante.

Los labios de Henry dibujan una sonrisa cómplice y le da una palmada en el hombro a Adam.

—Eso quería oír.

Adam Hart, candidato para la alcaldía. Estoy deseando verlo.

Lo estoy mirando con ojos llenos de amor, y de pronto siento una mano sobre mi trasero. Sus dedos rozan mi vagina. Estoy tan sorprendida que doy un salto. Adam me rodea la cintura con los brazos.

—¿Estás bien? —me pregunta Henry.

—Sí —con disimulo le pellizco el brazo a Adam—. Es que me ha dado un escalofrío.

—Espero que no te hayas resfriado —dice Adam con una sonrisa cínica.

—Con todo lo que tengo que hacer antes de la boda. Ni hablar —le sonrío con dulzura.

—¡Claudia!

Ahí está Lishelle. Viene directamente hacia mí, de la mano de Glenn. Le suelta un momento para abrazarme. Los besos al aire no valen. Lishelle es mi mejor amiga y me demuestra su afecto en donde haga falta.

—¿Cómo estás? —me pregunta, exultante—. Vaya, estás impresionante. Me dijiste que ibas a ponerte provocativa, pero no sabía hasta qué punto. ¡Guau!

—Gracias. Tú también estás genial. ¿Es un Kate Spade?

—Mm. Clásico, pero sexy.

—Eso es —de pronto me doy cuenta de que he ignorado a Glenn. Me vuelvo hacia él y tomo su mano entre las mías—. Glenn. Hola. Ha pasado mucho tiempo.

—Es verdad. Me alegro de verte, Claudia.

—Yo también. Ahora nos veremos más.

—Sí —dice Glenn y levanta la mano de Lishelle para enseñarnos un enorme anillo de diamantes.

—Vaya —me quedo boquiabierta y agarro la mano de Lishelle—. Me dijiste que ibas en serio, pero...

—Me lo dijo esta tarde.

—¡Lishelle! ¡Enhorabuena! —la vuelvo a abrazar, y después abrazo a Glenn.

Me doy la vuelta al sentir unas manos sobre la cintura. Adam está mirando a Glenn, esperando que lo presente.

—Creo que no conoces a Glenn, ¿verdad, Adam?

—No.

—Adam, este es Glenn Baxter. Es el novio de Lishelle. Glenn, él es mi prometido, Adam Hart.

Se estrechan la mano.

—¿Cómo estás, Adam? —pregunta Lishelle.

—No podría estar mejor.

—Glenn y yo acabamos de comprometernos —dice Lishelle—. ¿Les cuento lo de la casa de Duluth?

—¿Qué casa? —pregunto yo.

—Bueno... —Glenn se encoge de hombros.

—No debería decir nada, porque ni siquiera sé si podremos comprarla, pero Glenn me llevó a ver una casa maravillosa en Duluth, y allí se me declaró. Fue tan romántico...

No puedo evitar mostrarme escéptica.

—¿Pero no os reconciliasteis la semana pasada?

Glenn abraza a Lishelle.

—Llevo diez años queriendo hacerlo.

—Enhorabuena —dice Adam—. Me alegro por vosotros.

—Gracias.

—¿Y tú qué haces, Glenn? —pregunta Adam.

—Soy piloto.

—Ah. ¿Qué aerolínea?

—All-American.

Adam asiente con la cabeza, pero yo sé lo que está pensando. Piensa que la aerolínea no es lo bastante grande ni prestigiosa.

—Ahora podrás viajar a cualquier parte del país —le digo a Lishelle, esperando que Adam no haga ningún comentario impertinente.

Lo quiero mucho, pero no soporto lo elitista que puede llegar a ser.

—Lo estoy deseando —me dice Lishelle, dándome un abrazo—. ¿Dónde está Annelise?
—No la he visto.
—Entonces vamos a buscarla —sugiere Lishelle.
Se vuelve hacia Glenn y le ofrece la otra mano. Él la mira con pasión, como un hombre que está perdidamente enamorado.
—Voy a dar un paseo —dice Adam y me da un beso en la mejilla.
—Oh, vale —estoy un poco decepcionada, aunque sé que Adam va a hacer la ronda habitual para agradecer la asistencia al evento—. Te veo luego.
Fuerzo una sonrisa al volverme hacia Glenn y Lishelle.
—Vamos. Busquemos a Annelise.

Cuando por fin la veo, se está tomando una copa de champán de un trago. Algo va mal.
Tiene los ojos rojos.
Su mirada se ilumina al vernos. Suelta el brazo de Charles y viene hacia mí. Nos damos un beso al aire y después hace lo mismo con Lishelle.
—Glenn —Annelise tomas sus manos—. Me alegro de verte.
Parece que ha bebido demasiado.
—Estamos comprometidos —Lishelle enseña el anillo.
—¿Qué? Eso es genial —las lágrimas brillan en sus ojos, pero yo sé que no es por Lishelle y Glenn.
—Disculpa —digo y la agarro del brazo para llevármela a un rincón—. De acuerdo, Annie. ¿Qué pasa?

—Me alegro por Lishelle. ¿Tú no?
—Eso no tiene nada que ver. ¿Por qué estás llorando? ¿Y cuánto has bebido?
—Una copa. A lo mejor, dos.
—Deja de mentir. No puedes tenerte en pie. ¿Qué pasa?

Annelise empieza a llorar con discreción. Yo la tomo de la mano y me dirijo a los servicios.

—Maldito hijo de perra —dice una mujer cuando entramos.

Le está dando pañuelos a otra mujer que está llorando.

Drama. Siempre hay drama en los aseos femeninos.

Llevo a Annelise hasta un sofá.

—Cuéntamelo todo —le digo en voz baja.
—Yo no... —mira alrededor—. No quiero hablar aquí.
—¿Tan grave es? Eso es lo que quiero saber.
—Es que... Tenía una boda esta mañana, pero la chica me llamó y la canceló cuando estaba en la iglesia. Dijo que había pillado a su novio enrollándose con una *stripper* en una fiesta de despedida de solteros.
—¿Y todavía estás mosqueada?
—No... También tuve una bronca con Charles. Pero creo que todo se arreglará —dice con valentía.

Yo le pongo el brazo en el hombro.

—¿Qué quieres decir? —le pregunto cuando nos quedamos solas—. Acabas de discutir, ¿no? Nada serio.

Los ojos de Annelise se llenan de lágrimas. No puede hablar.

—Oh, no —sacudo la cabeza—. Annie, no.
—Dice que estoy destruyendo nuestro matrimonio, que lo estoy apartando de mi lado.
—¿Qué?
—Yo. Que siempre he estado ahí. Lavando su ropa, preocupándome por su trabajo.
—Has sido una esposa maravillosa.
—Según él, lo estoy presionado demasiado porque estoy haciendo todo lo posible por reavivar la llama —Annelise se suena la nariz. Ya no llora. Su mirada es un desafío—. ¿Sabes qué lo hizo enfadar tanto? Reservé un fin de semana en ese balneario de Arizona. Al principio de esta semana, me dijo que se tomaría algo de tiempo libre, así que le dije que había reservado algo, y se enfadó.
—Vamos...
—De verdad. Estoy tratando de salvar nuestro matrimonio y él se enfada. Me dijo que estaba hasta arriba de trabajo con la demanda judicial, y yo sé que es verdad, pero debería tomarse algo de tiempo libre, ¿no? No es el único que trabaja en ese caso. Marsha Hinderberg puede tomar el relevo.
—Estoy de acuerdo —le doy una palmada en la espalda—. No sé qué le pasa.
—Y no es solo eso. El martes, reservé en su restaurante favorito. Lo había llamado por la tarde y estaba ilusionado con salir, pero ni siquiera llegó a casa. Me llamó desde el aeropuerto para decirme que tenía que viajar durante un par de días.
—¿Por qué no me llamaste?
—Me da mucha vergüenza. Ya no sé si es mi marido o un extraño. Ya no sé qué pensar.
—Lo superarás. Lo sé.

—¿Y si no? ¿Y qué pasa si me deja?
—No. Oh, Dios mío, no. Escucha. Mi padre dejó plantada a mi madre después de prometerle que llegaría pronto a casa. Charles tiene un trabajo importante y está muy ocupado con el caso.
—¿Y entonces por qué me dijo que lo estoy apartando de mí?
—Las parejas discuten todo el tiempo. Dicen cosas que no sienten.
—Espero que tengas razón.
—La tengo, Annie. Solo tuvisteis una pelea. Eso es todo.

Annelise parece asimilar lo que le he dicho, pero permanece en silencio. Se pone de pie y se alisa el vestido de color amarillo. Le queda muy bien. Realza su pelo rubio.

—Mejor será que volvamos —me dice.
—¿Estás bien?
—Sí —me dice—. Déjame retocarme un poco y estaré lista.

Nos retocamos el pintalabios y el maquillaje, y volvemos a la fiesta.

Me tropiezo con alguien al salir y me disculpo antes de ver quién es. Es Arlene Nash. Ella no me ofrece una disculpa, sino que me mira de arriba abajo. Sus labios hacen una ligera mueca.

—Arlene —digo.

Tengo que admitir que está fabulosa con ese vestido negro de Fendi. Estuve a punto de comprármelo.

Ella finge una sonrisa.

—Me alegro de verte, Claudia. ¿Cómo van los preparativos?

—Va a ser el acontecimiento de la temporada —no puedo evitar presumir un poco.

He oído que Arlene está interesada en Adam. Cuando empecé a salir con él, ella dejó de invitarme a sus fiestas.

—Estoy deseando ir —dice, pero no la creo.

Arlene sigue de largo, seguida de una mujer que no conozco.

—Vaya —dice Annelise—. Es una verdadera zorra. ¿No?

—Las has visto una vez y ya te has dado cuenta...

—Creo que hay algo más.

—Sí. Pero no quiero aburrirte. Vamos a buscar a Charles.

Hay algo eléctrico en Adam cuando habla, algo que me cautiva. Tiene el poder de hechizar a la gente y de hacer que lo escuchen.

Y está en su salsa cuando habla en público. Está claro que debería saltar a la escena pública.

—La madre se me acercó y me dijo que las vacaciones en Turks and Caicos le habían devuelto la sonrisa a su hijo enfermo. Por primera vez en un año y medio pudo volver a ser niño. Tuvo la oportunidad de reírse y pasárselo bien sin tener que preocuparse por el tratamiento —Adam hace una pausa y mira a la multitud—. Es por eso, señoras y señores, que hago lo que hago. Es un trabajo importante —se oye un murmullo entre la gente—. Os agradezco a todos que hayáis venido a apoyar esta causa. ¡Con vuestra ayuda, haremos que los sueños de los niños se hagan realidad en Georgia!

La multitud se deshace en ovaciones y aplausos. Yo le sonrío con admiración. Él levanta una mano para saludar y abandona la tribuna.

Yo lo rodeo con los brazos.

—Ha sido un discurso genial. Siempre los dejas K.O.

—Gracias, nena.

Permanezco a su lado mientras le estrecha la mano a los invitados. Es como si ya estuviera en campaña. Unos minutos más tarde, me toma de la mano.

—Tengo que escaparme un minuto.

Corremos por el salón del prestigioso Supper Club de Atlanta. Es un club exclusivo y tienen que invitarte para unirte a él. Pero en una noche como esta, se le permite la entrada a todos aquellos que paguen la cena.

Estoy a punto de preguntarle adónde me lleva cuando abre la puerta de lo que parece un cuarto de contadores. Me hace entrar.

Antes de que la puerta se cierre, ya me está subiendo el vestido.

—Adam... —le digo.

—Ya he tenido bastante. Quiero comerte toda.

Yo estoy a punto de protestar, pero él ya me estás quitando las bragas. Adam gime al saborear mi sexo, como si fuera lo más dulce que ha probado en años.

—Llevo toda la noche queriendo hacer esto.

Sé que hay quinientos invitados al otro lado de la puerta, pero no puedo ni quiero resistirme. No creo que nadie entre en este cuarto, así que me siento segura.

Su lengua caliente me acaricia el clítoris, y ahora soy yo la que gime. Lo agarro de los hombros para no perder el equilibrio. Estoy en el apogeo de la pasión cuando oigo que abren la puerta. Doy un salto atrás y resbalo.

—Maldita sea —susurro, tratando de recolocarme el vestido.

Entonces me doy cuenta de que Adam no tiene ninguna prisa. De hecho sigue de rodillas.

—¡Adam! —susurro.

—Relájate —me dice—. Espero compañía.

—¿Qué?

—¿Hola? —dice una voz masculina.

Ahora Adam se pone de pie.

—A la vuelta de la esquina —contesta.

A mí me da un vuelco el estómago y me quedo sin aliento.

—Adam...

—Es una sorpresa, cariño.

Antes de que pueda contestar, un atractivo hombre blanco aparece ante mis ojos y lo reconozco enseguida. Es Jason, el camarero que nos ayudó a crear un cóctel especial para nuestra boda.

—¿Qué pasa? —le pregunto, con voz temblorosa.

—¿Te acuerdas de Jason? —dice Adam.

—Sí que me acuerdo. ¿Pero qué está haciendo aquí?

Jason viene hacia mí lentamente. Su mirada lujuriosa me hace sentir sucia.

—Tómalo como un regalo.

Miro a Adam.

—¿Un regalo?

Adam me acaricia la espalda.

—Sí. No pasa nada. A Jason le gusta... ese tipo de vida.

—¿Ese tipo de vida?

—Normalmente, cuando cambias de pareja, traes a un acompañante, pero estaba trabajando en el bar...

—¿Un cambio de pareja? —mascullo, fulminando a Adam—. Danos un momento, por favor —le digo a Jason.

Agarro del brazo a Adam y me lo llevo a un rincón.

—¿Qué demonios...?

Él me pone un dedo en los labios.

—Pensé que querías probarlo.

—¿Yo? ¿Cuándo te dije tal cosa?

—La noche que fuimos al club. Dijiste que te ponía caliente.

—Sí, contigo. Pero no quiero probarlo con otra gente. ¿Quieres que me acueste con otro hombre?

—Pensé que no estabas preparada para estar con otra mujer. Supuse que esto sería más fácil.

—A ver si te enteras. Nunca me acostaré con una mujer. ¿Vale? Has visto demasiado porno.

Adam mira por encima de mi hombro y sonríe. Yo me doy la vuelta. Jason se está masturbando.

—Oh, Dios mío, Adam. Es un salido.

—No, tú lo pones muy caliente. Me dijo que se empalmó en cuanto te vio.

Yo fulmino a Adam con la mirada.

—Has estado fumando. ¿No?

No me responde, pero no es necesario. Me toca los pechos y me da un beso.

—Relájate, nena. Tienes a dos hombres dispuestos a hacer realidad tus fantasías.

No lo entiendo. Quiere ver cómo me acuesto con otro hombre en este cuarto de contadores.

Adam me mordisquea la oreja.

—Nos vamos a casar dentro de cuatro semanas.

—Y yo no quiero hacer esto —le hago mirarme a los ojos—. ¿Me oyes? No me va lo de cambiar de pareja. A mí me vas tú, pero creo que yo no te gusto demasiado.

—Claro que sí. ¿Por qué crees que quiero hacerte este regalo?

Respiro profundamente al sentir unos dedos sobre mi cuello. Miro por encima del hombro.

Jason sonríe mientras desliza las manos por mi espalda.

—Me encanta tu piel —me dice—. Es tan suave —sus manos siguen bajando—. Y me encanta este trasero. Quería tocarte desde el primer momento que te vi.

Miro a Adam rápidamente. Mis ojos buscan los suyos. ¿Para qué? ¿Para pedir permiso?

—No pasa nada —me da un beso en los labios—. Te gustará.

Jason me toca el trasero a través del traje. Una descarga sexual recorre mi cuerpo.

—No sé...

—Si no te encuentras a gusto, lo dejamos. ¿De acuerdo?

Yo respondo con un suspiro tembloroso. Adam comienza a besarme y Jason empieza a tocarme los muslos.

Me siento tensa durante unos segundos. Adam me besa. Jason me acaricia. Me sorprende comprobar que los dedos de Jason son tan suaves.

Es como si quisiera saborear cada momento, como si tratara de seducirme.

Me doy la vuelta cuando sus dedos me rozan la vagina.

—Relájate —susurra Adam—. Cierra los ojos.

—No sé, Adam.

Jason me levanta el vestido y me besa el trasero. Yo me estremezco. Esto no está bien. Es un poco retorcido. Y sin embargo, su tacto es... muy erótico.

Eléctrico.

Jason me da la vuelta lentamente y, aunque apenas puedo respirar, no me resisto. Al tocar la tira de mi tanga, Jason gime de placer.

—Oh, Claudia, qué buena estás.

Siento una ola de calor.

Por detrás, Adam me baja la cremallera del vestido. Jason se humedece los dedos y me acaricia el clítoris. Adam me da un beso en el hombro mientras me baja los tirantes del traje. Ahora tengo los pechos al descubierto y mi cuerpo vibra con energía sexual.

Estoy caliente, excitada. Siento el placer de ser tocada por un extraño.

—Claudia, quiero comerte —dice Jason—. Quiero comerte con lengua...

—Te gustará mucho, nena —Adam me susurra al oído mientras retuerce mis pezones—. Quieres, ¿verdad?

—Sí —la palabra escapa de mis labios.

Jason empieza a lamerme el clítoris y yo suspiro. Entonces me aparto. Está chupando con tanto frenesí que no lo aguanto.

—Más suave —le digo—. No tanto.

Jason baja el ritmo, moviendo la lengua con suavidad.

—¿Así?

—Sí...

Adam me mordisquea la oreja mientras juega con mis pezones.

—Nena. Eres tan hermosa. Tan increíble.

Una descarga eléctrica me recorre el cuerpo cuando Jason me mete un dedo. Y entonces sigue chupándome y las piernas me fallan. Comienzo a jadear.

—Sí, nena —susurra Adam.

Yo exploto, jadeante y orgásmica. Cierro los ojos ante una avalancha de sensaciones. Adam me da la vuelta y me besa mientras navego en ese mar de placer.

—Te quiero, nena —me dice—. Te quiero.

—Yo también —le digo, y por un momento toco el cielo, pero en cuanto mi felicidad carnal remite, bajo la vista y me encuentro con un Jason sonriente. Acabo de compartir lo más íntimo de mi ser con un extraño.

Capítulo 11

Annelise

Es domingo por la tarde, un día después de la gala benéfica, y estoy sentada a nuestra mesa favorita de Liaisons con Lishelle y Claudia.

No estoy de muy buen humor y necesito cotillear un poco.

—¿Pero qué tiene de malo un *spa* erótico? ¿Es que es algo sucio? Eso es lo que Charles insinuó ayer, de camino a casa. Le preocupaba manchar su reputación si la gente averiguaba que frecuentaba ese lugar. He leído que las parejas van allí para reavivar la llama de la pasión. ¿Y qué hay de malo en eso?

Lishelle traga un bocado y contesta.

—Nada. Charles debería estar deseando ir.

Apenas he tocado los huevos revueltos con beicon. En cambio, me estoy tomando un mimosa como si no me hubiera levantado con una resaca.

—Estoy empezando a pensar que si a Charles no se le levanta, es porque no quiere.

—¿Sacaste el tema de la impotencia? —pregunta Lishelle.

—Lo intenté. Otro rapapolvo. ¿Qué se supone que tengo que hacer? ¿Pasar el resto de mi vida con un hombre que no quiere hacer el amor conmigo? Cuando llegamos a casa yo tenía la esperanza de que lo intentara, pero se fue a la cama directamente. Y así me dejó, con mi vestido de Dolce & Gabbana. Cualquier otro hombre me lo habría arrancado a tiras. No creo que pueda soportarlo más. Necesito sexo.

—Entiendo tu frustr...

—No, no lo entiendes —digo, cortando a Claudia—. Estoy tan desesperada, que estoy pensando en tener un lío.

Claudia y Lishelle intercambian miradas.

—Conocí a alguien —sigo—. Fue a mi estudio. Me miraba de una forma... No recuerdo haberme sentido tan excitada en mucho tiempo. Ese tío me hizo recordar que soy una mujer. Me hizo recordar todas las veces que me han mirado con deseo, hasta los prometidos de mis clientas. Ya sabéis las historias. Solía mirarme al espejo y veía una mujer segura y hermosa, pero Charles me lo ha arrebatado. Y quiero recuperar eso.

—Vaya —Lishelle aparta el plato de pastas.

Claudia deja de masticar.

—Después de conocer a ese hombre, me fui a casa y usé un vibrador por primera vez, pensando en él todo el tiempo, y tuve el mejor orgasmo.

—¿No son geniales los vibradores? —dice Lishelle—. Llevo años diciéndote que compres uno.

—Pensé que eso sería suficiente —digo con tristeza—. Pero no fue así.

—Entonces quieres acostarte con él —dice Claudia, perpleja.

Yo tardo en responder.

—No sé. Eso creía, pero entonces rompí la tarjeta, así que no tengo forma de contactar con él, a menos que...

—¿A menos que qué? —pregunta Lishelle.

—Vino con su hermano y la prometida de este. Querían contratarme, pero no han vuelto, así que... ¿Quién sabe?

—A lo mejor eso es algo bueno —dice Claudia.

—¿Crees que no debería tener una aventura?

Claudia sostiene el tenedor lleno de comida delante de la boca.

—Si quieres mi opinión, no. Pero yo estoy a punto de casarme.

—Sí —dice Lishelle—. Todavía estás en esa etapa de felicidad en que todo parece maravilloso y perfecto.

—¿Y qué me dices de ti, doña Me-he-comprometido-con-mi-primer-amor?

—Solo decía que estuve casada, y no siempre fue maravilloso. La dura realidad es que alguna gente tiene rollos —Lishelle se vuelve hacia mí—. No estoy diciendo que no deberías tener un lío. No es decisión mía. Si las cosas van mal con Charles y lo has intentado todo, necesitas algo de sexo por otro lado... —se encoge de hombros—. Yo te apoyaré, decidas lo que decidas.

—No dejo de sorprenderme —murmura Claudia.

—Annelise es una mujer hecha y derecha, y no somos sus padres. Somos sus amigas.

Mientras Lishelle y Claudia discuten sobre lo

que está bien o mal, yo me dejo llevar por una fantasía. No puedo dejar de pensar en Dominic. Anoche, a pesar del la discusión con Charles, me consolé pensando en él. No creo que él se opusiera a ir a un *sex spa*. Haría las maletas enseguida.

Eso es lo que imaginé mientras Charles dormía a mi lado, roncando. Pensé en mí y en Dominic. Acabábamos de entrar en ese centro turístico escondido en Arizona. El fuego del hogar ardía alegremente en el salón principal. Había una botella de champán, helada, y Dominic me tomaba de la mano. Juntos corríamos hacia la habitación y reíamos como adolescentes. Entonces me tomaba en sus brazos y me daba vueltas. Yo me aferraba a él, sabiendo que en unos minutos estaríamos desnudos, haciendo el amor.

En mi sueño, Dominic me daba un beso apasionado. Yo le rompía la camisa y entonces le bajaba la cremallera de los pantalones, gimiendo al ver su enorme miembro. Grande y sólido.

Lo tomaba entre mis manos, lo acariciaba y le daba un beso en la punta. Entonces seguía acariciándolo y recorría su pene con la lengua haciendo círculos.

«Dios, Annie...», me decía.

Hundía lo dedos en su trasero y me comía toda su potencia masculina. Entonces empezaba a moverme adelante y atrás.

Dominic enredaba los dedos en mi pelo.

«No puedo. No quiero hacerlo aún...».

Él me ponía en pie y yo me quitaba el vestido negro. Él se daba cuenta de que no llevaba nada debajo y me devoraba con los ojos. Entonces se despojaba de los pantalones y se ponía de rodillas para beberse mi jugo con su boca caliente.

Con Charles a mi lado, era arriesgado buscar el vibrador, pero me metí dos dedos tan dentro como pude y con la otra mano empecé a masajear mi clítoris hasta empezar a jadear.

—Oh, Dom...

Miro a Charles de reojo, y me pregunto si ha oído mis jadeos, pero no.

Me meto otro dedo, imaginando que es la lengua de Dominic. En mi sueño, le agarro la cabeza y lo miro a los ojos mientras me da placer.

Y entonces empiezo a tener un orgasmo maravilloso. Tengo que morderme el labio inferior para aplacar los gemidos. Podría despertar a Charles, pero él ni se mueve.

—¡Annelise! —alguien me toca la mano.

—¿Eh? —digo, confundida.

Y entonces me acuerdo. Estoy con mis amigas, en un restaurante. Y acabo de mojar las braguitas.

—Parecías absorta —dice Claudia—. ¿Estás bien?

Me revuelvo en el asiento. Y ahora tengo que recordar de qué estábamos hablando.

—Pareces un poquito... —me dice Lishelle.

Bebo un poco y entonces me acuerdo. Estábamos hablando de los pros y los contras de tener una aventura. Claro que yo ya lo he hecho, en mi imaginación.

—Seguro que al final no hago nada —le digo a Claudia.

Me paso la mano por la cara para recuperar la compostura. Me he ruborizado.

—Hay una parte de mí que cree que arderá en el infierno por pensar en una aventura.

—Quizá deberías probar otra cosa... —me dice Claudia.

—¿Como qué?

—No sé. Podríais ir a un club de intercambio de parejas. Eso llamaría la atención de Charles.

—¿Intercambio de parejas? —Lishelle se vuelve hacia Claudia—. ¿Y eso?

—Sí. ¿A qué ha venido eso? —digo yo, aunque recuerdo que Claudia me ha hablado de los excéntricos caprichos de Adam.

Claudia se bebe la copa antes de hablar.

—Fue... Vi algo en HBO sobre los clubes de intercambio de pareja. Era solo una idea. Algo diferente.

—Ya he tenido bastante intentando que Charles se acostara conmigo —digo—. No quiero verlo calentarse con otra.

—Claro. Olvídalo.

—Honestamente, no queda casi nada que no haya probado. Incluso alquilé películas porno, pero ni siquiera se quedó a verlas conmigo.

—Eso pondría cachondo a Adam —dice Claudia.

—¿Crees que tiene un rollo? —me pregunta Lishelle sin más—. Cuando David dejó de acostarse conmigo... —Lishelle deja de hablar y se vuelve hacia Claudia.

Yo también la miro: está llorando.

—Vale —dice Lishelle—. ¿Qué pasa, cielo?

—Estoy siendo un poco injusta, y no tiene nada que ver contigo, Annie.

—No estoy enfadada contigo, cariño —le digo—. Por favor, no llores.

—No es eso.

—No es por los vestidos, ¿verdad?

—No son los vestidos —Claudia se suena la nariz.

—Estoy empezando a preocuparme —le digo.
—Hice algo anoche. Me siento fatal. Algo sucio. Pero Adam me tendió una trampa. Me dijo que se excitaría mucho si lo hacía —cierra los ojos—. Oh, Dios...

Mi corazón se acelera. Estoy muy preocupada.
—¿Qué? ¿Qué te hizo hacer?

Claudia respira hondo y mira alrededor.
—Después del discurso me llevó a un cuarto de contadores. Quería enrollarse conmigo. Hasta ahí, bien. Le gusta hacerlo en lugares raros. Pero entonces...
—¿Qué? —dice Lishelle.

Claudia solloza.
—Entonces entró un tío. Bueno, era el camarero que nos ayudó a hacer una bebida especial para la boda.
—Sí —digo.
—Por lo visto, este tío estaba trabajando en la fiesta anoche, y Adam quedó con él para montar un trío.

Me quedo anonadada. Es como si no hubiera nadie más en el restaurante.

Lishelle es la primera en hablar.
—¿Practicaste el sexo con un extraño? —dice.
—Yo no le dejé, pero... jugó conmigo. Me sobó y me comió...

Lishelle se queda sin habla.
—¿Un extraño te...?
—Dos veces —admite Claudia avergonzada—. La primera vez fue rápido. Adam me estaba tocando los pezones, pero este tío, Jason, dijo que quería hacerlo de nuevo, que quería saborearlo de verdad.

—Por Dios —dice Lishelle.

—Créeme, Lishelle. No estoy orgullosa. Hubiera sido otra cosa si yo hubiera querido hacerlo, pero Adam me presionó, y entonces Jason empezó a tocarme...

No sé qué decir.

—¿Te gustó? —le pregunto.

Claudia me mira, y después mira a Lishelle.

—No. Realmente no. Bueno, no sé. Creo que... tal vez. Cuando averiguó cómo me gustaba. Al principio iba muy deprisa, así que le dije que bajara el ritmo.

—Estoy sin palabras —digo—. De verdad.

—No quería disfrutarlo, pero tenía su lengua sobre mi clítoris y estaba bien. Lo pensé la primera vez que lo vi. Sin duda me atraía físicamente, pero no voy por ahí acostándome con cualquiera.

—¿Y Adam se excitó? —le pregunto.

—Nunca lo había visto así. Mientras Jason me comía, Adam estaba masturbándose.

Lishelle pone los ojos como platos.

—Vaya. No me puedo creer que Adam quisiera compartirte con otro tío.

Claudia se termina la copa.

—El apetito sexual de Adam está fuera de control. No sé lo que le pasa —hace una pausa—. ¿Me odiáis, chicas?

—¿Odiarte? No —le digo—. No te odiamos, y yo no te juzgo. Oye, estamos en el nuevo milenio y hay mucha gente que cambia de pareja y son muy felices.

—Pero yo no quiero eso. Se lo dije a Adam. No me va ese rollo raro. Solo quiero a Adam. Por favor, no me pidáis detalles sobre lo que voy a decir, pero me llevó a un club de intercambio de parejas hace dos semanas, pero no nos liamos con otros. Miramos un poco e hicimos el tonto... Pero después de anoche, tengo que ponerle freno. Me juró que eso sería lo último, que quería vivir sus fantasías sexuales antes de casarse, y que ahora está satisfecho.

—¿Y tú lo creíste? —pregunta Lishelle.

—Tengo que hacerlo. Además, cuando nos casemos no voy a transigir en ninguna de estas cosas. Ya siento bastante vergüenza al confesarlo delante de vosotras.

—A lo mejor le da miedo casarse —dice Lishelle—. Algunos tíos ven el matrimonio como el final de la libertad sexual. No tiene sentido. Lo sé.

—Yo le doy todo lo que quiere cuando se trata de sexo. Todo. Eso debería bastar, ¿no?

—Claro que sí —le digo.

—Pero la realidad es otra cosa —Lishelle sacude la cabeza—. Ya veis que David me puso los cuernos. Y estaba contento con nuestra vida sexual. A veces, es imposible entender a los hombres.

—¿Y a pesar de estar tan quemada, estás dispuesta a casarte de nuevo? —le pregunto.

Lishelle sonríe.

—Estoy dispuesta. No tengo dudas. Glenn es diferente. ¿Sabéis? Aunque no haya estado en mi vida, siempre ha estado en mi corazón —suspira—. ¿Qué puedo decir? Es mi alma gemela.

—Vas a vivir una vida de ensueño —digo—. Estás enamorada. Tu hombre hace el amor contigo, ¿no?

—Así es.

—Menos mal que te quiero tanto. De lo contrario, querría darte una bofetada —vuelvo a sonreír—. Te ves tan... feliz.

—Eso es lo que hace el amor. Y, Annie, si te acuestas con alguien pronto, sonreirás como yo. Yo llevaba dos años.

—Lo sé. Por eso no te odio.

—Bueno, yo sí —dice Claudia, reprimiendo una sonrisa—. Me estás robando protagonismo, chica. Yo soy la que se casa dentro de cuatro semanas.

Lishelle hace como si cerrara una cremallera imaginaria sobre sus labios.

—Basta de hablar de Glenn. Durante las próximas cuatro semanas solo hablaremos de ti y de esa boda fabulosa que será tema de conversación durante años.

Claudia sonríe.

—Y el vestido —Lishelle hace un silbido grave—. Sé que va a ser espectacular.

—Por dos cientos mil, tiene que serlo —dice Claudia—. Es un diseño exclusivo de Vera Wang.

—Digno de una princesa —le digo yo.

—Una princesa de chocolate.

—Vale ya, chicas. Parad.

—La cosa es que vas a tener una boda deslumbrante —dice Lishelle.

—Sí, ¿verdad?

—Claro que sí —le doy una palmadita en la mano—. Y después tendrás una vida maravillosa con Adam, con un montón de bebés.

—Diez —dice Lishelle.

—¡Diez! —exclama Claudia.

—Cuantos quieras —digo—. Y seréis felices y comeréis perdices. Lo prometo.

Comienza el juego

Capítulo 12

Lishelle

Ha pasado una semana desde el baile de beneficencia y Glenn ha vuelto, tal y como me había prometido. Estiro el cuello para mirar el reloj de la mesita de noche. Son las siete y catorce minutos.

Me parece increíble estar despierta, después de la noche apasionada que pasamos. Cuando estamos juntos, no podemos controlarnos.

—¿Por qué no estás durmiendo? —me pregunta Glenn.

—Después de anoche, no tengo ni idea.

Glenn suspira y me estrecha entre sus brazos. Nos acurrucamos el uno frente al otro. Yo cierro los ojos y trato de dormir.

—¿Estás seguro de que quieres vivir en Atlanta? —le pregunto un momento después.

Empezamos a hablar del tema hace unas horas. Él me dijo que no tenía problema en establecerse en Atlanta, pero yo quiero estar segura.

—La sede de All-American está aquí. Sería muy bueno para mí. Además, aquí vives tú. Yo no querría apartarte de tu carrera.

Le doy un beso en la mejilla.

—Eres tan dulce... ¿Te lo he dicho alguna vez?

—Mi única meta en la vida es hacerte feliz.

Levanto la mano y miro el anillo de compromiso.

—Soy feliz. Tengo una carrera, y ahora tengo un hombre que me quiere.

—Me alegro de que te vaya tan bien —me dice—. Tú seguiste tus sueños, y mira adónde has llegado.

—Tú también seguiste tu sueño. Eres piloto, Glenn. A mí nunca se me habría ocurrido.

—Sí, pero trabajo para una pequeña compañía aérea, y no estoy ganando el dinero que me gustaría ganar. Son seis cifras, pero no muy altas.

—Siempre que seas feliz...

—Lo soy —no suena muy convincente.

Yo me acomodo en la almohada y lo miro.

—¿Qué pasa, cariño? Cuéntamelo.

—Nada.

—No eres feliz, ¿verdad? —pongo una mano sobre su mejilla—. Nunca me dijiste qué pasó con tu sueño de convertirte en jugador de la NFL. Cuando rompimos, me dijiste que había algunos *scouts* interesados.

—Y me fui a un campamento de entrenamiento para los Cowboys, pero no era lo bastante bueno. Nunca di el salto.

—¿Y te rendiste sin más?

—No. No me rendí. Mi plan era intentarlo de nuevo al año siguiente, y lo habría hecho si no me hubiera dislocado el hombro.

—Glenn. No.
—Sí. Pasé unos meses muy malos. Entonces se me curó del todo, pero ya no pude jugar más.
—Oh, cariño —le acaricio la barba de tres días—. Lo siento.
—Y yo. Pero lo superé. Y me fui a Los Ángeles. Como hacen todos los tontos —se ríe—. Un amigo mío tomaba clases de vuelo, y yo empecé a asistir también. Me gustaba mucho. En poco tiempo me saqué la licencia de piloto de vuelos comerciales y lo demás es historia.
—Eso es bueno. ¿No? Si disfrutas de lo que haces. No tiene sentido anclarse en el pasado.
—No me estoy anclando en el pasado. Creo que...
—¿Qué?
—¿Quieres la verdad?
—Claro. Vas a ser mi marido.
—Puede que parezca una locura, pero me gustaría ser mi propio jefe. En lugar de volar para otro, quisiera dirigir mi propia compañía de vuelos chárter.
—Glenn...
—Lo sé. Es una locura. Pero con los contactos que he hecho, he llegado a pensar que es posible.
—Yo no creo que sea un locura. Creo que es genial.
—Tendría la sede de la compañía en Atlanta, así podría estar aquí la mayor parte del tiempo. Si todo sale como espero, no tendría que viajar tanto, excepto para llevarte a St. Barts o a otro lugar exótico. Y tendríamos un montón de dinero, nena. Podríamos tener otra casa en las Islas Caimán, o en el sur de Francia. Y estaríamos juntos la mayor parte del tiempo.

Tengo que admitir que, aunque confío en Glenn, no me apetece que pase muchas noches lejos de casa. Afrontémoslo. Si se presenta una oportunidad, hasta los chicos buenos caen en las redes de las zorras.

—Suena bien. Y no puedo negar que me gustaría tenerte en casa.

—Yo pienso lo mismo. Sobre todo cuando vengan los niños. Quiero verlos crecer.

«Nuestros hijos...».

Esas palabras me llenan de júbilo. Aún no me puedo creer que todo esto esté pasando.

—Es perfecto, Glenn.

—Sería perfecto si pudiera permitírmelo.

—Puedes pedir un préstamo. Los bancos estarán encantados de prestarle dinero a un hombre como tú.

—Sería mucho dinero. No sé si puedo conseguir tanto con mi salario. Podría probar con inversores particulares. Pero claro, entonces la compañía no sería mía. A menos que tuviera una cantidad grande que invertir.

—Mm. Te entiendo. Y también quiero esa casa en el sur de Francia. Vaya. Yo tengo algunos ahorros.

—De ninguna manera.

—Escúchame.

—Ni hablar. No voy a aceptar tu dinero.

—¿Cuánto necesitas?

—Lishelle...

Yo le tapo la boca para hacerlo callar.

—No, de verdad. ¿Cuánto necesitarías para empezar el negocio? Dime.

—Vale. Esto es lo que yo creo. A lo mejor cinco o diez millones. No lo sé seguro. Podría empezar a pequeña escala, claro. Preparé un plan de negocios...

—¿Tienes un plan de negocios?

—Sí.

—Entonces vas en serio.

—Estaba haciendo el tonto con unos cálculos. Pero no tiene importancia porque no tengo el dinero. Necesitaría al menos un millón de capital para ir a ver a los inversores. Supongamos que consigo a otras cinco personas con un millón. En ese caso controlaría un veinte por ciento de la compañía. Y... ¿Quién sabe? A lo mejor puedo ponerlo en marcha con menos. Dos millones o algo así. Si encuentro un socio, tal vez otro piloto, podemos empezar por abajo e ir subiendo.

—Hasta ser una compañía de primera línea.

—Ah. Eso sería estupendo.

—Puede hacerse realidad, Glenn. Y yo puedo ayudarte. Gano bastante dinero.

—Lishelle, para.

Una vez más le tapo la boca.

—No tendría bastante capital inicial, pero podría pedir un préstamo.

Él me quita la mano.

—¿Me has oído, Lishelle?

Nos miramos y yo cedo primero.

—Vale. Pero escucha, nos vamos a casar. Y eso significa que seremos un equipo. Lo que más odiaba de mi ex es que su dinero era suyo y el mío era mío. Claro que cuando me casé con él no ganaba tanto como él. Y entonces empecé en la tele y pensé que él se alegraría, pero tenía envidia.

—¿Tienes que recordarme que te casaste con otro? —me dice, pero está sonriendo.

—Esta vez me casaré con el hombre adecuado. Pero déjame terminar. Seremos socios al cien por cien. En la cama y fuera de ella. Así que si necesitas que pida un préstamo para esta aventura, que me parece una magnífica idea, quiero que sepas que estoy dispuesta a hacerlo.

—Es bueno saberlo, pero haré esto solo.

—¡Bah! —lo pellizco—. ¿Por qué no me dejas ayudarte?

—Mira. Te quiero por querer ayudarme. De verdad.

—Entonces déjame.

—Lo pensaré.

—¿Lo harás?

—Sí. Te quiero. ¿Lo sabías? Porque te preocupas por mí —me da un beso ardiente—. Y eres muy sexy.

—Oh, sigue.

—Y tienes un cuerpo delicioso del que jamás me cansaría.

—¿De verdad?

Él asiente.

—Me gusta cuando te sientas en mi cara y te meto la lengua hasta dentro y tienes un orgasmo.

—Mm —me froto contra él—. Nunca saldremos de la cama si sigues diciendo esas cosas.

—¿Y quién dice que tenemos que salir de la cama?

Este es el problema con Glenn. Con él pierdo la cabeza. Creo que podría quedarme en la cama con él para siempre haciendo el amor.

—Bueno, eh... tengo que ver a Claudia —atino a decir.

Glenn me está chupando un dedo lentamente.
—Cosas de la boda. Una prueba de vestuario... Oh, maldición.
Glenn se ríe y se pone encima de mí.

Un par de horas más tarde, estoy sentada en el jardín de los padres de Claudia. Estamos tomando zumo de arándanos mientras esperamos a que llegue el resto de la comitiva nupcial.
—Aún no me puedo creer que me hayas dicho a las diez.
—Quería llamarte para decirte que iba a ser a las once. Lo siento.
—No pasa nada. Ya que estoy aquí tan temprano, tengo algo que pedirte. Es un favor.
—Lo que sea. Lo sabes.
—Me preguntaba si podrías hablar con tu tío, el banquero, a ver si me puede conseguir un préstamo.
—¿Un préstamo? ¿Por qué?
—Estoy tratando de reunir capital para un negocio que tengo entre manos.
—¿Qué clase de negocio?
—Glenn. Tiene un sueño. Quiere abrir una compañía de vuelos chárter y yo quiero ayudarlo.
—Bah —Claudia se quita las gafas de sol y me mira—. ¿Quieres conseguir un préstamo para un negocio de Glenn?
—Sí. Esta mañana discutimos todas las posibilidades y creo que...
—Es algo en lo que tienes que pensar mucho. Sé que lo quieres.
—Y es por eso que quiero hacerlo. Solo necesita

un millón. Con eso bastaría para atraer a otros inversores, o incluso para conseguir un préstamo de un banco. Y, oye... —agarro la mano de Claudia—. Podríamos volar al Caribe siempre que quisiéramos.
—¿Tú y yo?
—Sí, claro. Y Annelise, por supuesto. ¿Te lo imaginas? ¿Tener un jet privado?
Claudia no dice nada, pero sus ojos la delatan.
—Claudia, por favor. No me mires así. Tú te acuerdas de lo mal que lo pasaba porque David no me apoyaba. No quiero que las cosas sean así con Glenn.
—Lo sé, pero...
—Y también sabes que llevo tiempo buscando una negocio en el que invertir desde hace tiempo.
—Sí.
—¿Y quién sería mejor que mi futuro marido?
—Bueno...
—No me quites las ilusiones. Sé lo que estoy haciendo. ¿Me ayudarás o no?
Claudia se pone las gafas y mira hacia otro lado. Me dan ganas de darle un coscorrón. Después de todo, no es mi madre. Y no le estoy pidiendo dinero.
—Eres mi amiga.
—Y las amigas se ayudan. Lo sé —me mira—. Sabes que haría lo que fuera por ti, aunque piense que estás cometiendo un error.
—¿Entonces me ayudarás?
—Después te llamo para darte el teléfono de mi tío. Él te ayudará.
—Te quiero, chica. Y no te preocupes. Esto saldrá bien. Tengo una corazonada. Sé que todo irá bien.

Capítulo 13

Claudia

Algo va mal. Si Adam no se excita conmigo, es que hay un problema. Pero sigo adelante, chupando y lamiendo, mientras le masajeo los testículos.

—Mm —gimo—. Me encanta hacer esto —me como su miembro flácido y trato de excitarlo. Sigo gimiendo. A Adam le encanta.

Pero a él no se le pone dura. Me ahogo en una ola de decepción y lo miro desde el suelo del asiento de atrás de su todoterreno. Estoy un poco incómoda y la rodilla me duele. Teniendo en cuenta que fue él quien insistió en parar en el arcén para una felación. Debería poner más de su parte.

—Adam, cariño... ¿Qué pasa?

Me siento a su lado.

Adam suspira y yo lo miro preocupada. Nunca lo he visto así. Está tenso, en vilo. Y me rehuye la mirada.

—Tengo hambre —me dice y se sube los pantalones—. Vamos al restaurante.

—¿Eso es todo? ¿Tienes hambre?

—Me muero de hambre.

—No creo que pueda comer más. Estoy llena.

—Entonces mírame comer.

Cuando me acerco a él, abre la puerta del coche. Sale sin siquiera mirarme.

Yo me arreglo la ropa y salgo. Una ola de aire caliente me golpea en la cara. Son más de las seis, y seguimos en una sauna. Espero que este calor termine antes de la boda.

Aunque Adam ha dejado el todoterreno al final del aparcamiento de JCPenney, yo echo un vistazo al aparcamiento del centro comercial, pero no hay ojos indiscretos.

Sigo a Adam hasta la Cheesecake Factory. Él me toma de la mano, pero no dice ni palabra. Nos sentamos a una mesa del restaurante y yo me acurruco a su lado. Le toco la pierna por debajo de la mesa. Seguro que eso lo pone a tono.

Él mira el menú.

—¿Qué vas a tomar?

—Todavía no he mirado el menú —le acaricio la pierna—. Cariño... ¿Estás bien?

—Como te dije, tengo hambre.

Quizá debería hablar de la boda. Ya quedan tres semanas para el gran día.

—La florista mandó un vídeo de las rosas que va a enviar desde Francia. Nunca he visto flores tan hermosas. He tirado la casa por la ventana con los arreglos florales. Cuestan más de treinta mil dólares. Oye... ¿Qué vas a hacer el jueves? Le dije a mi prima que la llamaría a larga distancia para decirle las canciones que quiero que cante Babyface. Él puede hacer lo que quiera, por lo que a mí respecta, pero si tenemos alguna favorita y queremos oírla en el primer baile, o...

Adam se queja en alto y deja el menú.

—¿No podemos salir un rato sin hablar de la boda? Parece que es todo lo que hacemos.

—Es dentro de tres semanas. Claro que tenemos que hablar de ello.

Él mira a su alrededor, ansioso. Parece que está impaciente por ver al camarero.

—¿Por qué no hablas con tu prima? Escoge las canciones que quieras.

—Prefiero que elijas tú.

—¿Por qué? Tendré que estar de acuerdo con lo que quieras.

—Oye —le pongo la mano en la barbilla y le obligo a mirarme—. Creo que sé lo que estás diciendo. Todo es por la boda. Parece que nos hemos olvidado de nosotros. Pero ya casi estamos ahí, cariño. Estamos tan cerca... Nuestra vida volverá a ser como antes después de la boda.

Llega el camarero. Nos llena los vasos de agua y pregunta qué queremos para beber.

—Quiero...

—Denos unos minutos —dice Adam.

Se me hace un nudo en el estómago. Hay algo raro en el tono de Adam. Suena... No sé. No sé qué es.

—¿Pasa algo, Adam? ¿Me estás ocultando algo?

—Sí —contesta—. Supongo que sí.

Yo le toco la mano, pero él la aparta.

—Siento que... las cosas no van bien.

—¿Que no está bien?

No me dice nada, ni me mira. Yo miro alrededor.

—Si he hecho algo, dímelo.
—Es todo. La boda. Nosotros.
Se me pone la carne de gallina.
—Adam, mírame.
Unos segundos más tarde, me mira a los ojos.
—Lo siento —dice.
—¿Qué es lo que sientes?
—No me puedo casar contigo, Claudia.

El estómago me da un vuelco y las manos me empiezan a temblar. Me quedo mirándolo durante una eternidad, esperando que se eche a reír, pero eso no ocurre. Solo hay arrepentimiento en sus ojos.

Y ahora entiendo por qué quiso que viniéramos aquí. Quería romper el compromiso en un lugar público para que no perdiera la compostura.

—Dime que no he oído lo que he oído.
—No estoy listo.
—¿No estás listo? —repito, perpleja—. Llevamos cuatro años saliendo.
—Lo sé... y lo siento.
—¿Lo sientes?
—Sí. De verdad. No quería hacerte daño.
—¿Me estás diciendo que no quieres casarte conmigo dentro de tres semanas, o que no quieres casarte conmigo nunca?
—No estoy listo para casarme —contesta, de forma evasiva.
—Adam, entiendo lo que estás pasando. Es pánico. Va a ser el día más importante de nuestras vidas. Claro que estás nervioso —le agarro la mano—. Yo también lo estoy. Pero antes de lo que imaginamos, todo habrá terminado.
—No lo entiendes.

—¿Es por lo de anoche? Porque no quería volver al club de intercambio de parejas.
—Es por nosotros. No funciona.
—¿Desde cuándo? —subo el tono con cada palabra.
—Por favor, cálmate.
—¡Esperas que me calme!
Adam mira alrededor.
—Te dije que no quería hacerte daño, pero tenía que decirlo. ¿No crees que nos estamos precipitando?
—¿Cómo puedes preguntarme una cosa así? Hace un minuto estábamos hablando de las flores y ahora me preguntas si creo que nos estamos precipitando.
—Vale. A lo mejor soy yo. Pero siento que… No nos entendemos. Como anoche.
—Entonces es por el club.
El camarero vuelve y Adam le hace señas para que se vaya.
—Intento ser justo contigo. Si no somos compatibles ahora, casarnos no solucionará nada.
—¿Es que no quieres casarte conmigo?
—No.
—Porque no nos entendemos sexualmente.
Adam se encoge de hombros y mira hacia otro lado.
—Debes de estar de broma. Cuando se trata de sexo… ¿Qué es lo que no hemos hecho? ¿Y dices que no somos compatibles?
Una camarera nos mira al pasar por nuestro lado.
La rabia que siento se disipa y una profunda tristeza se apodera de mí. Trato de calmarme.
—No sé por qué me estás diciendo esto.
—Porque no quiero cometer un error.
—¿Pero cómo puedes decir eso? Llevamos mucho tiempo juntos. Estamos enamorados.

Adam me vuelve a esquivar con la mirada y el corazón se me rompe en mil pedazos.

—¿Adam? Estamos enamorados. ¿No? Me amas. ¿No?

Adam traga con dificultad.

—Sabes que te quiero.

—Gracias a Dios. Eso era todo lo que quería oír —digo soltando el aliento contenido.

Cuando por fin me mira, veo confusión en sus ojos.

—Siempre y cuando me quieras, podemos afrontar lo que sea.

—Te quiero, Claudia, pero no estoy enamorado de ti —hace un pausa—. Lo siento.

Se me corta la respiración y un escalofrío me recorre las entrañas. Me tiemblan las manos.

—¿Qué has dicho?

El camarero se acerca a la mesa. Sonríe demasiado y yo lo fulmino con la mirada. Él da media vuelta y desaparece.

—Te quiero, pero no estoy enamorado de ti. No sé qué más quieres que diga.

—¿No estás enamorado de mí?

Adam niega con la cabeza.

—Y has elegido este momento para decírmelo. A tres semanas de la boda.

—Lo siento.

Entonces agarro el vaso de agua y se lo tiro en el regazo. Rompo a llorar, tomo el bolso y voy hacia la puerta. Mi corazón retumba tanto que no oigo nada. Siento miradas ajenas y sé que todos se preguntan qué pasa. No saben que Adam acaba de destruir algo que costó cuatro años crear.

Capítulo 14

Annelise

Salir con Claudia y las catorce mujeres de la comitiva nupcial me ha animado un poco. Llevo toda la semana de mal humor porque Charles ha estado más seco que nunca, si cabe. Se pasó media semana fuera; otro viaje de última hora. Y los días que pasó aquí, llegó tarde de la oficina, cenó rápido y se fue a la cama. Ya no soporto vivir así, como si fuera su hermana.

Hoy he decidido sacármelo de la cabeza, salir con las chicas y pasármelo bien. Intentar complacerlo y estimularlo es una pérdida de tiempo.

Y sí me lo pasé bien. De hecho, no recuerdo haberlo pasado tan bien desde hace mucho tiempo. Todos se lo pasaron genial, en parte gracias a las copas de Island Love, la bebida especial que Adam y Claudia crearon.

Estaba maravillosa con mi vestido. No hay nada como la dieta del estrés. Seguro que he perdido unos cuantos kilos en las últimas semanas. Cuando terminó el cóctel de la prueba de vestuario, no estaba lista para irme a casa. Me acerqué a Lishelle, esperando que le apeteciera ir al centro comercial conmigo, algo que llevamos tiempo sin hacer.

—Oye, Lishelle —le dije, agarrándola de la cintura—. ¿Te apetece hacer algo? Podríamos irnos al salón de belleza y pintarnos las uñas.

—Lo siento, cariño, pero Glenn está en mi casa y tengo que volver. No estará en la ciudad por mucho tiempo.

Después probé con Claudia, que estaba despidiendo a las mujeres.

—Oh, me gustaría, pero Adam ha sido muy paciente y ha esperado a que terminara. No voy a comer más, sobre todo si quiero caber en el vestido.

Al final decido salir yo sola. En lugar de irme a casa, me voy de compras al centro comercial. ¿Qué sentido tiene pasar otra noche sin amor con Charles?

—¿Encontraste todo lo que estabas buscando? —me pregunta una dependienta cuando pongo un puñado de sujetadores y bragas sobre el mostrador.

—Oh, ya lo creo.

He elegido sujetadores con encaje y Wonderbras como si fuera una modelo de lencería, por no mencionar todos los tangas que nunca pensé que me pondría. Pero me siento más sexy con ropa sexy, aunque nadie se quiera acostar conmigo.

—¿Tiene nuestra tarjeta Victoria's Secret?
—No.
—¿Le gustaría solicitarla?

Yo me lo pienso.

—No. Hoy no —miro la gama de esmaltes de uñas sobre el mostrador—. Oh, qué colores tan bonitos.

Busco un color bronceado, el que suelo llevar, pero me detengo antes de agarrarlo. No quiero nada soso hoy. Quiero algo espectacular, algo sexy que haga juego con la lencería que he comprado. La laca de uñas que hace que un hombre se fije en tus pies.

Rojo.

Agarro el frasco color rojo de coche de bomberos y lo añado a la compra. Y entonces algo me hace darme la vuelta. Miro por encima del hombro. Hay una fila de mujeres detrás de mí, algo impacientes. Nada extraordinario. ¿Qué es lo que siento?

Como si alguien me mirara.

Sacudo la cabeza y me vuelvo hacia la dependienta. Otra empleada abre la caja registradora y oigo suspiros de alivio. La cola se divide en dos.

—Son cuatrocientos sesenta y tres dólares con veintiocho centavos —dice la empleada.

Yo le doy mi American Express, la que Charles me dio, y pago el importe.

Salgo de la tienda, pero esa sensación no me abandona. Es como si todos tuvieran los ojos puestos en mí. Quizá me estoy haciendo demasiadas ilusiones.

Ojalá me encontrara con Dominic.

—Vaya —dice Charles cuando entro en casa con mis bolsas de Victoria's Secret—. Has estado ocupada.

—Me fui de compras —le digo orgullosa.

—Ya veo.

—Y siento no haberte hecho nada de cenar. No sabía si vendrías, y yo iba a comer en casa de Claudia.

—No pasa nada —me dice Charles.

Está tumbado en el sofá, como si tuviera tiempo libre.

—Buscaré algo de comer. Pediré una pizza.

—Genial.

Agarro las bolsas y subo las escaleras. Ya todo me es indiferente. No importa cuánto me duela. Rogarle que me toque y ser rechazada duele más.

Sin embargo, me contoneo un poco al subir las escaleras, por si me está mirando.

Ya en la habitación, pongo las cosas en la cama y suena el teléfono. Descuelgo.

—¿Hola?

Una pausa.

—Annelise. Hola. Soy Marsha. Marsha Hinderberg. ¿Cómo estás?

—Estoy bien. Gracias.

Oigo un clic en la línea.

—¿Hola?

—Oh, Charles. Es Marsha.

—Lo tengo, Annelise.

—Vale. Cuídate, Marsha.

Cuelgo el teléfono y me pongo a guardar las compras. Un minuto después Charles se para en el umbral de la puerta.

—Tengo que salir —me dice.

—Oh —digo sin más.

—Sí. Marsha y yo tenemos que estar en la corte mañana por la mañana. Tiene que repasar unas cosas conmigo.

—¿Tardarás mucho? —le pregunto.
Es extraño, pero casi quiero que se vaya.
—No lo sé, pero casi seguro que sí.
Yo sigo arreglando la lencería sin mirarlo.
—Vale.
Charles se marcha y yo sigo colocando la lencería. Compré un montón de cosas color rosa y blanco, pero nada rojo.

Rojo... Saco la laca de uñas de una de las bolsas. Estoy pensando en hacerme las uñas de los pies, pero decido probarme todo lo que he comprado. Solo me probé algunos de los sujetadores, pero no las braguitas.

Me quito la falda estampada y las bragas de algodón. Me pongo un tanga de encaje. No me lo probé en la tienda, pensando que me valdría.

Este me encaja. Me miro en el espejo. Me gusta lo que veo. El corte alto del tanga exalta las curvas de la cadera, y estoy muy sexy.

Me doy la vuelta para mirarme el trasero. Desde este ángulo todo lo que veo son las nalgas y la unión del tanga al final de la espalda. Ahí tiene un pequeño lazo. Muy bonito.

Me encanta. Cuando llevo lencería sola es como si no llevara nada.

Ahora lo entiendo. Ahora sé por qué las mujeres los llevan. Me pruebo algunos juegos más y todos me gustan, pero cuando me pruebo el juego rojo, se me escapa el aliento.

Soy hermosa. Lo soy. Mi cuerpo aún está firme y esbelto, y tengo una figura perfecta que volvería locos a los hombres. ¿Cómo pude pensar que no era atractiva?

Entonces me miro los dedos de los pies. La delicada manicura francesa se me está estropeando. Basta de cosas delicadas. Es hora de ser atrevida. Uñas rojas a juego con este impresionante sujetador y tanga rojos.

Entro en el cuarto de baño y saco el quitaesmalte y un poco de algodón.

Casi he acabado de quitarme la laca de uñas cuando oigo...

—Vaya.

Con la respiración entrecortada, me doy la vuelta. Charles está en nuestro dormitorio, mirándome.

—¿Cuánto tiempo llevas ahí? —le pregunto.

—Suficiente.

—Pensaba que ibas a ver a Marsha.

—Sí, pero cuando estaba de camino la llamé y le dije que fuera lo que fuera podía esperar hasta mañana.

—Oh. Vale —agarro el bote de laca roja.

—Estás preciosa, ¿sabes?

Cuando me doy la vuelta, Charles viene hacia la puerta del cuarto de baño. Su mirada me hace temblar el corazón.

«No te ilusiones...».

—La lencería de Victoria's Secret hace que todas nos veamos preciosas.

—Eso no es cierto. Eres tú. Es tu cuerpo —me mira de arriba abajo—. El rojo te sienta muy bien.

Charles entra en el baño y se apoya en el lavabo.

—Sé que intentaste hablar conmigo. Siento no haberte respondido. Es que...

Me pongo de frente a él y levanto la vista, esperando.

—He tenido... un problema. Una disfunción eréctil.

—Ya veo.

—Y por eso es muy duro mirarte, sabiendo que no puedo tocarte ni excitarme, por no hablar de lo que estoy pasando. Así que me he volcado en el trabajo y he tratado de ignorar el asunto. Pero hoy... No sé —se encoge de hombros—. Creo que estoy listo para hablar. Por eso le dije a Marsha que tendrá que ocuparse ella.

Yo no sé qué decir. Charles lleva mucho tiempo sin sincerarse conmigo.

—Disfunción eréctil.

—En mi caso es un eufemismo. Impotencia.

—¿Por qué no me lo dijiste? Todo lo que tenías que hacer era...

—Esperaba que se me pasara, pero no lo hizo, y no me atrevía a decírtelo.

—Me has rechazado tantas veces...

—Lo sé, y lo siento.

—No creo que entiendas cómo me he sentido yo. Como si no fuera atractiva. ¿Sabes lo que es que tu marido ni siquiera te mire? —dudo un momento—. Incluso pensé en tener una aventura.

—Oh, Dios.

—No lo hice, y no lo haría. Pero una parte de mí quería. Cuando vi cómo me miraban otros hombres... Como yo quería que tú me miraras.

—Oh, Ann —Charles sacude la cabeza—. Lo siento tanto. Nunca tuve intención de hacerte sentir que no eras deseable. Eres una mujer preciosa y cualquier hombre estaría orgulloso de estar contigo.

—Pero tú no.

Charles se arrodilla delante de mí.

—Eso no es cierto —me pone las manos en los muslos y empieza a acariciarme con los dedos. Me resulta extraño. He tenido que reprimir mi libido durante tanto tiempo que el despertar del deseo ocurre muy lentamente.

—Eres preciosa —me besa en el muslo.

Estoy a las puertas del cielo.

—He sido muy egoísta —dice Charles—. Solo he pensado en mí, pero puedo darte placer de otras formas.

Desliza una mano por mi entrepierna y con la otra me separa las piernas. Cuando sus dedos me tocan la vagina, gime de gozo.

Yo cierro los ojos, llenos de lágrimas.

—Oh, Charles...

Él me aparta las braguitas y... Oh, Dios mío. Su tacto es tan suave...

—Estás tan húmeda como un río —me dice mientras se chupa los dedos—. Me encanta. Me encanta tu sabor, tu olor...

El teléfono suena al tiempo que Charles me mete un dedo. Yo me quejo, esperando a que se levante. Pero él sigue adelante. En cambio, me mete el dedo hasta dentro y lo saca. Vuelve a meterlo... Yo echo hacia atrás la cabeza y gimo.

—Charles, si estás ahí, descuelga el teléfono —es la voz de Marsha.

—Maldita sea —dice Charles.

—Charles, necesito que me llames. Tan pronto como recibas este mensaje.

—¿Tienes que contestar?

—Claro que no.

Charles me toma en brazos y me acuesta en la cama. Me agarra los pies y me separa las piernas lo más posible. Casi me muero de placer cuando su lengua recorre mi entrepierna hasta llegar a mi sexo.

El teléfono vuelve a sonar y los dos nos quedamos quietos. Yo masculló un juramento. El aliento caliente de Charles sobre mi vagina me hace estremecer.

Salta el contestador, pero no dejan mensaje.

—¿Lo desconecto? —pregunta Charles.

—Por favor, no te muevas... —mi voz termina en un suspiro.

La lengua de Charles me acaricia la vulva. Siento una avalancha de sensaciones deliciosas. Vuelve a lamer, retrocede, y yo estoy a punto de perder el juicio.

—Por favor... Ha pasado tanto tiempo... No juegues conmigo.

—¿Quieres que haga esto? —Charles cubre mi clítoris con la boca y chupa con fuerza.

Yo grito y me aferro al cubrecama.

—Charles, cariño...

Es demasiado intenso y estoy a punto de derretirme.

Echo las caderas hacia atrás y trato de cerrar las piernas, pero Charles no me deja. Echa la cabeza hacia atrás y me masajea con los dedos.

—Eres preciosa, Ann. Mírate.

Me vuelve a meter un dedo y yo arqueo la espalda, dejando escapar un gemido. Me recorre la vagina de arriba abajo con la lengua hasta llegar a la vulva.

Entonces vuelve a chupar, con suavidad. El calor

aumenta dentro de mí y empiezo a jadear. Comienzo a mover las caderas. Él me pone una mano sobre el estómago y con la otra me sujeta el trasero. Y entonces exploto en mil añicos de puro placer. Mi cuerpo se estremece, vibra y él sigue chupando, sin soltarme.

Mis gemidos apasionados remiten. Tengo lágrimas en las mejillas.

Lo rodeo con mis brazos.

—Oh, Charles. Cariño.

El teléfono vuelve a sonar.

—¡Maldita sea! —exclama Charles, saltando de la cama.

—Ignóralo. Es mi turno para darte placer —me pongo de rodillas—. Quiero probarte, Charles. Por favor...

Él está de pie junto a la cama. Sus ojos me miran, y después miran el teléfono. Finalmente, salta el contestador.

—Charles. Soy Marsha. ¿Estás ahí? Necesito hablar contigo —suena un poco nerviosa—. No puedo seguir con esta reunión a menos que vengas.

Miro la bragueta de Charles. Tiene una erección.

Me arrastro hacia él y empiezo a acariciarlo.

—Maldita sea —dice.

—Llámala más tarde —empiezo a quitarle los pantalones—. Estás caliente, cariño. Podemos hacer el amor.

—Yo... —se aparta de mí—. No quiero decepcionarte.

—No lo harás. Te lo prometo.

Él gime y se deja caer en la cama. Se cubre el rostro con las manos.

—No lo entiendes. A veces tengo erecciones, pero no puedo mantenerlas.

Yo lo rodeo con los brazos. Es maravilloso haber recuperado a mi esposo.

—No pasa nada, cielo. Túmbate conmigo. Déjame abrazarte.

Yo lo hago recostarse y él no se resiste. Nos abrazamos.

No quiero perderlo.

Capítulo 15

Lishelle

Gimo suavemente al oír el teléfono. Me estiro en la cama y miro la pantalla de la base.

—Es Claudia —digo, preguntándome si debería responder.

Glenn se va dentro de un par de horas.

—¿Crees que es importante? —me pregunta Glenn.

Está tumbado a mi lado, y me acaricia la palma de la mano con un dedo. Acabamos de cenar comida china. En el DVD está sonando Elmore Leonard.

El teléfono para de sonar.

—Creo que no —digo.

Pero vuelve a empezar. Es ella.

—Creo que debería contestar —Glenn me muerde el trasero y yo descuelgo—. Glenn, para —me río y lo miro por encima del hombro—. Hola.

Por un momento no escucho nada, y entonces oigo a alguien que se ahoga. El pánico se apodera de mí.

—¿Claudia?
—Él.... él...
—¿Cariño, estás bien?
Cuelgo el teléfono y me levanto de un salto. Las manos de Glenn se deslizan sobre mi cuerpo, pero yo me alejo antes de que pueda alcanzarme.
—¿Qué ocurre?
—Era Claudia. Está... muy mal.
—¿Qué ha pasado?
—No lo sé, pero tengo que ir inmediatamente. Maldita sea. No sé si ha llamado a Annelise —me pongo el sujetador y vuelvo a descolgar el teléfono—. Voy a llamarla —salta el contestador—. Hola, Annie. Soy Lishelle. Cuando oigas este mensaje, llámame. Voy a salir ahora, así que...
Alguien descuelga el teléfono.
—¿Hola? —dice Annelise.
—¿Te ha llamado Claudia?
—No. Bueno, tal vez. El teléfono sonó un par de veces, pero...
—Acaba de llamarme. No sé lo que pasa, pero estaba fatal, y voy para su casa ahora mismo. A lo mejor tú también deberías venir.
—Oh, Dios mío. Claro. ¿Qué ha dicho?
—Ni siquiera ha podido decírmelo.
—Pero todo estaba bien hasta ayer.
—Está claro que ahora no. Te veo allí. ¿Vale?
Cuelgo el teléfono y me vuelvo hacia Glenn.
—Lo siento.
—¿Quieres que vaya contigo?
—Tienes que prepararte para irte. ¿No tienes que estar en el aeropuerto en unas horas?
—Sí, pero...

Me enfundo unos vaqueros.

—Creo que es mejor que vaya sola, pero gracias.

Glenn se sienta en la cama.

—Vale —dice.

—No tienes que irte ahora —le digo mientras me pongo una camiseta—. Te daré una llave por si no vuelvo pronto. Y seguro que no lo haré —agarro el bolso y saco el llavero, donde tengo una llave extra—. Toma...

Tira de mí y me hace tumbarme encima de él.

—Glenn. De verdad. Tengo que irme.

—Lo sé... —me da un beso tierno, muy reconfortante—. Pero quería darte un beso antes de que te fueras. No te veré hasta el próximo fin de semana.

—No sé si podré acostumbrarme a que te vayas cada dos por tres. Me gusta estar contigo.

—Tengo que remediar eso —me dice—. Esta semana voy a reunirme con un par de inversores en Phoenix.

—¿En serio?

—Sí.

Él hunde los dedos al final de mi espalda. Quiere que me quede.

Yo me aparto y dejo escapar un lamento.

—Sabes que quiero quedarme, pero Claudia me necesita.

—Ve a ver a tu amiga. Te quiero —añade en un susurro.

—Yo también.

Siento una punzada de arrepentimiento al dejarlo así. Él no deja de mirarme.

Yo le tiro un beso antes de salir. Es fantástico que

el hombre de tus sueños te espere desnudo en la cama.

Claudia está hecha un desastre. Parece que ha ido a un salón de maquillaje funerario. Está pálida y parece enferma. Tiene el pelo revuelto y los labios hinchados. Ríos de lágrimas le han estropeado el maquillaje.

Tiene toda la cara hinchada, como si llevara semanas llorando.

Yo la estrecho entre mis brazos.

—Oh, cariño. ¿Qué ha pasado?

Ella apenas puede articular palabra. Trato de consolarla y le acaricio la espalda. Los ojos se me llenan de lágrimas.

—Vale, Claudia. Me estás asustando.

—A... Adam...

Se me acelera el pulso.

—No le ha pasado nada, ¿verdad? ¿Claudia?

—Él... él...

Se me hiela la sangre. Me echo hacia atrás y la miro a los ojos.

—No, cielo —sacudo la cabeza—. Dime que no le ha pasado nada. Por favor.

Ahora ella se frota los ojos.

—Él... —casi se ahoga, pero sigue adelante—. No quiere casar... casarse.

Lo primero que siento es una ola de alivio, y después una profunda conmoción.

—¿Adam no quiere casarse? —le digo, esperando haber entendido mal.

Claudia sigue llorando y sacude la cabeza.

—¡Pero la boda es dentro de unas semanas! ¿Cómo que no quiere casarse?

Los desgarrados sollozos de Claudia me rompen el corazón. Entro en la casa y cierro la puerta. La agarro de los hombros y la llevo al salón. Entonces se desploma en el sofá. Nunca la había visto tan derrotada.

—¿De verdad te dijo que no quiere casarse?

Ella asiente.

—¿Hace cuánto?

—Hace un par de horas.

Yo agarro la caja de pañuelos y le doy unos cuantos.

—Cuéntame qué pasó. Exactamente.

—Salimos a cenar, pero no llegamos a comer nada. Me dijo que no está enamorado de mí.

—Vale. Ahora sé que no te estoy escuchando bien. ¿Cómo puede decirte que no está enamorado de ti? Lleváis cuatro años juntos.

—Me quiere, pero no me ama.

Claudia se tapa el rostro con las manos. Yo hago lo único que puedo hacer. Me siento a su lado y le paso la mano por la espalda.

Llaman a la puerta. Al principio pienso que es Adam. Claudia debe de haber pensado lo mismo porque sus ojos se iluminan, pero entonces me acuerdo de Annelise.

—Debe de ser Annelise —digo—. La llamé después de hablar contigo. Voy a abrir la puerta.

—¿Qué pasa? —pregunta Annelise al entrar.

—Es Adam —susurro—. Rompió el compromiso hace dos horas.

—¿Qué? —Annelise se queda sin aliento.

—Yo tampoco me lo puedo creer.

La expresión de Annelise se torna seria. Al entrar mira a su alrededor, como si buscara a Adam para darle una bofetada. Annelise corre hacia Claudia y le da un tremendo abrazo.

Yo me siento al otro lado de Claudia.

—¿Acaso tuvisteis una discusión?

—No.

—¿Nada? ¿Ningún desacuerdo, por pequeño que fuera?

—No. Y ese es el problema. No sé por qué ha hecho esto de buenas a primeras.

—Cuéntanos qué pasó exactamente.

Claudia respira hondo y lo suelta todo.

—Después de la prueba de vestuario, Adam tenía hambre. Le dije que yo no, pero él sí, así que fuimos al Cheesecake Factory. Estaba muy raro. No quería pedir la cena y le pregunté qué pasaba. Y de pronto...

Claudia no es capaz de terminar.

—Adam le dijo que la quería, pero que no estaba enamorado de ella —digo yo, dirigiéndome a Annelise.

—No me lo puedo creer —dice Annelise, perpleja.

—Sí —confirma Claudia, entre sollozos—. Un rato antes estábamos en el asiento de atrás de su coche, haciendo el amor, y un minuto después me manda a freír espárragos. Yo hago todo lo posible para satisfacerle. ¿Cómo se atreve a decirme que no quiere casarse conmigo?

—¿Es que quiere posponerlo? —dice Annelise.

Claudia sacude la cabeza.

—Se acabó, Annie.

—¡No! —exclama Annelise.
—No lo entiendo. Estábamos tan felices.
Todas nos quedamos calladas.
—Escucha —digo—. No puede decirlo en serio. No es que llevarais unas semanas saliendo antes de la boda. Habéis estado juntos durante cuatro años. Es suficiente para saber si quieres pasar por el altar. Seguro que le ha entrado el pánico. Creo que se ha rajado. Es lo único que tiene sentido.
—Claro —Annelise parece aliviada—. Le ha entrado el miedo. Cariño, eso pasa mucho. A veces, las parejas llevan muchos años juntos y en cuanto están a punto de casarse, uno de los dos sufre un ataque de pánico.
Los ojos de Claudia se iluminan.
—¿De verdad lo creéis?
—Por supuesto —le digo—. Nadie espera a estar a tres semanas de la boda para decir que no está enamorado. Vamos.
—Mientras me lo decía, no podía ni mirarme.
—¿Y eso qué te dice? —le pregunto yo.
—Sí. ¿Qué te dice eso? —repite Annelise.
—Está confundido —digo yo al final—. Y si no lo está le daré una patada en el trasero. Francamente, si no está enamorado de ti, Claudia... ¿Qué demonios ha estado haciendo todos estos años?
—Eso quiero creer yo.
—¿Has hablado con tus padres?
—No. No fui capaz. Solo os he llamado a vosotras. ¿Qué hago? ¿Cancelar la boda?
—No —exclamo yo—. No te atrevas. Tienes tres semanas. Apuesto a que al final de esta semana, a lo mejor antes, Adam vendrá con otra historia.

Claudia asiente.

—Vale. No lo haré.

—Oh, cariño —Annelise le da un abrazo—. No sé qué le pasa, pero estamos aquí para lo que necesites.

—Eso —digo yo—. Lo que necesites.

Claudia nos abraza a las dos y nos toma de la mano.

—Lo sé. Muchas gracias por venir. Me siento mucho mejor. Vosotras siempre me hacéis sentir mejor. Y es por eso que os quiero tanto.

Por lo menos Claudia parece más animada. Quiero que esto le salga bien. Pero si ese capullo de Adam no juega limpio, tendrá que vérselas conmigo.

Capítulo 16

Claudia

Han pasado dos días y todavía no tengo noticias de Adam. No puedo mentir. Me he pasado esos días sumida en una profunda depresión. No podría encontrarme peor. Sin embargo, hoy siento algo distinto.
Rabia.
¿Cómo se atreve a hacerme esto? Llevamos cuatro años saliendo y hemos sido amigos durante más de diez años. Si tiene miedo, puedo entenderlo, pero huir de esta manera es lo más vil que podía hacer.
Ojalá pudiera decir que he sido fuerte, pero no es verdad. Lo he llamado por lo menos tres veces. El lunes, el martes... Le he dejado mensajes entre sollozos, pero aún no sé nada de él.
Es posible que tenga miedo de verme. ¿Pero cómo cree que me siento después de este batacazo?
Lamentándome, me acuesto boca arriba. Hago todo lo posible por levantarme de la cama, pero no puedo. Llevo dos días sin comer y tengo el aire acondicionado

a tope. Me paso todo el día bajo las mantas y cuando me despierto, me tomo una copa de vino, dos pastillas para dormir, y empiezo a contar el tiempo hasta volver a quedarme dormida. Ni siquiera le he abierto la puerta a mi madre. Cuando me llamó, le dije que tenía la gripe, y que iba a descansar un par de días.

¿Debería importarme si lo vuelvo a ver o no? Pero sí que me importa. No hago más que mirar el teléfono, esperando que suene. Pienso en volver a llamarlo, pero si realmente está asustado, lo único que conseguiré será alejarlo aún más.

No puedo soportarlo más. Tapo el teléfono con una almohada.

—No puedo hacer esto —murmullo.

No puedo quedarme todo el día en la cama como si me fuera a morir. Tengo que irme. Una rayo de luz asoma en el horizonte. Sí.

Me iré este fin de semana, a algún sitio cercano. Será como una escapada. Pensacola. Es perfecto.

Ya he estado allí y siempre lo he pasado bien. Es muy tranquilo, tiene una playa muy grande, y hay tiendas. Será como si estuviera a miles de kilómetros de aquí, que es justo lo que necesito.

Trato de incorporarme, pero me pesan las piernas y los brazos. Cuando por fin lo logro, me levanto de la cama y llamo a Lishelle.

—Lishelle —digo cuando salta el contestador—. Siento no haberte llamado desde el domingo. He estado... Bueno, he estado aislada de todo. No he salido de la cama ni he mirado los mensajes. Por lo menos habré perdido cinco kilos. Ahora estaré preciosa con el vestido —me río, pero termino llorando—. Lo siento —trato de recomponerme—. Lo estoy intentando. De verdad. Pero Adam ni siquiera me ha llamado. Oh, olvídate de Adam. Te llamo porque estoy lista para pasar de él y seguir con mi vida. Quiero salir de aquí antes de que se me caiga la casa encima. Vámonos a Pensacola este fin de semana. Vayámonos el viernes por la tarde y estaremos allí por la noche. Alquilaré una habitación. Lo pasaremos bien. Por favor, di que sí. Necesito que Annelise y tú vengáis conmigo —se me quiebra la voz—. Lo siento. Llámame. ¿Vale? Tan pronto como puedas.

Unos minutos después llamo a Annelise, pero no contesta, así que le dejo el mismo mensaje.

Arrastro los pies hasta la cocina. Abro el frigorífico y hago una mueca. No hay nada decente para comer. No quiero llamar a Mae, el ama de llaves de mis padres. Por lo menos hay un paquete de gofres en el congelador. Meto dos en la tostadora.

Espero que las chicas me llamen pronto. Tengo que salir de aquí, pero no quiero irme sola a Pensacola. Si me quedo me hundiré aún más, y no quiero volver a sentirme tentada de llamarlo.

No voy a volver a llamarlo. Él tiene que hacerlo, cuando esté preparado. Mientras tanto, estaré tomando margaritas en la playa. En Pensacola. Con mis amigas. Adam necesita espacio. Le daré espacio. Tanto que tendrá vértigo.

Tengo que marcharme. Y espero que me llame cuando no esté. Que se pregunte dónde estoy y qué demonios estoy haciendo para que sepa lo que se siente cuando estás lejos de tu alma gemela.

Salta la tostadora.

Me echo a llorar.

Capítulo 17

Lishelle

Me quito las sandalias y disfruto de la ráfaga de aire frío cuando entro en casa. Son las siete y media de la tarde y todavía hace un calor insoportable. Y para colmo, el aire acondicionado del plató estaba averiado, así que he tenido que fingir delante de la cámara cuando en realidad me estaba asando de calor.

Voy directamente a la cocina. El piloto rojo del teléfono está parpadeando. Mis labios dibujan una sonrisa. Hay cinco llamadas, cuatro de Glenn y una de Claudia. Descuelgo el auricular y marco el número para escuchar los mensajes.

—Lishelle, cariño —dice el primero—. La reunión con el inversor fue mejor de lo que esperaba. Le enseñé la propuesta y se mostró muy interesado. Cree que puede salir bien —Glenn suelta el aliento—. Ahora tengo que ver cómo reunir mi propio capital. Encontraré la forma. Llámame. Te echo de menos.

No escucho el resto de los mensajes y lo llamo. Es miércoles, así que debe de estar en su casa de Phoenix.

Contesta al primer timbrazo.

—¿Hola?

—Qué rápido. ¿Esperabas una llamada?

—Hola, cariño —siento su sonrisa—. Esperaba que fueras tú.

—Oí tu mensaje. ¿La reunión con el inversor fue bien?

—Muy bien. Pero ya tengo noticias mejores.

—¿En serio?

—¿Recuerdas que te dije que había hablado del tema con un piloto amigo mío?

—Sí.

—Keith Hatcher, así se llama, me llamó el lunes. Resulta que ya ha puesto en marcha el negocio y quiere que me una a él. Ya tiene un inversor y quiere que seamos socios.

—Oh, Dios mío. ¿Y qué pasa con lo de hacerlo por tu cuenta?

—Siempre he sabido que tendría que tener un socio, y Keith es un buen tío. Hablé por videoconferencia con él y su inversor y las cosas van en serio. Muy en serio.

—Vaya. Es genial.

—Sí, pero hay un problema.

—Oh.

—El dinero. Mi parte. Keith tiene un millón y quiere que yo ponga lo mismo. Así controlaríamos la mayor parte del negocio.

—Claro. Por supuesto.

—Todo está ocurriendo muy deprisa. Ahora tengo

que encontrar la manera de reunir ese dinero. Ya he llamado al banco.

—No hay necesidad.

—¿Por qué?

—Tengo una sorpresa para ti, Glenn.

—¿De verdad?

—Sí. Uno de los tíos de Claudia es el presidente de un banco de Atlanta y ella tiró de algunos hilos para conseguirme una cita. Él me está gestionando un crédito por valor de un millón para el negocio.

—Lishelle —dice Glenn, con tono de reproche—. Te dije que no lo hicieras.

—Llevo mucho tiempo buscando un negocio en el que invertir. Glenn, tú vas a ser mi marido. ¿Por qué no debería invertir en tu compañía?

Él suspira.

—Podría usar el dinero, pero no me parece bien.

—Mañana tendré la libreta de cheques. Iba a decírtelo este fin de semana.

—¿De verdad quieres hacerlo?

—Claro que sí. Espera un segundo. El tal Hatcher... ¿Está de acuerdo con asentarse en las afueras de Atlanta?

—Está soltero y sin compromiso. Dice que Atlanta es el lugar perfecto.

—Entonces no hay motivo para retroceder.

—Oye, a lo mejor puedo hacer que os conozcáis este fin de semana, así puede contártelo él mismo.

—Eso estaría bien —le digo, y entonces recuerdo lo que hablé con Claudia en la cadena—. Oh, espera, no puedo este fin de semana. Me voy a Pensacola con Claudia y Annelise.

—¿Te vas fuera de la ciudad? Nunca dijiste...

—Surgió de pronto.
—Mm —dice Glenn.
—¿Qué quieres decir con «mm»?
—Me preguntaba si...
—¿Qué?
—Bueno... Todo ha ocurrido muy rápido. A lo mejor estabas saliendo con otro...
—Estás de broma, ¿no?
—Oye. Es posible. Y yo estoy aquí. En el otro lado del país. Ahora mismo podrías estar con otro, quitándote las bragas mientras hablamos.
—Glenn...
—Puedes decírmelo, ¿sabes? Si hay otra persona. Aunque sea algo informal. Mejor ahora si no estás segura. Ya no tengo edad para jugar.

Yo me quedo boquiabierta. ¿Por qué me está hablando así?

—Glenn —le digo—. Llevo tu anillo. Sabes que no hay nadie más.
—Eres una mujer impresionante, con éxito. Podrías tener a quien quisieras.

Yo me río sin ganas.

—Si tú supieras.
—Podrías.
—Pero yo no quiero a cualquiera.
—¿Entonces no me estás esquivando este fin de semana?
—No. Se te ocurrió esa idea absurda antes de dejarme hablar. Claudia tiene que irse un tiempo porque Adam rompió con ella.
—¿Qué?
—Sí, lo sé.
—Pero van a casarse dentro de...

—No creo que vaya a ocurrir. Y como te puedes imaginar, está destrozada. Nos pidió a mí y a Annelise que la acompañáramos y no pude negarme. Con lo que está pasando.

—Vaya. Debe de ser duro.

—No me quiero imaginar cómo debe de ser.

—Yo tampoco —Glenn hace una pausa—. Mira, siento lo que he dicho.

—Lo importante es que me creas.

—Te creo —suspira—. Entonces no nos veremos este fin de semana.

—Pedí el viernes libre y no volveré hasta el domingo por la noche.

—Sabes que quiero verte. Necesito verte.

—Créeme. Yo también, pero no puedo. Tengo que apoyar a Claudia.

—Oye. Ya sé. Voy a ver si puedo quedarme hasta el domingo por la noche.

—Ocúpate del proyecto —le digo emocionada—. Haz que se haga realidad, porque cuando eso ocurra estarás aquí todo el tiempo. Cariño, lo estoy deseando.

—Todo está pasando más rápido de lo que pensábamos —dice Glenn, y puedo oír su sonrisa.

Yo suelto una risita.

—Te quiero tanto, cariño.

—Yo también... —hace un pausa—. Nena, ¿qué llevas puesto?

—Oh, no querrás saberlo. Tengo mucho calor y estoy pegajosa.

—Mm. Así me gustas más.

—Glenn...

—Tócate. Dime lo que sientes. Cómo hueles.

—Glenn, tengo que darme una ducha.

—Estoy caliente, nena. En la cama.
Me ruborizo al imaginármelo.
—Dímelo, nena.
Yo me meto la mano por debajo de la falda.
—Estoy húmeda... —le contesto, gimiendo suavemente—. Muy húmeda. Y mi clítoris está hinchado.
—Ojalá estuviera ahí ahora. Te comería entera.
Yo cierro los ojos, me echo hacia atrás y me doy contra la mesa de la cocina.
—Lo sé.
—¿Sabes qué me vuelve loco? Me encanta cuando estás tumbada en la cama y hacemos el sesenta y nueve.
Glenn gime.
—Vaya. Podría tener un orgasmo ahora mismo, pensando en ti.
Una ola de placer baña mi sexo.
Empiezo a mover los dedos sobre mi vagina, imaginando que Glenn está aquí, acariciándome.
—¿Te estás tocando?
—Sí...
—Métete los dedos.
Me meto tres dedos dentro.
—Es mi lengua —murmura jadeante—. Mi lengua dentro de ti. Quiero darte placer. Por favor.
Las eróticas palabras de Glenn me empujan por el precipicio. Grito su nombre y me dejo llevar por una corriente orgásmica.
—¡Dios, sí! —a través del teléfono lo oigo masturbarse.
—Oh, Dios. Lishelle.
—Lo sé —me he quedado sin aliento.

—Ojalá estuvieras aquí. Te necesito en mi cama.
—Pronto —le digo.
—Ojalá que sí, nena.

Los dos nos quedamos en silencio mientras recuperamos el aliento.

—Aunque quisiera seguir hablando contigo, tengo que ir a ducharme.
—Sí, yo también.

Me río.

—Te quiero —le digo.
—Lo sé. Te veo este fin de semana.
—Recuerda...
—Sé lo que me dijiste, pero tengo que encontrar la forma de estar contigo, aunque sea por unas horas.
—Si puedes conseguirlo...
—Lo haré. Confía en mí.

Eso me da algo de ilusión. No puedo estar sin mi dosis semanal de sexo.

Capítulo 18

Annelise

Soy una mujer nueva.
Rejuvenecida.
Revitalizada.
Mi marido me desea tanto como yo a él. Por fin puedo sonreír. Ha pasado tanto tiempo desde la última vez que sonreí estando con Charles. Y eso es lo que estoy haciendo ahora. Es viernes por la mañana y estoy tumbada en la cama, escuchando el sonido de la ducha.

Desde el fin de semana pasado, cuando Charles y yo tuvimos algo de intimidad después de una larga sequía, no he vuelto a intentar seducirlo. Él dio un gran paso hablándome de su problema, y eso habla por sí solo. Saber que mi marido me desea es maravilloso, aunque solo podamos acariciarnos.

Ya no nos sentimos incómodos el uno con el otro. La verdad puede hacer milagros. Y aunque quisiera dejar el sesenta y nueve, me siento feliz por haber vuelto a conectar con él.

Afrontémoslo. Me casé para toda la vida. Para lo bueno y para lo malo. El sexo es solo una parte de una relación, y si Charles y yo pasamos por malas rachas, eso solo será una parte insignificante de todos los años que pasaremos juntos.

Doblo una pierna sobre la otra y tomo una postura sexy cuando el agua deja de sonar. Un momento después, Charles sale del baño. Tiene una toalla alrededor de la cintura y su cuerpo es como agua para una boca sedienta. Mi marido aún es muy atractivo. Tiene los abdominales un poco más suaves que hace diez años, pero todavía está plano como una tabla. Echo de menos la coleta que llevaba cuando lo conocí en un retiro espiritual al que asistí obligada por mi madre.

Charles se sienta al borde de la cama y mira el reloj, que está sobre la mesa de noche. Yo me inclino hacia delante y deslizo los dedos por su espalda. Él no se aparta.

—¿A qué hora te vas?

—Sobre las once —miro el reloj.

Son más de las siete, pero aún tengo cuatro horas para prepararme.

—Quizá antes. Hablaré con Claudia sobre las nueve. Las chicas y yo nos vamos a Pensacola. Unas minivacaciones. Claudia no ha tenido noticias de Adam todavía y está destrozada. Está deseando escaparse unos días.

Charles se vuelve hacia mí.

—Tres días en Florida.

—Sí. ¿Me vas a echar de menos?

—Sí —me mira a los ojos—. Ya lo creo. Cuando vuelvas, podríamos planear unas vacaciones para nosotros, como me sugeriste. A ese lugar de Arizona.

—¿De verdad? —siento una ola de emoción.

—Sí. Estamos mejor. ¿No crees? Hemos recuperado el rumbo.

—Oh, Charles, yo creo lo mismo.

Él me da un beso en los labios.

—Disfruta de tus vacaciones con las chicas. Sé lo mucho que Claudia te necesita.

—Lo sé. ¿Te puedes creer que Adam resultara ser un capullo?

Charles se encoge de hombros.

—¿Alguna vez te dijo algo?

—No me dijo nada.

Con solo mencionar a Adam, me hierve la sangre, pero no quiero seguir hablando de él con mi marido, así que le doy otro beso.

—¿Estás tratando de hacer que me quede? —me pregunta.

—Sabes que sí.

—Dame tiempo —me dice—. Dame tiempo y lo conseguiremos.

—Oh, Annie —me dice Lishelle poco después de partir—. Llevas todo el camino sonriendo como una tonta. Cuéntanos qué pasa.

Yo miro a Lishelle desde el asiento de atrás del todoterreno. Tiene razón. He sonreído tanto que casi me duele.

Claudia se vuelve hacia mí.

—¿Tienes algo que contarnos? ¿Algo escandaloso? Oh, Dios mío. Has tenido una aventura, ¿verdad?

—Nada de eso.

—Lishelle, apaga la radio. —le dice Claudia—. No te he oído bien —me dice—. ¿Has dicho que tuviste una aventura?

—No. Yo no he dicho eso y no me mires así. Pero creo que no puedo dejar de pensar en el sexo. Charles y yo hemos conectado de nuevo.

Lishelle se da la vuelta.

—Chica, ¿te has acostado con él?

—No exactamente, pero fue muy placentero. Ocurrió cuando dejó de importarme si Charles me tocaba o no. Claudia, creo que es bueno que no hayas llamado a Adam. Deja que empiece a preguntarse qué ha sido de ti.

—Cuéntanoslo —dice Lishelle, riéndose.

—Fue el fin de semana pasado, después de la prueba de vestuario. Decidí no irme a casa directamente, así que me fui de compras y me compré lencería. Llegué a casa y al poco tiempo llamaron a Charles. Tenía que ir a la oficina urgentemente. Lo de siempre. Bueno, yo me estaba probando la lencería y él regresó. De pronto me dice que está preparado para hablar conmigo.

—¿Y? —pregunta Claudia.

—Y por fin me dijo que lleva año y medio sufriendo problemas de impotencia.

—No... —Claudia sacude la cabeza, incrédula—. ¿Todo ese tiempo? ¿Por qué no te lo dijo?

—Sí. ¿Qué dice de eso?

—Me dijo que le daba vergüenza. Pensaba que se le quitaría y cuanto más sexo deseaba yo, peor se sentía porque sabía que no podría mantenerse caliente.

—Entonces hizo una montaña de un grano de arena

—dice Claudia—. Bueno, no es un grano de arena, pero no debería habértelo ocultado.

—Creo que a los hombres no les gusta admitir ese tipo de cosa —comento yo.

—Así es —dice Lishelle—. Los hombres creen que lo más importante es lo que tienen entre las piernas.

—Bueno... ¿Y no es así? —pregunta Claudia, esbozando la primera sonrisa en mucho tiempo.

—Supongo que ese es el problema —digo yo.

—¿Y entonces te hizo el amor o no? —pregunta Lishelle.

—No —yo sonrío al recordar el último fin de semana—. Pero hizo otras cosas muy agradables.

—¡Ah! —grita Lishelle.

—El primer y auténtico orgasmo inducido en más de año y medio. Pensé que no sería capaz de levantarme durante días.

—Quizá cuando vuelvas te eche tanto de menos que se empalme nada más entres por la puerta —dice Lishelle.

—Eso espero, pero, por ahora, estoy feliz sabiendo que lo conseguiremos.

El viernes por la noche nos atiborramos de palomitas y vimos *El hombre tranquilo* y *Amanda* hasta altas horas de la madrugada. Claudia quería una maratón de cine romántico. ¿Quién podría culparla por ello?

Esas películas la ayudaron a sacarse a Adam de la cabeza, pero yo empecé a echar de menos a Charles. Por eso lo llamé en cuanto me levanté.

—¿Qué tal el hotel? —me preguntó.

Yo jugueteo con el cable del teléfono y me tumbo.
—Es maravilloso. ¿Te dije que estamos en Alabama, y no en Pensacola?
—¿Alabama?
—Bueno, al principio el plan era ir a Pensacola, pero Claudia encontró un *spa* increíble en Point Clear, Alabama —termino con un deje exageradamente sureño—. Y está muy bien. Ojalá pudieras ver la habitación. Y las fotos que he visto del *spa* son increíbles. Vamos a pasar el día allí.
—Parece que os lo estáis pasando bien.
—Hasta ahora. Es el tipo de lugar que te ayuda a olvidar, ¿sabes? Y Claudia necesita olvidar.
—Te echo de menos —dice Charles.
Yo cierro los ojos y saboreo esas palabras.
—Yo también.
Me paso todo el día pensando en Charles, mientras nos hacen la manicura en los pies. Pienso en él mientras me baño en la espectacular piscina, mientras ceno langosta en el restaurante...
Cuando terminamos de cenar, sé lo que tengo que hacer. Tengo que irme a casa. Quiero darle una sorpresa a mi marido. Dios mío. Estamos recuperando nuestra relación. No es el momento para alejarme de él. Me lo he pasado muy bien en esta escapada, pero es hora de volver con mi esposo. Tengo la sensación de que me necesita. Y yo a él.
Damos un paseo por los alrededores antes de subir. El centro turístico está en Mobile Bay, así que tenemos unas vistas impresionantes del agua. Está rodeado de robles ancestrales y hay un aroma a jazmín en el aire. Es el tipo de lugar al que me encantaría venir con Charles.

—¿Qué te apetece? —dice Claudia cuando volvemos a la habitación—. ¿Más pelis o *Sexo en Nueva York*?

—*Sexo en Nueva York* —dice Lishelle inmediatamente—. ¿Tienes la temporada en que Carrie se enamora de Aidan? Quiero ver esa.

—Las tengo todas —dice Claudia.

Lishelle se acomoda en el sofá y Claudia busca el DVD. Yo me quedo a un lado. Tengo que irme. Ya son las cuatro y si quiero llegar a una buena hora, tengo que darme prisa.

Lishelle me mira por encima del hombro.

—Annie. Estás de pie. ¿Puedes traer el vino?

—Aquí está —dice Claudia, enseñando el DVD como si fuera un premio.

—Chicas —digo—. Odio tener que hacer esto, pero tengo que irme.

—¿Por qué? —pregunta Lishelle—. ¿Pasa algo?

—No. No. No pasa nada. Es la primera vez en mucho tiempo que las cosas van bien. El lunes Charles volverá al trabajo y no podremos pasar mucho tiempo juntos. Quiero pasar un día con él este fin de semana, para relajarnos y hacer el amor.

Claudia frunce el ceño y se deja caer en el suelo. Lishelle se encoge de hombros.

—Lo sé. Estoy arruinando el fin de semana, pero lo hemos pasado muy bien hoy y anoche fue genial. Oh, no me malinterpretéis. No quiero que vengáis conmigo. Quedaos y disfrutad del resto del fin de semana. Puedo alquilar un coche.

Claudia se queja, decepcionada.

—Annie...

—Lo siento. De verdad. Pero sabéis lo que he pasado con Charles —trago con dificultad, reuniendo el valor—. Tengo que hacerlo.

—Haz lo que tengas que hacer —dice Lishelle.

—Tiene razón —comenta Claudia, aunque no quiere que me vaya—. Si tu instinto te dice que debes irte a casa y estar con tu hombre, vete. De hecho, podemos irnos todas. Como dijiste, lo pasamos bien mientras duró.

—Claudia, no. De verdad. Vosotras quedaos. Alquilaré un coche.

—Pero no deberías irte sola —dice Claudia—. Está a seis horas de camino.

—No pasa nada. Me hará bien.

Claudia y Lishelle se miran sin saber qué hacer.

—Insisto —les digo—. Me sentiría fatal si os estropeara las vacaciones.

—Vale —dice Claudia, asintiendo—. Nos quedaremos, si a ti te parece bien, Lishelle.

—Por mí está bien, siempre y cuando tú estés bien, Annie.

—Estoy bien. Y gracias por entenderlo, chicas. Sois las mejores.

Las abrazo. Las quiero mucho.

—Creo que llamaré a Enterprise —tomo las páginas amarillas y voy a mi dormitorio.

No puedo dejar de sonreír.

Es como si volviera a tener veinte años y volviera a conocer a Charles. Aquella calurosa tarde de domingo resultó muy aburrida hasta que me di la vuelta y lo vi. Había ido para satisfacer a mi madre y él había ido para acompañar a un amigo. Los dos estábamos aburridos y hacía mucho calor en aquella tienda repleta de gente.

Yo solía bromear diciendo que Dios había tenido algo que ver porque conectamos enseguida. Al final de aquella tarde, yo sabía que me casaría con él.

Esta noche me siento como aquellos días, llena de esperanza y promesas. Al acercarme a las afueras de Atlanta me siento tentada de llamarlo y decirle que estoy en camino, pero no lo hago. Quiero darle una sorpresa.

Faltan pocos minutos para la medianoche cuando aparco delante de la casa. Ha sido un viaje largo y estoy exhausta, pero emocionada. Vine escuchando canciones de amor y me apetece pasar una noche romántica. Meto la llave en la cerradura. Deseo desesperadamente que Charles me haga el amor, y tengo pensamientos eróticos. No me conformaré con una velada de preliminares. Sacaré mi nuevo vibrador y lo haré observarme mientras tengo un orgasmo. Lo haré mirarme mientras me pellizco los pezones y me acaricio el clítoris. Nunca he hecho eso delante de nadie, pero con solo pensar en ello me estoy poniendo caliente. Si no se empalma después de verme, tendré que comprobar si tiene pulso.

La casa está en silencio. Conociendo a Charles, no me extraña. No obstante, subo las escaleras de puntillas, giro el picaporte con sumo cuidado. Me quitaré la ropa y me acostaré...

Me echo hacia atrás al abrir la puerta. No puedo respirar.

Oh, Dios mío...

Mi fantasía se hace añicos. Todo se hace añicos.

No puedo respirar.

De alguna forma trato de respirar. Quiero escapar, volver al coche y volver a empezar.

—Me encanta... —dice Charles, gimiendo.

Le está dando a una mujer por detrás, con todas sus fuerzas.

La habitación da vueltas. Me quedo quieta, mirando. Lo observo gemir y jadear mientras alcanza el éxtasis, ajeno a mi presencia.

No sé de dónde saco el coraje, pero entro en la habitación. Sé por qué. Quiero verla a ella.

—¡Hijo de perra! —grito.

Charles mira en mi dirección y empuja a la zorra. Entonces veo su cara y la confusión me golpea en el pecho. Es Marsha, su socia cuarentona. Ella sale de la cama con la agilidad de un niño y se esconde detrás de una silla como si fuera a sacar una pistola. Charles, por otro lado, se queda en la cama y me mira fijamente. Veo horror en sus ojos. Parece que está temblando.

Yo sí que estoy temblando, pero no le quito ojo.

Se levanta y viene hacia mí lentamente. Su erección ha desaparecido, y tiene las palmas extendidas en señal de rendición.

—Ann, no te vayas.

Los latidos de mi corazón me retumban en las sienes.

—No quería que lo averiguaras así. Maldita sea.

Dejo escapar un grito y arrastro el brazo sobre la cómoda de Charles, tirándolo todo el suelo.

—Por Dios, Ann, cálmate.

—¡Que me calme! —recojo un frasco de colonia y se lo arrojo a la cabeza. Él se agacha y el frasco aterriza en la cama.

—Déjame explicarte.

—¡Explicarme que me has mentido durante un año!

—Nos hemos distanciado. Yo sabía que esto estaba mal, pero...

Fulmino a Marsha con la mirada. Hay algo que no encaja, pero no logro averiguar qué es.

—¿Se te levanta para Marsha, pero no para mí? ¿Cuántos años tienes, maldito vejestorio? Por Dios. Charles, esta es nuestra cama. La cama en la que no te has acostado conmigo durante... ¿Cuánto tiempo? —me detengo para recobrar el aliento—. ¿Y de qué iba lo del domingo pasado? Por fin volvemos a unirnos, Charles. Casi hicimos el amor... ¿Y ahora esto?

—¿Qué quiere decir con que casi hicisteis el amor, Charles? —le pregunta Marsha—. ¡Me dijiste que le habías dicho que todo había terminado!

—Marsha, déjame manejarlo a mi manera.

—¿El qué? —digo yo, furiosa.

—La verdad, Annelise —dice Marsha.

—Sal de aquí ahora mismo —le digo.

Marsha mira a Charles. Él la mira.

—No pasa nada. Espera un momento —le dice.

—¿Espera un momento? —grito yo, alucinada.

Hay algo extraño gestándose en mi interior. Podría estallar en cualquier momento.

—Vamos... Vamos abajo a hablar de esto, Ann. Tú y yo.

—¿Mientras Marsha se queda en nuestra habitación?

—Es una situación complicada.

—Déjame que la descomplique. ¡Sal de aquí de una puñetera vez!

—Vamos abajo —me dice Charles, suplicante.
—No —dice Marsha mientras se pone una camisa de Charles—. Díselo, Charles. Díselo ahora. Maldita sea. Tenemos planes. Si no se lo dices, lo haré yo.
—Marsha, espera un momento, por favor.
—¿Decirme qué?
—Se lo dices ahora, o juro que salgo por esa puerta y no me vuelves a ver el pelo. Estoy harta de esperar que te ocupes de esta situación.
—Vale, vale —dice él.
—Ahora, Charles.
Yo estoy a punto de desplomarme. La cabeza me da vueltas y un torbellino de emociones libra una batalla en mi interior. Podría desmayarme o romperle el cuello a alguien.
—Sí, Charles —digo, en calma—. Dime qué está pasando.
Él no se atreve a mirarme. En cambio mira a esa zorra.
—Estoy enamorado de Marsha.
Las piernas me fallan.
—Tú...
—Las cosas no funcionan. Lo sabes.
—¿Ah, sí?
—Sí. Lo sabes. ¿Cuánto llevamos sin hacer el amor?
—Pero el fin de semana pasado...
—El fin de semana pasado... —Charles vuelve a mirar a Marsha—. No estaba seguro de hacer lo correcto. Estaba confuso. Me sentía culpable por mentirte. Pensé que podría hacer que las cosas funcionaran... —vuelve a mirar a Marsha y ella va hacia él—. Pero ahora quiero el divorcio.

—¡Que quieres qué!

—No es ningún secreto que no os lleváis bien. ¿Por qué no lo dejas ir? —a Marsha, que apenas ha hablado conmigo en seis años, se le han subido los humos de repente.

—¿Sabes una cosa? —le digo—. Tienes que cerrar el pico y largarte de mi casa antes de que yo te saque. Y si crees que estoy mintiendo, prueba.

Marsha mira a Charles, buscando una respuesta.

—Vuelve a mirar a mi marido, zorra, y será lo último que hagas.

Charles asiente.

—Vete. Te llamaré luego.

Marsha ni siquiera tiene la decencia de cambiarse de ropa. Pasa por mi lado con la camisa de Charles. Yo la sigo con la mirada hasta la puerta del dormitorio. En cuanto sale, cierro dando un portazo. Me doy la vuelta y me enfrento a mi marido.

—¿Quieres el divorcio?

—No quería que lo averiguaras así.

—¿Desde cuándo lo quieres? ¿Y cuánto llevas con ella?

—No se elige a quien se ama.

Me pongo las manos en las caderas.

—Oh, ahora estás enamorado de ella.

—Desde hace dos años —admite sin mirarme a los ojos—. Mira, pensé que solo sería una aventura, pero nuestros sentimientos crecieron.

—Pero estás casado conmigo.

—Lo siento. No es fácil para mí. Para ninguno de nosotros. Marsha quería que te dejara hace un año y medio, pero yo me quedé, esperando el mejor momento.

Le doy una bofetada.

—¿Estás de broma? Me estás tratando como si fuera la otra.

—He tomado una decisión —dice Charles.

—Se supone que tenías que decirme que solo era una cana al aire, que solo era sexo y nada más. Entonces se supone que ruegas que te perdone y rezas para que no te eche de casa. Soy tu esposa, Charles. Así funciona.

—Quizá en una maldita novela romántica —dice Charles—. Pero esto es la vida real. Me enamoré de otra.

—No te atrevas a gritarme, ¿me oyes? ¡No en estas circunstancias!

—Lo siento —murmura—. Mira, me siento fatal. Estoy tratando de hacer las cosas más fáciles.

—Eso sí que es una fantasía.

Charles sacude la cabeza.

—Ann...

—¿Quieres estar con ella? —le pregunto, confundida—. ¿De verdad quieres dejarme y estar con ella?

—La vida es corta. Quiero seguir mis sentimientos.

Lo ha dicho. Realmente quiere dejarme.

—¿Y qué pasa con los votos que pronunciaste? ¿Y qué pasa con el compromiso que hiciste? Ya sé que no vamos mucho a la iglesia, pero ambos creemos en Dios. Pensaba que te lo tomabas más en serio.

—No empieces con la mierda de la religión. No voy a seguir casado contigo solo porque...

Entonces lo pierdo. Voy hacia él y lo empujo con todas mis fuerzas. Él se tambalea hacia atrás, pero no se cae.

Echa chispas por los ojos.

—¡No te atrevas! ¡No te atrevas a mirarme así! ¡Maldito mentiroso hijo de perra! —mi voz se quiebra en las últimas palabras y me echo a llorar.

Me doy la vuelta y huyo. Bajo las escaleras, agarro las llaves del coche y no paro de correr hasta llegar al coche. Meto la llave en la cerradura, pero no se abre.

—¡Maldita sea!

Me lleva un momento darme cuenta de que estoy en el Jetta, y no el Grand Am que alquilé. Rodeo el coche corriendo y me subo en el otro. Trato de meter la llave dos veces antes de darme cuenta de que tiene control remoto. Abro y entro.

Entonces miro hacia la puerta principal. Ni rastro de Charles. En ese momento me echo a llorar. Y lloro, y lloro, sin saber si pararé algún día...

Capítulo 19

Claudia

El domingo por la mañana estaba deseando irme del paraíso para volver a Alabama. Le dije a Lishelle que un fin de semana de chicas no era lo mismo sin Annelise, pero la verdad es que me muero por tener noticias de Adam.

Anoche tuve una pesadilla. En ella le daba todo el tiempo del mundo y cuando volvíamos a hablar, había seguido con su vida.

Me despierto aterrorizada. Pensaba que darle un poco de tiempo para pensar era buena idea, pero... ¿Y si no lo es? ¿Y si se acostumbra a no tenerme en su vida?

Hicimos las maletas y nos marchamos después del desayuno, poco antes de mediodía.

—Chica, ¿qué haces? —me pregunta Lishelle, mirándome de reojo mientras conduce.

Por fin hemos entrado en la I-10.

—Es que... —me siento tentada de volver a guardar el móvil en el bolso, como si me hubieran pillado robando en una tienda, pero al final me lo pongo sobre el regazo—. Iba a mirar mis mensajes.

Lishelle chasquea con la lengua.

—Y si te ha llamado, ¿vas a llamarlo inmediatamente?

—Yo no he dicho eso.

—No hace falta. Francamente, no te lo aconsejo. Te ha hecho daño de la peor manera posible. Lo último que deberías hacerle creer es que lo esperas con los brazos abiertos.

—Yo quiero que vuelva. ¿Qué sentido tiene jugar a este juego?

—Porque no quieres que te pisotee en el futuro. Si vuelve, tienes que hacerle creer que te las arreglarías sin él. Solo así lo mantendrás a raya. Confía en mí. Eso es lo que debería haber hecho con David la primera vez que me engañó. Pero estaba tan dolida, y después sentí tanto alivio cuando supe que solo era una aventura, que lo recibí con los brazos abiertos, como si mereciera que me tratara así por el privilegio de estar con él.

—De todos modos, voy a mirar el buzón.

—Como quieras.

Tengo cuatro mensajes y mi corazón deshecho se llena de ilusión. El primero no es de Adam. Es de mi madre.

Quiere saber dónde estoy y qué estoy haciendo. Teme que haya terminado en Urgencias a causa de la gripe. Pero es el segundo mensaje el que me corta el aliento. Es Annelise y suena como yo la semana pasada cuando Adam me dejó.

—Oh, Dios mío.

—¿Qué? —dice Lishelle.

—Annelise —le digo y trato de escuchar el resto del mensaje.

Dice que quiere hablar conmigo y que está hospedada en el hotel del aeropuerto.

«Claudia, soy Annelise. No sé lo que voy a hacer. De verdad necesito hablar contigo. Y con Lishelle. Vosotras sois las únicas en quien puedo confiar. Si oís esto de camino a casa, llamadme, por favor. Estoy en un Red Roof Inn, cerca del aeropuerto. De verdad necesito hablar con vosotras».

—Vale —le digo a Lishelle—. Qué raro. Annelise está en un hotel y quiere que vayamos a verla.

—¿Está en un hotel? ¿No ha dicho por qué?

—Solo ha dicho que necesitaba hablar conmigo. Y contigo. Dice que somos las únicas personas en el mundo en quien puede confiar. Y estaba llorando.

—Oh, Dios. ¿Qué le ha pasado? Cuando se fue estaba tan contenta...

—¿Qué pasa con todo el mundo? ¿Es que todo el mundo rompe en mayo?

Escucho el resto de los mensajes. Hay uno de mi hermana, y otro de una de las damas de honor, pero nada de Adam. Capullo.

Odio pensarlo, pero casi me alegra que Annelise tenga problemas. Al menos puedo olvidar los míos.

Un rato.

Llegamos a Atlanta hacia las seis de la tarde. Llamo a Annelise al móvil, pero nadie contesta, así que llamo al hotel. Un minuto más tarde me pasan con la habitación.

—¿Hola? —dice Annelise, con voz triste.
—Annie, soy Claudia.
—Oh, Dios —su voz se quiebra—. Claudia.
—Sh. Cariño. No pasa nada. ¿Qué ha ocurrido?
—Lo peor que podía pasar.
—Lishelle y yo acabamos de llegar. Vamos de camino hacia allí.
—Vale.
Está claro que está ocurriendo algo grave.
—Cielo, estamos en camino.
—Estoy en la habitación 410.
—Te vemos en un cuarto de hora.
—Gracias. Os quiero.

—¿Crees que la ha echado? —pregunta Lishelle al entrar en la recepción del hotel—. Porque si lo ha hecho...
—A lo mejor se fue ella —sugiero yo—. Tú y yo sabemos que ese matrimonio ha pasado por problemas. A lo mejor se fue a casa y él la volvió a rechazar. Ella se cansaría y decidió romper.
—Dios. Espero que Charles no resulte ser un cerdo. Eso es lo último que necesita.
Dejamos de hablar al acercarnos a los ascensores. Hay una familia esperando. Subimos y llegamos a la habitación 410. Lishelle llama a la puerta. Está a punto de volver a llamar cuando abren la puerta de par en par.
—Oh, Annie —entro en la habitación y le doy un abrazo—. ¿Qué demonios...?
Ella se aparta.
—Me fui. Iba a darle una sorpresa, pero la sor-

presa me la llevé yo. ¡Lo pillé en nuestra cama tirándose a su socia del bufete!

—¡Oh, Dios! —exclama Lishelle—. No. ¡Charles no!

Yo me quedo mirando a Annelise, totalmente perpleja.

—Pero nos dijiste que tenía problemas de impotencia.

—Eso pensaba yo —se seca las lágrimas y saca la rabia—. Esa era una de sus sorpresas para mí. Créeme cuando te digo que las hay mejores.

—No sería Stephanie Morton —pregunto, horrorizada.

Yo la conozco y sé que no le importaría acostarse con alguno para ascender en el escalafón corporativo.

—No debe de tener más de veintidós.

—Ella no es socia. Ojalá fuera ella. Delgada como un palo, tetas postizas y piernas interminables. No me gustaría, pero podría llegar a entenderlo.

Annelise toma un largo trago de vino directamente de la botella, como si fuera agua.

—¿Quién es? —pregunta Lishelle.

—Marsha Hinderberg.

—¡Marsha Hinderberg! Pero si es...

—Lo bastante vieja para ser su madre.

Lishelle se queda sin aliento.

—Te estás quedando conmigo.

—Bueno, puedo que no, pero sí lo aparenta —le dice Annelise—. Debe de tener catorce o quince años más que él. Por lo menos tiene cuarenta y ocho. Y deberías ver cómo se viste. Camisas hasta la nariz, faldas hasta el suelo.

—No es una mujer atractiva —le digo a Lishelle—. Cada vez que la veo, me recuerda a un pavo.

—¿Cómo se le levanta con ella? —pregunta Annelise—. Conmigo no podía, y soy su esposa. Yo por lo menos soy medianamente atractiva. ¿No?

—Eres guapísima —le dice Lishelle.

—No lo entiendo —Annelise bebe más vino.

—A lo mejor estaba... borracho. Es lo único que se me ocurre. O drogado, o sufría locura temporal. No creo que pudiera acostarse con Marsha de otro modo.

Annelise se desploma en la cama y vuelve a llorar.

—Me dijo que estaba enamorado de ella. Que ha estado enamorado de ella desde hace mucho y que no sería justo que siguiera casado conmigo.

—Vale. Para un momento —Lishelle se sienta en la cama y la mira, estupefacta—. ¿Está enamorado de ella?

Yo me siento al lado de Lishelle.

—No puede hablar en serio. ¿Cómo podría decirlo en serio?

—No lo sé, pero Marsha estaba en nuestra habitación. Le dijo a Charles que tenía que elegir allí mismo, o todo habría acabado. Y Charles... Charles... Él...

Lishelle la agarra de la mano.

—Oh, Annie. No sé qué decir.

—Yo esperaba despertarme de esta pesadilla. No quiero llorar por él. Si me ha tratado así, no se merece mis lágrimas.

—Hombres —digo yo—. No se puede confiar en la mayoría de ellos. Primero Adam, ahora Charles... —no termino la frase.

«¿Cuánto faltará para que Glenn saque las uñas?».

—Ven a mi casa —le digo a Annelise—. Me gustaría tener algo de compañía. No quiero seguir llorando por Adam en soledad.

—No. Estoy bien. No quiero ser una carga.

—Si yo fuera tú, volvería a la casa y lo echaría a patadas —dice Lishelle.

—Lo sé, Lishelle, pero no estoy lista para volver. No dejo de ver a Charles tirándose a Marsha por detrás. Oigo sus gemidos... Si vuelvo... —cierra los ojos y sacude la cabeza.

—Yo también tengo espacio —dice Lishelle—. Glenn va a mudarse pronto, pero siempre podrás contar conmigo. Si necesitas algo, lo que sea...

—Si necesito que le deis una paliza a Charles... —Annelise esboza una sonrisa.

—Dime cuándo y dónde —digo sin dudar—. Siempre y cuando le deis una buena a Adam también.

—¿Sigues sin saber de él? —pregunta Annelise.

Yo niego con la cabeza.

—Nada. Supongo que necesita más tiempo.

Annelise suspira, llena de decepción y frustración.

—Crees que conoces a un tío, le das tu corazón, te acuestas a su lado durante años, escuchas sus problemas, sus sueños... Lo cuidas porque quieres que sea feliz... Y le das más de lo que nunca le has dado a nadie... Sin embargo, nunca puedes estar segura de que no te destrozará la vida de la peor manera posible.

—Tienes razón —dice Lishelle.

—Pero las amigas... —continúa Annelise—. En ellas sí que puedes confiar. Ellas siempre estarán ahí en lo bueno y en lo malo.

Yo permanezco en silencio porque tengo un nudo en la garganta. Lo que ha dicho Annelise contiene tanta verdad que me llega al alma. Después de lo que hemos sido el uno para el otro... ¿Cómo es que Adam ha podido marcharse sin siquiera mirar atrás?

Me pregunto si alguna vez me amó.

Capítulo 20

Lishelle

Mentiría si dijera que las palabras de Annelise no me afectaron. No puedo dejar de pensar en ello, y aquí estoy, mirando al techo en mitad de la noche, incapaz de dormir.

No tengo muy buena opinión de los hombres en este momento.

Y por supuesto, Glenn está incluido. Me acuerdo de cómo me rompió el corazón en la universidad. Al principio oí algunos rumores, pero no hice caso. Pero empecé a encontrar papelitos con números de teléfono y me tragué sus excusas. Yo sabía que él estaba muy bien, y que no estaba disponible. Una combinación que muchas mujeres encuentran irresistible.

Después de aquella cita en el verano siguiente a la ruptura, me di cuenta de que lo nuestro era puramente físico.

¿Pero cómo hace la gente que una atracción sexual dure más de dos años? ¿Y por qué estoy pensando en el pasado? Glenn me rompió el corazón, pero eso pasó hace más de diez años.

Miro el reloj. Son más de las tres y media. Tengo que desenchufar el cerebro. En menos de cuatro horas tengo que estar en pie. Tengo que ir con otros tres compañeros de la cadena a un McDonald's del centro para un evento benéfico.

Me voy a poner un uniforme del restaurante y voy a servir patatas y hamburguesas. El cincuenta por ciento de las ganancias serán donadas a la sección de pediatría de un hospital de la zona.

Tendré que hacer frente a hordas de fans alborotados y necesito sonreír durante horas. Y si voy a sonreír, tengo que dormir. Cierro los ojos y empiezo a contar ovejitas.

La primera parte del día fue frenética. Me duele la cara de tanto sonreír.

Y todavía no ha acabado. Todavía tengo que hacer la retransmisión de las seis.

—¿Qué tal ha ido? —me pregunta Randy Harmon por los pasillos. Su voz está llena de ironía.

—Dios mío. No me importaría dejar de ir a esos saraos.

Randy se echa a reír.

—Vamos. ¿No te gusta el olor de la manteca?

Trato de contraatacar con otro chiste, pero no se me ocurre ninguno.

—Ah, no.

—Te veo después de ducharte.

—Más tarde —le digo y sigo de largo rumbo a la oficina.

En cuanto entro, Linda Tennant, la directora de la cadena, asoma la cabeza.

—Oí que habías vuelto.

—Casi —sonrío.

Linda se sienta en el sofá. No parece haber captado la indirecta.

—Algo se está cociendo en Macon.

Yo me saco la blusa por fuera.

—¿Qué?

—Connor House. El...

—¿El asilo para niños enfermos terminales de cáncer? ¿Qué pasa con él?

—Se suponía que esta mañana doce niños y sus familias tenían que volar a Orlando, pero cuando llegaron al aeropuerto, les habían cancelado las reservas.

—¿Qué?

—Sí. Sí. El dinero para los viajes era de la fundación Pide un Deseo, de aquí, de Atlanta. Bueno, eso suponían.

—Conozco esa fundación. El novio de mi mejor amiga es el presidente.

—Lo sé. Por eso estoy hablando contigo.

Me siento al lado de Linda.

—¿Qué ha pasado exactamente?

—La fundación expidió el cheque, pero parece que estaba sin fondos.

—Vaya.

—Según tenía entendido, la fundación gozaba de buena salud económica.

—Así es. Celebraron una gala benéfica hace una semana y recaudaron más de cien mil dólares. ¿Estás segura?

—Sí. Esperaba que tú me aclararas algunas lagunas.

Yo me encojo de hombros.

—No puedo.

—Sé que Adam Hart es un buen amigo tuyo, y no quería publicar esta historia sin hablar contigo. Por si pasa algo que nuestros investigadores no han averiguado.

—Déjame hablar con Adam. A ver qué me dice. Pero estoy segura de que tiene que haber un error.

Linda se levanta del sofá.

—Vale.

Cuando sale de la habitación, descuelgo el teléfono. Llamo a Claudia, pero no contesta. Estoy preocupada por ella. ¿Acaso se habrá vuelto a aislar del mundo?

Hago el programa y llego a casa a las ocho. Voy a la cocina y escucho los mensajes. La luz roja no parpadea.

Con tantos problemas, me he olvidado de Glenn, pero de pronto caigo en la cuenta de que tendría que haber venido ayer...

Capítulo 21

Annelise

—Te dije que se estaba tirando a otra —dice Samera, arrugando el entrecejo.

Está sentada delante de la ventana en su apartamento, pintándose las uñas de los pies.

Estoy tumbada en el sofá. He pasado la noche en su casa, pero ya me arrepiento de haberlo hecho. Yo esperaba algo de consuelo en lugar de sermones antihombres.

Pero no ha habido suerte.

—Espero que le pongas una demanda —le da una calada al cigarrillo que tiene sobre el alféizar.

No sé cómo puede fumar y pintarse las uñas al mismo tiempo.

—Hombres. Los detesto.

—Increíble. Teniendo en cuenta cómo te ganas la vida.

—Y cuanto más lo hago, más me doy cuenta de que son tan cerdos que no los quiero ni ver —cierra el bote de laca—. ¿Sabes cuántos hombres casados vienen al club por comidas de negocios y terminan en habitaciones privadas con chicas? ¿Y tú te preguntas por qué quiero seguir soltera toda mi vida? Si no me gustaran tanto las...

Yo me tapo los oídos.

—Demasiada información.

—Oh... ¿Es que no te gustan las...?

—¡Ya casi ni me acuerdo qué se siente!

Los ojos de Samera se encienden y apaga la colilla.

—Oye. Si quieres, puedo conseguirte una cita. Tengo unos cuantos amigos que te dejarían como nueva. Son geniales en la cama.

—¡Sam! —protesto.

—Eso es justo lo que necesitas. En lugar de tirarte en el sofá. Oh, está Lorenzo. Es un chico del club, y si quieres un semental italiano...

—Por favor, Sam. Déjalo. ¿Vale?

Esas palabras me hacen recordar a Dominic. Su hermano no ha vuelto por el estudio, así que estoy segura de que han contratado a otro fotógrafo. Vaya. Sebastian y Helen parecían tan entusiasmados...

«¿Por qué tiré su número?».

—Y luego está Tyrell. También trabaja en el club. Se parece un poco a Will Smith. Está buenísimo, te lo juro, y tiene una lengua...

—¡Samera!

—Estoy tratando de ayudar —me dice—. Francamente, creo que es lo mejor para ti. Lánzate a por otra relación enseguida y te olvidarás de Charles.

—A lo mejor eso funciona cuando sales con un tío durante unos meses, pero Charles y yo hemos pasado años juntos.

Samera se pone de pie y va hacia la cocina.

—Ojalá no tuviera que trabajar esta noche. Podríamos irnos por ahí y te distraerías un poco.

—No estoy de humor para salir.

—Y es por eso que necesitas salir. Tengo que prepararme —me dice Samera—. Pero antes de irme... ¿Quieres que te traiga algo? Vino, vodka, cerveza. Ya se me han acabado las pastillas de Éxtasis, pero tengo algo de hierba.

—Estoy bien —le digo—. Sam... ¿Tienes hierba en el apartamento?

—Claro —dice, como si fuera lo más normal del mundo—. ¿No me digas que nunca te has colocado?

—No es que me vaya la marihuana.

—Puede que mamá esté en Alabama, pero es como si siguiera aquí. Por lo menos dime que has probado el sexo oral.

—¿Y qué tiene que ver eso con la marihuana?

—A los tíos no les gusta que las mujeres sean aburridas en la cama. Me preguntaba si...

Yo la fulmino con la mirada.

—Charles estaba muy satisfecho en ese aspecto. Gracias.

Ahora tengo un dolor de cabeza terrible. ¿Por qué pensé que el alcohol sería la solución?

Samera viene hacia mí y me da un abrazo.

—Lo siento. Solo me importa que seas feliz.

—Sí.

—Yo digo... Que le den a Charles. Asegúrate de conseguir lo tuyo y sigue adelante. Ni supliques ni hagas estupideces. Se ha acabado, Annie. Y creo que ya era hora.

—Vaya. Gracias. Me siento mucho mejor.

Menos mal que ya se va a trabajar.
Samera se aparta y mira el reloj.
—Oh, mierda. Tengo que darme prisa.
—¡Te espero? El club no abre hasta tarde los martes. ¿No? A lo mejor podemos ver una peli cuando vuelvas.
—No llegaré hasta después de las tres.
—Increíble. En el fin de semana, lo entiendo, pero... ¿Un martes?
—En realidad entre semana se puede ganar mucho. Todos esos hombres de negocios... —sonríe—. Pero veré.... veré qué puedo hacer.
—Bueno, si pudieras, sería genial. Si no, lo entiendo —Samera va hacia su habitación—. Y... Sam...
Ella se detiene y me mira por encima del hombro.
—¿Qué?
—Creo que sí necesito algo. El vino estaría bien.
—Hay tinto debajo del fregadero y el blanco está en la nevera. Bebe cuanto quieras.

A las nueve, tocan a la puerta. Yo levanto la cabeza del sofá con precaución. ¿Debería abrir? Debe de ser un amigo de Samera, así que da igual. El vino barato de Samera no me ha quitado el dolor de cabeza, y no he dejado de llorar y maldecir a Charles.

Vuelven a tocar. Parece más insistente. Bajo el volumen de la tele y me levanto.

Me arrastro hasta la puerta y miro por la mirilla. Me echo hacia atrás al ver el rostro de un atractivo hombre de piel bronceada.

—¿Annie? —dice a través de la puerta.

—¿Quién eres?
—Sam me pidió que viniera.
Vale. ¿De qué va esto?
Abro la puerta.
El hombre misterioso me mira de arriba abajo.
—Sam tenía razón. Sí que estás buena.
—¿Tienes que recoger algo para ella?
Él me vuelve a mirar como si tratara de desnudarme con la mirada. No me gusta. Cruzo los brazos.
—Se podría decir que sí.
—¿Y eso qué significa? —le pregunto, mosqueada. No estoy de humor para juegos.
Él entra en la casa.
—Oye, Annie. No muerdo. A menos que tú quieras —me guiña un ojo.
—Por favor, dime qué quiere Sam. Tengo migraña y no estoy de humor para hacer amigos.
—Pensaba que Sam te lo había dicho. Me mandó para animarte un poco. Insinuó que tal vez necesitarías... —no termina la frase, pero sube y baja las cejas de forma sugerente.
Me lleva un segundo darme cuenta de lo que está diciendo.
—Oh, Dios mío. Ahora lo entiendo. Tú eres el semental italiano. Joder. ¿Lo he dicho en alto?
—Sí. Me lo dicen mucho.
—Lo siento. No sé qué te dijo mi hermana, pero yo nunca le dije que... Ya sabes...
—Me dijo que hace más de un año que no...
—Mi hermana no debería haber hablado de mi vida sexual contigo —para mi sorpresa, Lorenzo parece decepcionado—. No te lo tomes a mal, Lorenzo, pero no me apetece acostarme con nadie ahora

mismo. Pero si me apeteciera, me sentiría tentada de... Ya sabes. Un hombre al que llaman el semental italiano debe de ser... —respiro hondo. El vino me ha soltado la lengua—. Solo quiero estar sola.
—¿Estás segura?
—Sí.
Él asiente.
—Vale.
—Pero gracias de todas formas.
Cierro la puerta y paso el cerrojo, pero vuelvo a mirar por la mirilla. Lorenzo se detiene un momento y sigue de largo.
—Maldita seas, Sam.
Por la mañana, me largo de aquí.
¿Pero adónde iré?

Capítulo 22

Claudia

—¿Es cierto? —me pregunta mi madre.
Yo suspiro suavemente.
—Sí. Es cierto.
Ella se queda boquiabierta, pero también hay rabia y frustración en su expresión.
—¿Por qué no me lo has dicho? Me he pasado estos días pegada el teléfono y he hablado con Diana mientras has estado enferma. ¡Faltan dos semanas para la ceremonia!
¡Esa ceremonia es mi vida! Quiero gritar.
Miro la tetera que está sobre la mesa. No la hemos tocado. Ni siquiera me atrevo a mirarla a la cara. Estoy tan avergonzada...
—¿Sabes lo que fue enterarme de esto en el *spa*? —anda de un lado a otro, delante de mí—. Mónica Williams estaba allí, con su hija, y me preguntó cómo lo llevabas. Pura hipocresía. Yo pensé que se referían al resfriado. Hice el ridículo, Claudia.

—Lo siento.

—¿No has tenido noticias de él? —me pregunta.

—No me devuelve las llamadas. Es como si no existiera.

Mi madre aprieta los labios y sacude la cabeza.

—¿Cómo puede hacerte esto a unos días de la boda?

—No lo sé —le digo.

Por fin muestra un poco de compasión por mí.

—Déjame que te diga algo —dice con gesto implacable—. Un hombre no cancela una boda así como así, sin razón.

Yo trago con dificultad y me muerdo al labio para no decir nada desagradable.

—Todo iba bien. No sé por qué hizo esto. Y también por eso no dije nada. Su decisión fue tan... irracional. Yo esperaba que me llamara, que me dijera que tenía miedo. Pero tenía intención de hablar contigo hoy, porque creo... Creo que es hora de cancelar la boda... O posponerla. Tenemos que decir algo a la gente, porque ahora mismo no creo que vaya a tener lugar.

—Voy a tener que hablar con Avery Hart —dice mi madre—. Hemos invertido un montón de dinero en esta boda. Si Adam cree que puede cancelarla así, va a tener que pagar muchas facturas. Sea cual sea el problema no hay motivo para no resolverlo. Mientras tanto, empezaré a hacer llamadas.

Mi madre va hacia las puertas correderas del comedor y mira hacia el jardín.

—Este día debería haber sido perfecto. Mira lo que hizo Dick con el jardín. Las flores son espectaculares —suspira, amargada—. Espero que lo solucionéis, porque si no esto será una gran humillación.

Gracias, madre, por hacerme sentir tan bien.

—Nadie desea esta boda más que yo —le digo.

Mi madre se vuelve hacia mí con ojos escépticos.

—¿Y estás segura de que no tuvisteis una bronca? ¿Alguna pelea que desencadenara esto?

—Segura, madre.

—¿Has ido a verlo?

—No. Supuse que quería espacio, y no quería presionarlo.

—Eso es justo lo que necesita para entrar en razón. Ve a verlo. Habla con él. Dile lo mucho que lo quieres. No dejes que se te escape.

—Lo haré, mamá.

Tengo que alejarme de ella. Ya me veo echándole cianuro en el café.

—No hay mejor momento que el presente.

Ella sonríe de oreja a oreja.

—A lo mejor debería esperar un poco antes de empezar a llamar.

—Hablaré con él y te contaré cómo ha ido, ¿vale? Te veo luego.

—Oh. Cenaremos a las cinco en punto, en el comedor. Espero que tengas buenas noticias para entonces. No quiero tener que contarle esto a tu hermana —suspira—. Primero se rompió su matrimonio, y ahora puede que tú ni siquiera llegues al altar.

Retrocedo.

—Luego, madre.

Me doy la vuelta, exasperada.

A veces necesito que mi madre sea solo eso: una madre.

Una madre que me estrecha entre sus brazos y me deja llorar sobre su pecho. Parece que es mucho pedir.

Cuando llego a la puerta de mi apartamento, oigo el teléfono. Abro la puerta de par en par y entro corriendo. Descuelgo sin mirar la pantalla.

—¿Hola?

—Claudia, soy Lishelle. Qué bien que te he pillado.

—Hola —es tan agradable oír su voz después de la de mi madre... Me recuesto contra la encimera de la cocina—. ¿Qué hay?

—¿Viste el mensaje que te dejé ayer?

—No. Estaba deprimida. No he mirado los mensajes desde que volvimos.

—No sé si lo sabes, pero uno de los titulares de hoy tiene que ver con Adam.

—¿Mi Adam?

—Sí. Por lo visto, rechazaron un cheque de una ONG de Macon. Unos chicos iban a Disney con sus familias y se llevaron una sorpresa en el aeropuerto.

—¿Qué?

—Yo reaccioné igual, y pensé que se trataba de un error, pero la historia es real.

—¿Y cómo es que lo rechazaron? La organización va bien... En la última gala se recaudaron más de doscientos mil dólares.

—No sé cómo ha pasado, pero ha pasado. Traté de contactar contigo, e incluso llamé a Adam, pero no me ha llamado. Vamos a emitir la historia a las seis.

—Oh, Dios mío. ¿No hay ningún error?

—Me temo que no —dice Lishelle—. Yo esperaba que tú estuvieras al tanto.

—No tenía ni idea. Como te dije, no sé cómo ha ocurrido.

—Hablé con el portavoz de la ONG, y dice que ha habido algún malentendido, pero Adam debería dar la cara. Y las familias de los chicos están muy enojadas. Creo que los medios van a hacer el agosto con esta historia. Cariño, ahora tengo que irme, pero si averiguas algo, llámame a la cadena, por favor.
—Gracias, Lishelle.

En cuanto cuelgo, llamo a Adam a casa. No contesta. Oculto mi número y lo llamo al móvil.
—¿Hola? —contesta de inmediato, y parece impaciente.
—Hola —le digo—. Soy yo.
—Ah, hola.
—Oye, acabo de enterarme de lo de los chicos de Macon. ¿Qué ocurre?
—No lo sé, Claudia. Lo han tergiversado todo. Tiene que haber algún error, pero los medios están insinuando algo que no es cierto.
—¿Dónde está Charles? —le pregunto.

El marido de Annelise es el secretario de la organización benéfica y está a cargo de la contabilidad.
—Está fuera de la ciudad, en viaje de negocios, creo. No me ha llamado. Claudia, tengo que dejarte.
—Oh...
—Hablaremos luego.
—¿Me llamarás?
—Sí.

Sé que no tiene intención de llamarme.

A la mañana siguiente, sé que tengo que verlo. Todos los programas de noticias sacaron la historia. Todos arrojaban sospechas sobre Adam, pero parece que finalmente hizo unas declaraciones a las diez de la noche de ayer.

«Nuestra organización les hizo una promesa a esos chicos, y la vamos a mantener».

Eso decía Adam en un vídeo que han puesto decenas de veces.

«Por desgracia, dependemos de las bondadosas donaciones de las gentes de Atlanta, y a veces el dinero no llega a tiempo. Estoy seguro de que eso es lo que ha ocurrido en esta ocasión».

«¿Cómo puede estar seguro?», pregunta un reportero, y entonces lo acorralan con un sinfín de preguntas.

Agobiado, Adam levanta las manos para calmar a los periodistas.

«Tendré más respuestas en un par de días, pero os aseguro que estamos trabajando duro para conseguir el dinero para esos chicos. No vamos a decepcionarlos».

Al final de las declaraciones, esboza la típica sonrisa que usa para engatusar.

Parece que ha surtido efecto, porque algunos reporteros hacen comentarios a su favor.

«No hay duda de que Adam Hart es un ciudadano modelo. Dejó a un lado su carrera como abogado para hacerse cargo de la organización benéfica... Lo conozco personalmente y es una persona excepcional...».

Los medios podrían haber sido más duros con él, dadas las circunstancias. En cualquier caso, tiene que estar pasando un momento difícil. Quizá tenga problemas que no quiere compartir conmigo.

No tardo nada en llegar a su casa de Buckhead.

Antes de apagar el motor, estoy fuera del coche. El Mercedes de Adam está aparcado en la acera. Esperaba encontrar una multitud de periodistas, pero hace poco informaron sobre un incendio en una fábrica. Quizá lo hayan dejado en paz por eso.

Respiro hondo, tratando de calmarme. Intento pescar las llaves del fondo del bolso, pero antes de encontrarlas, alguien abre la puerta. El aire huye de mis pulmones...

Adam abrazado a... ¡Arlene Nash!

Al verme, los ojos se le salen de las órbitas. Arlene mira por encima del hombro con descaro y esboza una sonrisa victoriosa.

—¿Adam?

Me da con la puerta en la cara y oigo cómo echa el cerrojo.

Me quedo inmóvil durante un momento y entonces echo a correr hacia el coche.

Capítulo 23

Annelise

—Lo siento, señora Crawford. También me han rechazado esta tarjeta.

El estómago me da un vuelco y me quedo mirando a la empleada del hotel.

—Tiene que haber un error.

—He probado con las dos, dos veces —me dice con una voz que apenas esconde su impaciencia.

Miro atrás. Hay tres personas en la cola. Un hombre mira el reloj y una mujer con un bebé en brazos parece a punto de caerse al suelo.

—Como solo hay un empleado, no quiero molestar —fuerzo una sonrisa.

Voy al cajero y regreso.

Esquivo las miradas al alejarme del mostrador. Me dirigí a la izquierda, hacia el cajero automático, pero entonces cambio de idea y salgo por la puerta principal.

Llamaré a Claudia y le preguntaré si me puedo quedar con ella.

Estuve en casa de mi hermana hasta esta mañana, pero como no vino a casa ayer por la noche, aproveché la oportunidad para escapar. Ya he tenido bastantes reproches e historias de sexo.

Me meto en el coche y salgo del aparcamiento. Dos manzanas después veo un banco y giro a la derecha. Ya que algo raro está pasando con mis tarjetas, sacaré todo el dinero que pueda.

Voy al cajero que está dentro del banco. Inserto la tarjeta y marco un importe de mil dólares.

La máquina escupe la tarjeta.

Saldo insuficiente.

Quizá este banco tiene un límite inferior de retiradas de efectivo. Vuelvo a insertar la tarjeta, introduzco el código y trato de sacar quinientos, pero la máquina vuelve a escupir la tarjeta.

Saldo insuficiente.

—¿Cómo es posible? —pregunto en alto.

Esta es mi cuenta común con Charles y la última vez que la miré había más de treinta mil dólares.

Vuelvo a intentarlo, y tecleo la cifra de cien dólares.

Saldo insuficiente.

Un escalofrío me recorre el cuerpo.

Oh, Dios mío.

Las rodillas se me aflojan y pierdo el equilibrio. Me doy contra el ventanal de cristal y caigo sobre el borde.

No, Dios. ¡No!

Una anciana entra en el banco, me ve y se acerca. Se queda mirándome, intentando averiguar cuál es mi problema. No debe de pensar que soy una amenaza, pues prosigue hacia el cajero.

Al terminar, se dirige hacia la puerta, pero de pronto se detiene y se da la vuelta.

—¿Puedo ayudarla, querida?

Yo sacudo la cabeza. Me he quedado muda.

Me quedo sentada durante un largo rato. Tres personas usan el cajero, pero nadie me dice nada.

Finalmente me seco las lágrimas y me pongo en pie. Ya basta de llorar. Si me ha hecho esto, es que nunca mereció mis lágrimas.

Salgo del banco maldiciéndolo y voy a su oficina. Allí no podrá evitarme.

Entro en Hinderberg, Hoffman y Crawford y me dirijo a su oficina. Emily, la recepcionista, sonríe al verme.

—Hola, Annelise.

Yo no digo ni palabra y sigo adelante.

—Annelise —la oigo decir a mis espaldas—. Charles pidió que no le molestaran.

—Me importa una mierda lo que dijo Charles.

Aprieto el paso, como si fuera un preso fugado en la oficina de mi marido.

Abro la puerta de par en par y doy un portazo al entrar. Esperaba encontrarle montándoselo con Marsha, pero está en compañía de tres hombres trajeados.

Sus ojos alarmados se encuentran con la frialdad de los míos.

—Annelise...

—Estoy segura de que estás en mitad de una reunión muy importante, pero ahora mismo me importa un mierda. Y a ti tampoco debería importarte, si sabes lo que te conviene.

Los hombres intercambian miradas. Puedo ver que está sopesando las distintas opciones.

—Si quieres que empiece a hablar aquí mismo...

Charles se levanta de la silla.

—Señores. ¿Podrían disculparme un momento?

Me agarra del brazo y me saca fuera.

—¿Qué demonios estás haciendo?

—Oh... ¿Cómo te atreves a preguntarme? Maldito hijo de perra. Te llevaste todo mi dinero.

—El dinero que yo gané.

—¿Tú?

—Bueno, veamos. Con tu pequeño negocio de fotografía no pagas las facturas, así que... Sí. Es mi dinero el que estaba en esa cuenta. No el tuyo.

—¿Qué estás haciendo? —le pregunto—. ¿Escondiendo tu dinero para no tener que darme lo mío? ¿Qué demonios te ha pasado?

Charles no me contesta.

—¿Sabes una cosa? No me importa el dinero. Si tanto quieres el divorcio, dame mi mitad de la casa y acabemos con esto de una vez.

Dennis Hoffman sale del lavabo de hombres y nos mira. Al pasar por nuestro lado, Charles suelta un gruñido. Me agarra del brazo y tira de mí con brusquedad. Me hace entrar en el baño de hombres y bloquea la puerta.

—¿Estás loca? No puedes venir a mi oficina así.

—Y tú no puedes tratarme como si no hubiéramos estado casados.

—¿Puedes bajar la voz? No es el momento. Ya me pondré en contacto contigo. No puedes irrumpir aquí así como así.

—¿Es que tengo que esperar a que me llames?

—Eso es.

—¿Ya has llamado a tus abogados? Si estás limpiando las cuentas, es obvio que no hay reconciliación posible.

—Puedes llamar a alguien si quieres. No sé qué esperas sacar.

—Voy a conseguir mi mitad. Es nuestra casa conyugal. ¡Desgraciado!

—Una casa que tú abandonaste —me contesta sin inmutarse—. Y ahora si me disculpas...

Entonces soy yo la que lo agarra del brazo.

—¿Disculparte?

—Ya me has oído. Tú abandonaste la casa. La venderé y te daré tu mitad cuando las ranas críen pelo.

—No tienes elección.

—¿En serio? Yo no estaría tan seguro de eso.

—Bien. ¿Quieres ser un bastardo? Me buscaré un abogado.

—Mejor será que sea bueno —grita Charles y yo salgo del servicio.

Convoco una reunión de emergencia con Claudia y Lishelle. Y aquí estoy, de camino hacia el Liaisons. Hemos quedado a eso de las nueve. Me alegro de haber podido quedar, porque llevo toda la tarde conduciendo de un lado a otro, sin saber adónde ir. Tengo miedo de volver a casa. Charles podría haber cambiado al código de alarma. Parece que es capaz de eso y de mucho más.

Claudia no tiene muy buen aspecto. Se está tomando un Cosmopolitan. Lishelle se está tomando una copa de vino. Parece cansada y la preocupación ensombrece su hermoso rostro.

—Annie —dice—. En el mensaje parecías tan...

—¡Ese hijo de perra! —exclamo antes de dejarme caer en el mullido asiento.

—Enfadada —Lishelle termina la frase.

—Si pudiera machacarle el cerebro con un bate de béisbol, no lo dudaría.

—Oh —dice Claudia—. No me digas que las drogas te han convertido en una psicópata maníaca.

—¡Me he convertido en una psicópata maníaca porque Charles se ha convertido en un cerdo bastardo!

—Vaya —Claudia se termina el Cosmopolitan—. Debe de haber hecho una verdadera bajeza para que estés maldiciéndolo como un camionero.

—Y yo que pensaba que era la malhablada —comenta Lishelle—. Annie, tú nunca dice tacos.

—Hoy he dicho una barbaridad de tacos.

—Te veo peor que cuando pillaste a Charles con Marsha —dice Lishelle.

—Porque estoy peor. Estoy furiosa.

—Voy a pedirte una copa —Claudia le hace señas a la camarera.

Le pido un Cosmopolitan. Una bebida fuerte.

—Bueno —dice Lishelle al irse la camarera—. ¿Qué demonios está pasando?

—¿Me creerías si te digo que ese maldito desgraciado vació nuestras cuentas? Me ha dejado sin un centavo.

Lishelle contiene el aliento y Claudia se ríe.

Yo me quedo mirando a esta última.

—Lo siento. No quería reírme, pero llevo toda la

tarde tomando antidepresivos. Ya sé que no se puede beber cuando tomas pastillas, pero cuando has tenido el día que he tenido... —se termina el Cosmopolitan y vuelve a reírse.

—Ignórala —me dice Lishelle.

—¿Qué pasa? —le pregunto yo.

—Tiene algo que contarte. A lo mejor hay algo en el agua. Los hombres la beben y se convierten en capullos integrales.

—¿Habló con Adam?

—Me reservo esa historia para el postre.

La camarera me trae la bebida y antes de que se vaya le digo que me traiga otra. Me bebo el Cosmopolitan de un trago, haciendo una mueca.

—¿Charles limpió la cuenta común? —me pregunta Lishelle—. No puedo creer que haya caído tan bajo.

—Es un hombre —dice Claudia—. Están predestinados a caer bajo.

—No hace falta que me lo digas —añado—. Y todavía hay más. Me ha insinuado que no tengo derecho a la mitad de la casa.

A Claudia se le salen los ojos de las órbitas.

—Vale. Eso es demasiado.

—Oh, sí. Nadie diría que he estado casada con él. Quiere sacarme de su vida como si no existiera.

—Bueno, no puede hacer eso. Va a tener una deuda muy grande contigo. Él es el que gana el pan y tú no puedes mantenerte a ti misma.

—Dice que como abandoné la casa, no tengo derecho a mi parte.

—Eso es absurdo —dice Lishelle—. Tiene que serlo.

La realidad me golpea en la cara de pronto.

—Oh, Dios. No puedo creerme todo lo que ha pasado. Esta es mi vida. Necesito otra copa.

El Cosmopolitan corre por mis venas, calentando todo mi cuerpo. Ya me siento un poco mejor. Pero uno no es suficiente.

—¿Dónde está la camarera? —pregunta Claudia, mirando alrededor.

—Ya has tomado bastante —le dice Lishelle.

—¿Qué ha pasado? —le pregunto a Claudia, que ahora he metido la lengua en la copa para beberse lo último que queda del cóctel.

Ella mira detrás de mí.

—Gracias a Dios.

Es la camarera, y trae otros dos Cosmopolitan. Ahora me tomo la bebida poco a poco. Sé que tengo que ir más despacio ahora. Claudia huele la suya y hace una mueca. Lishelle le quita la copa.

—Ya te he dicho que no bebas más.

Claudia recuesta la cabeza sobre la mesa y lloriquea.

—Alguien tiene que decirme qué ha pasado.

—Claudia vio a Adam con Arlene Nash esta tarde. Ella estaba en su casa y no parecían amigos precisamente... Parece que la boda no se va a celebrar al final —dice Lishelle.

—Oh, lo siento, Claudia. Pero si Adam es un cerdo, estás mejor sin él.

—Todo ese dinero a la basura. Mis padres se van a llevar un disgusto. ¿Sabéis qué es lo peor? Fui a su casa para apoyarlo por el escándalo de los cheques.

—¿Qué cheques?

Claudia vuelve a recostar la cabeza sobre la mesa y Lishelle me pone al día.

—¿Cómo es posible? —le pregunto.

—Según las declaraciones de Adam, debió de ser un error administrativo —responde Lishelle.

—Eso no tiene sentido.

Lishelle se encoge de hombros, pero algo me dice que no se cree ese cuento.

—Le preguntaría a Charles si no fuera un cerdo.

Claudia levanta la cabeza y le da un sorbo al Cosmopolitan.

—No le dejaré arruinarte la vida. Tengo abogados. Si no te puedes permitir uno, yo te ayudaré.

Al oír las palabras de Claudia, mi rabia se convierte en tristeza. Me acuerdo de los días que precedieron a mi boda y me doy cuenta de lo estúpida que he sido.

—No funcionaría —le digo, conteniendo las lágrimas—. No conseguiré nada.

—Claro que funcionará —me dice Lishelle—. Lo que necesitas es una abogada que esté harta de los hombres y que sepa cómo lanzarse a la yugular.

—No lo entendéis.

—Oh, Annie —Lishelle me aprieta la mano.

—Maldito sea. Juré que no lloraría más.

—Llora ahora, pero ajusta las cuentas —me dice Lishelle—. Eso es lo que tienes que hacer.

—¡No puedo! —dos mujeres me miran desde la mesa contigua—. Firmé la separación de bienes con Charles —susurro.

—¡Que firmaste qué! —exclama Lishelle.

—Me dijo que no quería que me casara con él por su dinero.

—Pero la firma ha ido a mejor desde que os casasteis.

—Él me dijo que podría llegar a valer millones —me bebo el Cosmopolitan de un trago para aplacar el dolor.

—Me he perdido —dice Claudia—. ¿Qué separación de bienes?

—Unos cinco días antes de casarnos, me dio un documento de separación de bienes. Yo me quedé perpleja. Nunca habíamos hablado de ello. Básicamente me dijo que quería tener la seguridad de que lo amaba por ser quien era y no por su dinero. Estábamos tan enamorados, a punto de casarnos... Nunca pensé en un divorcio...

—Él sí que lo hizo —comenta Lishelle.

—Sí. Qué asco —dice Claudia.

—Ojalá nos lo hubieras dicho —añade Lishelle.

—¿Y de qué habría servido?

—Nunca te habríamos dejado firmar algo así. Afrontémoslo. Tú has estado con él desde que el negocio empezó a ir bien. Te mereces la mitad de lo que haya ganado.

Yo sacudo la cabeza, arrepentida. Ojalá pudiera dar marcha atrás.

—No obtendré ni un duro. A menos que... —mi cerebro, a pesar de flotar en alcohol, empieza a funcionar.

—¿Qué? —pregunta Claudia.

—A menos que Charles esté ganando más de un millón. Creo que hay una cláusula que dice que si gana más de un millón, obtendré una compensación de seis cifras en caso de divorcio.

—Entonces no tienes nada de qué preocuparte —dice Lishelle—. ¿No gana eso al ser socio?

—No lo sé. Creo que sí. Pero aunque sea así... ¿Cómo voy a enfrentarme a él? Va a costar dinero.

Dinero que no tengo. Yo pensaba que como se había portado tan mal, intentaría recompensarme con el divorcio.

—Cariño, no funciona así —dice Lishelle—. ¿Recuerdas cuando David intentó reclamarme una pensión? Menuda rata.

La ira crece dentro de mí. Nunca me imaginé que Charles me trataría de esta manera. ¿Pero acaso fue tan bueno conmigo durante nuestro matrimonio? Nunca me traía flores y apenas me llevaba a cenar. Y no es solo eso. Charles debe de estar ganando mucho dinero, y sin embargo, yo estoy luchando por mantener mi negocio a flote. No es que no le haya pedido ayuda, pero cada vez que sacaba el tema, me recordaba cuánto tenía que pagar por tener a su madre en una residencia.

¿Cómo podía tener problemas para llegar a fin de mes conduciendo un Mercedes y vistiendo ropa de firma? Yo nunca cuestioné nada.

Pero ahora...

—Algo no está bien —digo.

—Exacto —añade Claudia, algo borracha—. Déjame ver la separación de bienes. Se lo enseñaré a mi tío a ver qué dice.

Yo asiento. Pero no es eso en lo que estoy pensando. Lishelle tiene razón. Debe de nadar en dinero. La casa sola vale unos quinientos mil.

¿Y entonces por qué tanto empeño en dejarme en la calle?

¿Es que hay algo que trata de esconder?

Capítulo 24

Lishelle

He tenido una semana de locos.

Además de todos los problemas de mis amigas, he tenido que lidiar con mis propios asuntos, incluyendo a Glenn. El mayor problema es que no me ha llamado. En toda la semana.

Hasta ayer por la noche...

Ayer por la noche, había un mensaje de Glenn en el contestador. Se disculpaba por no haberme llamado y decía que estaba muy ocupado porque la compañía lo había destinado a la Costa Oeste. Por lo menos prometía volver esta noche. Y es por eso que, a pesar de una migraña de caballo, estoy tumbada en la cama, con un sugerente salto de cama negro que compré en Frederick's. Estoy esperando. Llevo horas esperando...

En el mensaje decía que llegaría a eso de las siete, y yo me vine a casa corriendo para recibirlo, pero no estaba. Ya es casi medianoche y aún no ha llegado.

Pasa otra media hora y yo sigo bebiendo vino. No

lo he llamado porque no quiero parecer ansiosa, pero ya no aguanto más. Necesito saber si va a venir, o si puedo irme a la cama. Me siento en el borde de la cama y descuelgo el teléfono. Tecleo su número de móvil. Suena y suena, pero ni si siquiera salta el contestador.

Pruebo a llamarlo a casa, pero el número está fuera de servicio.

Qué extraño. He marcado el número correcto. Vuelvo a intentarlo...

«El número al que ha llamado...».

Se me acelera el pulso. Tengo una extraña sensación. Cuelgo el teléfono y me quedo mirándolo durante unos segundos. ¿Qué demonios está pasando?

Vuelvo a llamarlo al móvil. Suena y suena...

—¿Dónde demonios estás, Glenn?

Llamo otra vez, pero nadie contesta.

El teléfono suena a las seis de la mañana y contesto enseguida.

—¿Hola?

—Hola, cariño.

Cierro los ojos lentamente al tiempo que dejo escapar el aliento.

—Glenn.

—Lo siento, cielo.

—Deberías haber llegado ayer por la noche.

—Lo sé. Lo siento tanto...

—Por favor, dime que vienes de camino.

—Oh, nena. Ojalá.

—Glenn. ¿Qué ocurre?

—Me han cambiado el horario y tuve que volar a Montana. Ha hecho un tiempo horrible aquí. Parte del aeropuerto está inundado y han cancelado todos los vuelos.

—¿Y entonces por qué no me llamaste ayer por la noche?

—No quería llamar hasta saber lo que iba a pasar. Y se me hizo tarde.

—¿Entonces no vendrás hoy a Atlanta?

—Me temo que no. Lo siento. Ojalá supieras lo mucho que te eché de menos anoche. Me hice tres pajas por lo menos.

Me arranca una sonrisa.

—¿Dónde estás ahora?

—En el mismo hotel, cerca del aeropuerto.

Yo asiento y después frunzo el ceño.

—¿Compartes habitación con alguien?

—No.

—¿Y entonces por qué susurras?

—¿Estoy susurrando? —sube mucho la voz—. Es la costumbre, supongo. Y además es temprano.

—Ya.

—No te he preguntado cómo te ha ido esta semana. ¿Todo bien? ¿Cómo está Claudia?

—He tenido una semana horrible. Ahora también es Annelise. Tengo que verte y darte un abrazo.

—Sí —hace una pausa—. ¿Eso es todo? ¿No hay nada más que te preocupe?

—Con eso basta.

—Verdad, verdad —suelta el aliento—. Oye, tengo que irme.

—Oye, espera.

—Lo sé. Me quieres. Y yo también a ti.

—No era eso lo que iba a decir. Iba a preguntarte por qué está desconectado el teléfono de tu casa.

—¿Eh?
—Tu fijo. Llamé y el número está fuera de servicio.
—Dios. Debes de estar de broma.
—No.
—Debe de ser por la factura que dejé sin pagar. Soy un desastre. Viajo tanto que me suelo olvidar de las facturas. No me puedo creer que me hayan cortado el teléfono.

Yo sacudo la cabeza.

Este es el mismo Glenn de hace diez años.

—Tienes que organizarte.
—Lo sé. Las cosas mejorarán cuando nos casemos.

«Cuando nos casemos...».

Las palabras de Glenn deberían hacerme sentir feliz, pero no es así. No sé por qué, pero tengo la sensación de que algo no va bien.

Horas más tarde, la cosa sigue igual. Estoy sentada delante del ordenador en lugar de prepararme para ir a desayunar con las chicas. Ellas no me esperan, porque suponen que Glenn está en la ciudad.

Tecleo las palabras *Tiempo en Montana* en el buscador. Aparecen varias páginas web y hago clic en la primera. De acuerdo con esta página, hace sol. Incluso dicen que hay sequía en Billings.

—Vale, pero Glenn no me dijo que estaba en Billings. ¿All-American vuela a otros lugares del estado?

Compruebo el resto de ciudades para asegurarme y finalmente pongo las manos en el borde del escritorio y me aparto. La silla rueda hacia atrás.

Maldita sea. No me gusta el curso que han tomado las cosas. Así terminé con David, rebuscando en sus correos y documentos, para ver si encontraba pruebas de su infidelidad.

No quiero volver a ser esa persona. La odiaba.

«Ve a desayunar...».

Voy hacia el ropero y lo primero que veo es un traje negro de Ann Taylor.

Negro. Va con mi estado de ánimo. Me lo pondré.

No llego al desayuno. En cambio, conduzco hasta Duluth y doy una vuelta por el barrio Thornhill. Estoy buscando la casa en la que Glenn se me declaró.

Paso varios jardines hasta parar delante de la casa. Aminoro, pero no aparco en la acera.

Todavía tiene el cartel de *Se vende*. Respiro hondo y salgo del coche. Avanzo hasta la puerta por la pasarela de adoquines. Echo un vistazo por las ventanas.

—Quiero esta casa —susurro—. Quiero esta vida. La quiero contigo, Glenn.

Lo llamo al móvil. No contesta.

Entonces llamo a la cadena. Un minuto más tarde me pasan con Juan Cortez, del departamento del tiempo.

—Juan, hola. Soy Lishelle.

—Lishelle... ¿Por qué me llamas el fin de semana?

—Quiero saber algo. El tiempo en Montana.

—¡Montana! Créeme, cariño, no creo que quieras ir. Yo estuve una vez y no hay más que vacas y maíz.

—Gracias por el consejo, pero no estoy preparando unas vacaciones. Solo quiero saber qué tiempo hace en todo el estado.

—Dame un momento.

Minutos después Juan se pone de nuevo al teléfono.

—Bueno, hace mucho calor. Muchísimo. Más de cuarenta grados por todo el estado. Hay sequía.

—Sequía. ¿Estás seguro? He oído algo sobre unas inundaciones...

—Ni hablar —me dice Juan.

—Gracias, Juan.

—De nada, cielo.

Cuelgo y vuelvo a mirar hacia el interior de esa hermosa casa con la que soñé, la casa que esperaba llenar de niños con el hombre que amo.

Yo quería mi cuento de hadas, pero los cuentos de hadas no existen.

A mi edad, ya debería saberlo.

Mis años de reportera me han enseñado a guiarme por la intuición. Y mis intuición me dice que hay gato encerrado.

—Por favor, Dios mío —rezo, temiendo lo peor.

No sé por qué no se me ocurrió antes.

Dinero.

¿Es que me dejé engañar, o no supe ver las señales?

Por favor, no.

Parece que han pasado días cuando por fin aparco delante de casa. Entro y voy al despacho.

Abro el cajón donde he puesto la libreta de cheques para el crédito.

No está...

Venganza

Capítulo 25

Claudia

—¿Seguro que no quieres ir conmigo? —le pregunto a Annelise.

Se va a quedar en mi casa de momento. Me alegro de que esté aquí. Me está ayudando a no perder la cabeza.

—No puedo —me dice.

Está en el baño, poniéndose unos pendientes.

—Tengo que ir al estudio. Estoy en la bancarrota y necesito conseguir clientes.

—Ya. Mira, si necesitas dinero...

—Ya me estás ayudando dejándome quedarme aquí.

—Lo sé, pero...

—Si necesito algo, te lo digo.

—Vale.

Annelise sale del cuarto de baño y la sigo hasta el salón.

—Ojalá pudieras venir. No quiero ver a Chantelle.

—Era una de tus damas de honor. ¿No sois buenas amigas?

—Hay amigas en las que no puedes confiar del todo. Bueno, Chantelle es una de esas. Por delante, todo son sonrisas, pero nunca compartiría secretos con ella.

—Ah. Es una de esas —Annelise va hacia la puerta y se pone las sandalias.

—¿Te vas ahora mismo?

—Sí. Tendré millones de llamadas. Por lo menos, no pierdo la esperanza. Dios sabe que necesito hacer un montón de bodas.

—Que tengas buen día, cariño.

—Y tú también.

Le doy un abrazo rápido y Annelise se marcha.

Yo vuelvo a mi habitación y me preparo para mi visita al gimnasio. Una parte de mí no quiere ir, porque no quiero que la gente me hable de Adam. ¿Pero qué puedo hacer? ¿Esconderme en casa por el resto de mis días?

Tres cuartos de hora más tarde entro en el gimnasio de Buckhead, decidida a demostrarles a todos que estoy bien a pesar de lo que Adam me ha hecho.

—Chantelle —digo casi cantando al encontrármela en la recepción del gimnasio.

Nos damos besos al aire. Como de costumbre, Chantelle está espléndida con sus gafas de sol de Gucci y su chándal rosa de Baby Phat. Lleva el pelo recogido en una coleta.

—¿Cómo estás? —me pregunta, fingiendo preocupación.

—Bien —le digo.

—Pensé que no te vería hoy —me da una palmadita en la mano—. Ya sabes —susurra.

Yo me pongo erguida.

—Sí. Adam me hizo daño, pero la vida sigue.

—Vaya. Eres más fuerte que yo. Si John me hiciera eso, le cortaría las pelotas.

—¿Entramos?

—Claro.

Al echar a andar, Chantelle se queda un poco atrás.

—Tengo que advertirte que he visto a Arlene aquí —me dice.

Entonces me paro en seco. ¿Cómo demonios sabe lo de Arlene?

—Sí —Chantelle asiente con la cabeza—. Y tengo que decirte que no hace más que enseñar ese pedrusco de cuatro quilates como si fuera la primera mujer que se compromete.

—¿De qué estás hablando?

Chantelle se quita las gafas de sol y me mira.

—Lo has oído, ¿no? Claro que lo has oído.

—No sé de qué me hablas.

—Oh, Dios. Oh, no.

—¿Chantelle?

—No sé cómo decírtelo. Me enteré anoche. Y diez minutos antes de que llegaras, Risha me llamó para contarme lo de la rueda de prensa.

Me agarra del brazo y me lleva a la cafetería del gimnasio.

—Claudia, Arlene y Adam se han comprometido.

—¿Qué? —grito la pregunta y todo el mundo se vuelve hacia mí.

—Risha me lo dijo esta mañana. Una de sus amigas vio a Arlene y a Adam ayer por la noche. Fue todo un acontecimiento porque había cámaras. Supongo que fue por lo del escándalo de la organización benéfica.

Quiero preguntarle por el supuesto escándalo, pero ahora me preocupa más lo otro.

—¿Se han comprometido? ¿Estás segura?

—Ojalá no estuviera tan segura. Pero Risha vio las noticias y había imágenes de una rueda de prensa justo fuera del restaurante. Adam y Arlene estaban muy acaramelados mientras él anunciaba el compromiso. También dijo que el padre de Arlene, el honorable Arthur Nash, había acudido al rescate de esos pobres niños enfermos. Él donó el dinero para mandarlos a Disneyworld.

La habitación ha empezado a dar vueltas.

—Claudia, ¿estás bien?

Gira y gira. Cada vez más deprisa.

—¿Claudia?

Un momento después todo es oscuridad.

Capítulo 26

Annelise

No me extraña.

Si hubiera estado en la oficina estos últimos días, habría tenido tres o cuatro llamadas serias, pero como no vine, mi contestador está repleto de mensajes de gente que busca un fotógrafo desesperadamente.

Uno de ellos necesitaba un fotógrafo para hoy y estaba dispuesto a pagar el doble.

Claro.

—Hola, este es un mensaje para Jessie Whitfield —digo cuando salta el contestador—. Soy Annelise Crawford, de Recuerdos de una vida. Hoy he vuelto a la oficina, así que, por favor, llámeme al 555-3600. Gracias.

Apoyo la cabeza en el escritorio y suspiro. No me puedo creer que tenga veintidós llamadas que contestar. Me pregunto cuántos habrán encontrado un fotógrafo.

Cierro los puños y doy un puñetazo en la mesa.

—¡Maldito seas! ¡Montón de mierda! —grito con ganas—. Me has arruinado la vida.

Sigo dando puñetazos.

—Solo te pedí que fuéramos a tomar un café.

Casi me rompo el cuello al levantar la cabeza tan rápido. Delante del escritorio está Dominic.

Lleva dos vasos de café de Starbucks.

—Oh, mierda —mascullo.

Me seco las lágrimas y me pongo el pelo detrás de las orejas.

—¿Cuánto llevas ahí?

—Lo bastante para saber que tienes un mal día. Como no tenía noticias tuyas, decidí venir. Con el café. Capuchinos. Con azúcar. Espero que te guste así.

—Oh, claro —hago como si estuviera organizando papeles—. Siento no haberte llamado. Quería hacerlo, pero... eh... Perdí tu número.

—Ah —dice, avanzando hacia mi escritorio—. Me pasa mucho.

Está mirando mi anillo.

—Vale. Te mentí. No lo perdí. Lo tiré —le enseño la mano izquierda—. Estoy casada.

—Yo también tengo algo que confesar.

—¿También estás casado? ¿Es que ya no quedan hombres fieles?

Dominic sigue andando hasta llegar al borde de mi escritorio, y entonces se sienta.

—No estoy casado, pero no he sido sincero contigo.

—¿Y bien?

Toma una de mis tarjetas y la mira, pero no sé por qué.

—Estoy interesado en ti, Annelise. Y en tu marido. En tu modo de vida.

De pronto estoy en vilo. Me quedo de piedra.

—Te vi comprar. Te gastaste un montón de dinero en Victoria's Secret hace poco.

—¿Y qué mujer no lo hace?

—Verdad, pero hay algo que no encaja. Este negocio no va muy bien. Sí, tu marido es un abogado de éxito, pero incluso con su salario, no sé cómo podéis gastar tanto.

—Me gasté cuatrocientos dólares en ropa interior. ¿Y qué? ¿Y quién demonios eres? ¿Y cómo es eso de que has estado observándome?

Él levanta una mano para que me calme.

—Ya llegaré a eso. Y te hice esa pregunta para ver tu reacción. Por lo que puedo ver, no tienes ni idea de los negocios secretos de tu esposo.

—Por favor, dime quién eres o tendré que pedirte que te vayas.

—Soy Dominic Bertucci. Auditor.

Yo me quedo mirándolo, sin entender.

—Ahora mismo estoy investigando un fraude benéfico. Llevo meses vigilando a tu marido.

—Genial. Entonces Sebastian no será tu hermano y es por eso que no han vuelto.

—No. Sebastian es realmente mi hermano. Helen y él van a casarse y quieren contratarte. Les pedí que retrasaran la reserva hasta terminar con mi investigación.

Mi corazón late desbocado.

—¿Crees que estoy financiando este negocio con dinero robado, de una organización benéfica?

De pronto la verdad me da en la cara. El fraude benéfico. Los chicos de Macon.

¿Es responsable mi marido?

—Yo creo que no. Creo que tu marido ha escondido el dinero en otro lado.

—A ver si lo entiendo. Crees que mi marido ha estado robando dinero de la fundación Pide un Deseo.

—Sí.

—Oh, Dios.

—Creo que estoy cruzando la línea al hablar contigo, pero algo me dice que puedo confiar en ti.

—Si Charles ha hecho algo así, yo no tenía ni idea.

—Ha amañado la contabilidad también. Sobre el papel parece que el dinero está destinado a causas nobles, pero si cavas un poco más hondo... Me di cuenta de que había dos organizaciones que obtenían gran cantidad de donaciones. Eran una tapadera. Yo creo que el dinero fue a parar a cuentas fuera del país. Estoy tratando de averiguar adónde.

—¿Vas a arrestar a mi marido?

—Estoy a punto de hacerlo. Sí.

—¿Y eso qué significa?

—No puedo revelar los pormenores de la investigación, pero estoy intentando determinar el alcance de este fraude. ¿Hay más de una persona repartiéndose la tarta? ¿Es que toda la organización es un fraude?

—Claro que no. Yo he asistido a las galas benéficas. He visto a los niños. ¿Y estás seguro de lo de mi marido? Es un hombre muy rico, aunque ahora se comporte como un capullo.

—¿Cómo?

—Nada —sigo bebiéndome el capuchino, que está delicioso.

Mi cerebro ha vuelto a funcionar y recuerdo mis sospechas sobre Charles. Siempre se ha mostrado muy evasivo cuando se trata de dinero.

—Puede que tu marido fuera rico hace un par de años, pero el despacho de abogados ha dado un salto cualitativo con la demanda judicial.

—Lo que debería aumentar las ganancias.

Y la firma se llevará una buena tajada y dejará las migajas para las víctimas. Nunca me ha gustado esa parte del trabajo de Charles. Él me dijo que a él tampoco, que por eso era importante ayudar a los más desfavorecidos siendo miembro voluntario del comité de la organización benéfica.

—¿No te lo ha dicho tu esposo?

—Lo siento. Me distraje un momento... ¿Qué has dicho?

—Te he preguntado si tu marido no te lo ha dicho.

—¿Decirme qué?

—La demanda judicial fue resuelta hace unos cuatro meses.

—¿Qué?

—Por mucho menos de lo que la firma de tu marido esperaba. Solo fueron ochocientos mil.

—¿Qué?

—Hubo alegaciones de malversación...

—Pero Charles no me dijo nada. Decía que todavía estaba trabajando en ese caso.

—Pues no.

—No lo creo.

Pero hay muchas cosas sobre Charles que nunca habría creído. Me ha mentido. Me ha engañado. ¿Cómo ha podido llegar a malversar fondos? Quizá la demanda judicial fue un fracaso.

—Oh, Dios mío —digo de pronto—. Marsha Hinderberg es la tesorera de la organización benéfica y también es socia del bufete —miro a Dominic—. Tienen un lío. Podrían estar juntos en esto. Ella expide los cheques destinados a las organizaciones tapadera y él amaña la contabilidad.

—Eso creo yo. Sobre todo por la aventura.

—¿Tú lo sabías?

Él asiente.

—Ojalá me lo hubieras dicho. Ojalá alguien me lo hubiera dicho.

¿Es por eso que están juntos, o es que la quiere de verdad?

—Lo siento de verdad —me dice Dominic.

Lo miro a los ojos y una descarga recorre mi cuerpo.

Enojada conmigo misma, agarro el vaso de café y me lo bebo de un trago.

—Ahora que te lo he dicho, espero que quieras ayudarme.

—¿Y cómo podría hacerlo? ¿Y por qué debería?

—Sé que ya no estás viviendo en tu casa. Y un hombre que desvía fondos de una organización benéfica para niños tiene que ser un hijo de perra. Lo siento.

—No. No lo sientas. Lo has retratado muy bien.

—Espero que me ayudes porque tu conciencia te lo diga.

—Mi conciencia me dice muchas cosas en este momento.

Dominic arquea una ceja.

—Quiero decir, respecto a mi vida. No respecto a ti —me sonrojo—. ¿Qué quieres que haga?

—Los libros de contabilidad auténticos deben de estar en alguna aparte. Creo que están en tu casa.

—Y tú quieres que los busque.

—Eso sería genial. Y la próxima vez podríamos vernos en otro lugar y almorzar mientras hablamos.

Yo lo miro con desconfianza.

—¿Te gusto? —me oigo preguntar de pronto—. ¿O es que me estás usando para acercarte a mi marido?

¿De dónde ha salido eso? Ya no me reconozco.

Dominic se ríe.

—¿La verdad? Me gustas. Me gustaste desde que te vi por primera vez. Aunque estuvieras casada.

Yo me aclaro la garganta y me pongo de pie.

—Tendré que pensarlo.

Dominic se levanta también.

—Lo entiendo —saca una tarjeta—. Toma. Es mi tarjeta. Y trata de no perderla esta vez.

Capítulo 27

Lishelle

En cuanto suena el teléfono de la oficina, lo descuelgo.

—Lishelle Jennings.

—Lishelle. Soy Harlan Fisher. El tío de Claudia.

—Sí, hola —llevo tiempo esperando esta llamada.

—Me temo que tengo malas noticias.

—Se han expedido cuatro cheques desde la cuenta de la línea de crédito. Cada uno por valor de doscientos mil. Por desgracia, los cheques ya han sido cobrados. No hay forma de detener el pago.

—Dios mío.

—Me temo que la única opción para recuperar el dinero es la vía civil. La cuenta también estaba a su nombre y no puedes denunciarlo por fraude.

Y los tribunales creerán que soy una amante despechada que busca venganza.

Suspiro, cansada.

—Gracias, Harlan. Por lo menos sé a qué atenerme.

En cuanto cuelgo, llamo a Claudia. No contesta, así que le dejo un mensaje.

—Claudia, voy a pasarme por tu casa después del trabajo. Sobre las ocho. Como Annelise se está quedando en tu casa, es el mejor lugar para encontrarnos. Si tenéis planes, canceladlos. Os necesito a las dos. Ha ocurrido algo horrible y hablo muy en serio. Os necesito como nunca.

Cuelgo el teléfono y agarro mi botella de Motrin. No puedo perderla. Todavía no. Tengo que presentar las noticias de las seis.

A las ocho y diez, aparco delante de la casa de Claudia. Llamo a la puerta y ella abre enseguida. Con solo ver su cara de preocupación, me derrumbo. La emoción me ahoga.

—Oh, Dios —lágrimas corren por mis mejillas y me lanzo a los brazos de Claudia—. Yo confiaba en él. Lo amaba. Y él me engañó. De la peor manera posible.

—Sh —dice Claudia—. No pasa nada.

—No —le digo—. Sí pasa. Sí que pasa.

Annelise me aprieta la mano.

—Lo siento mucho. Odio verte así.

—Odio veros así —dice Claudia—. Y todo por los hombres. Esta es nuestra recompensa por amarlos —me da una palmada en la espalda—. Vamos. Hablemos.

—Vamos —repite Annelise—. Pero primero... ¿Qué quieres beber? Claudia ha preparado unos margaritas.

—Si lleva alcohol, lo tomaré.

Yo las sigo hacia el interior. Annelise va hacia la cocina y Claudia entra en el salón. Se deja caer en el sofá de cuero y yo hago lo mismo. Escondo el rostro en las manos y trato de asumir la verdad.

Ochocientos mil dólares.

Que Dios me ayude.

—Aquí tienes, cariño —levanto la vista al oír la voz de Annelise.

Me da una enorme copa llena de margarita.

—Gracias —le digo y me bebo media copa.

—Cuéntanos qué ha pasado —dice Claudia.

—Tenías razón, Claudia —admito—. Tendría que haber sospechado. Pero pensé que... Tenía más edad, más madurez. No creí que fuera a jugar conmigo.

—¿Aún no has tenido noticias de él? —me pregunta Annelise.

Sacudo la cabeza. Estoy aquí porque necesito a mis dos amigas, pero no tengo el valor de mirarlas a la cara. No quería confiarles mis sospechas porque no podía admitir que Glenn me había utilizado. Pero ahora...

—No he tenido noticias suyas. Y hay algo peor. ¿Recordáis que os dije que abrí una línea de crédito para conseguir dinero para su negocio? Tú me lo advertiste, Claudia, y tenías razón. Glenn cobró algunos cheques. Ochocientos mil dólares.

—¡Por favor! —exclama Claudia.

—Lo sé. Ni siquiera sabía que se había llevado los cheques. No tenía motivos para sospechar, pero como no volvía, empecé a preocuparme. Miré en mi escritorio y los cheques no estaban.

Claudia sacude la cabeza.

—El muy cerdo.

—De camino aquí, me devané los sesos tratando de averiguar cómo los encontró. No lo he visto desde que fui al banco, y entonces caigo. El fin de semana en Alabama.

Les cuento toda la historia. Tendré que demandar a Glenn por lo civil porque su nombre figuraba en la cuenta. Y es demasiado tarde para frenar el pago de los cheques.

—No me puedo creer que te haya hecho eso —dice Annelise, haciendo una mueca—. Ni que Charles me haya mentido como lo hizo. Y tampoco puedo creerme que Adam haya humillado a Claudia de esa forma.

Anoche Claudia y Annelise me pusieron al día sobre lo de Charles y el fraude de la fundación. Y Adam... Qué bastardo.

—Honestamente —digo—. Creo que Adam se le declaró a Arlene para salvar el pellejo. Tú me has dicho que Arlene siempre ha ido detrás de él. Ha salvado su reputación en los medios con una enorme donación. ¿En su lugar no le propondríais matrimonio?

—Eso le dije a Annelise. Es lo único con sentido.

—Pero no deberías perdonarlo —le digo—. Aunque haya sido para salvar su reputación, lo que te hizo no tiene perdón.

—Creedme. No perdonaría a Adam aunque me pagaran. Lo que sí quiero es que se dé cuenta de que soy lo mejor que le ha pasado en la vida. Quiero que venga a suplicarme que vuelva con él. Eso me haría sentir... mucho mejor.

—Como si eso fuera a pasar —comenta Annelise—. ¿Crees que a Charles le importa lo que me hizo? ¿Crees que le importa haber destruido mi vida? ¡Y quién sabe? A lo mejor termina en una soleada playa caribeña antes de darse cuenta de lo que ha hecho, bebiendo margaritas con esa furcia y gastándose el dinero robado —mira su copa y frunce el ceño.

Pone la bebida sobre la mesa.

—Yo, por mi parte, quiero mi dinero. No lo quiero, lo necesito. He puesto mi casa como aval y seguro que la perderé.

Nos quedamos calladas, pensando en nuestra ruina.

—El auditor está convencido de que Charles ha escondido los verdaderos libros de cuentas en alguna parte. Quizá en la casa.

Annelise agarra la copa y se termina la bebida.

—No me puedo imaginar la cara que pondría si se enterase de que los encontré. El muy imbécil debe de pensar que soy demasiado estúpida, pero sería genial demostrarle quién es el estúpido.

—¿Crees que los libros están allí? —me pregunta Claudia.

—¿Quién sabe? Podría echar un vistazo.

—Sí. Y así firmar su sentencia —esbozo una sonrisa mientras mi mente cavila—. ¿Sabes? No es mala idea. Oye, yo trabajo en una emisora de televisión. Puedo lanzar la primicia si encuentras las pruebas.

—Sí. Y Adam se haría el inocente —añade Claudia—. ¿A quién le importa si sabía algo sobre el fraude? El muy cerdo debería haberlo detectado. Él dirige la maldita organización —los ojos de Claudia se abren, llenos de ilusión—. Oh, Dios mío. Annelise. Creo que has tenido una idea genial.

—¿Crees que debería buscar las pruebas y arrojar a Charles a los lobos?

—No —Claudia sacude la cabeza—. No solo a Charles. A Charles y a Adam.

Annelise se muerde el labio inferior.

—Hablas en serio.

—Ya lo creo. ¿Por qué nos quedamos con los brazos cruzados, ahogando las penas en alcohol, mientras Adam se va de rositas y Charles comienza una nueva vida? Yo podría destapar algunos secretos. ¿Sabéis? Desde su afición a los clubes de intercambio de pareja hasta sus escarceos con las drogas. Si la gente llegara a conocer al verdadero Adam, nunca ganaría una campaña electoral. Seguramente tendría que abandonar Atlanta —Claudia da una palmada y se ríe—. Oh, Dios mío. Es perfecto, Annie. Tenemos que hacerlo. Y cuando empiece a llover, Adam y Charles no tendrán dónde esconderse.

Claudia choca las palmas con Annelise.

—Yo creo que haríamos bien.

El cerebro de Annelise no dejar de maquinar.

—Y les estaríamos haciendo un favor a la gente de Atlanta y a los niños. Les daríamos una patada a dos alimañas.

Yo observo a Claudia y a Annelise mientras discuten sobre esta dulce venganza. Siento su emoción. Es estupendo que hayan encontrado una forma de vengarse. No tengo ni idea de dónde está Glenn y solo puedo pensar en la dolorosa batalla legal que tendré que librar cuando lo encuentre.

—¿Y qué pasa si la gente no cree lo de Adam? —pregunta Claudia de pronto—. ¿Qué pasa si creen que son meras conjeturas?

—Mm —Annelise se queda pensativa—. Ya. Déjame pensar... Entonces lo pillamos con las manos en la masa. Lo filmaremos.

—¿Cómo?

—Ah, ah —Annelise menea un dedo—. Déjame terminar. Mi hermana es una *stripper*. ¿Recuerdas? Y si Adam es tan activo sexualmente como dices, no podrá resistirse. Tú averigua dónde está, y nosotros la mandamos vestida como una zorra.

—¡Bien, cariño! —Claudia suelta una carcajada—. Oh, sí. Va a funcionar. Si Adam se propone quedar como un angelito, los medios pueden... —Claudia me mira—. Sacar las imágenes. Lishelle... ¿Qué pasa? ¿Crees que no deberíamos hacerlo?

—No —respiro profundamente—. Estoy pensando en Glenn. Me pregunto si podré seguirle la pista.

—Lo harás —me dice Claudia—. Lo haremos. Cueste lo que cueste, encontraremos a ese capullo y te devolverá tu dinero. Si tenemos que darle una paliza para que lo haga, lo haremos. ¿De acuerdo, Annelise?

—Por supuesto.

Y yo sé que lo harían. No hay duda de que mis amigas harían cualquier cosa por mí.

Pero ahora me pregunto si alguna vez lo encontraré, o si está tramando huir lejos, como Charles.

Con mi maldito dinero.

Capítulo 28

Claudia

Me paso la noche en vela. Estoy muy emocionada.

Voy a hacer esto. De verdad. Mis labios dibujan una sonrisa y me estiro entre las sábanas de algodón egipcio.

Sí... Voy a hacerlo. Estoy tan exultante que casi floto en la cama. En el baño, me miro en el espejo y las bolsas que tenía debajo de los ojos han empezado a desaparecer. Ya no me duele la cabeza.

Tengo una misión, algo en lo que gastar mi energía. Este es el momento perfecto para poner en marcha el plan.

Un rato más tarde, ya me he duchado. Me he puesto un modelito que va con mi nuevo estado de ánimo. Llevo una falda de cuero blanca que compré en Fendi, un top de seda negra y chanclas adornadas con flores de cristal. Estoy tan feliz que empiezo a tararear al salir de la habitación.

—¿Annelise? —miro alrededor, pero no la veo.

Espero que no se haya ido. Quiero hablar con ella. A lo mejor podríamos desayunar algo antes de irnos.

—¿Annelise?

Cruzo el salón y llamo a la puerta de su dormitorio.

—¿Annelise?

—Adelante —dice ella.

—No has cambiado de opinión, ¿verdad? —le pregunto al abrir la puerta.

Ella se está cepillando su larga melena rubia.

—¿Estás de broma? No he dormido tan bien desde que todo esto empezó. Tengo que encontrar esos documentos. Y no es solo por ajustar cuentas. Se trata del bien de la fundación.

—Bueno, para mí... ¡Solo se trata de un ajuste de cuentas! —exclamo, riéndome.

Annelise también se ríe.

—Confía en mí. Será una dulce venganza.

—¿Te apetece ir a desayunar algo? Podríamos ir a Liaisons, o a otro sitio. No tengo que estar en el *spa* hasta...

—En realidad no me apetece comer nada. Estoy muy nerviosa y no creo que me entre nada en el estómago hasta que vaya a la casa.

—Te entiendo —hago una pausa—. ¿Quieres venirte al *spa* conmigo? Así me darás apoyo moral mientras se lo cuento todo a Risha y Chantelle.

Annelise viene hacia mí.

—Mejor debería irme ahora y acabar de una vez, pero si quieres que vaya contigo...

—No. Es que...

—¿Te lo estás pensando mejor?

—Dios, no —respiro hondo—. Estoy nerviosa, supongo. Risha y Chantelle extenderán el rumor como la pólvora. No tengo que preocuparme de eso. Les encanta el cotilleo. Y es triste decirlo, pero hay que ser un poco zorrilla para tener esa habilidad, y Risha y Chantelle son el ejemplo perfecto.

—Todo irá bien —me dice Annelise, dándome ánimos—. Hay que plantar la semilla y ver el fruto. Si es que esto es un fruto.

—Vale —le doy un abrazo—. Antes de ir a hablar con ellas, voy al banco a ver a mi tío. A ver si hay algo que pueda hacer por Lishelle. Deséame suerte.

Annelise me da otro abrazo.

—Buena suerte.

—Y buena suerte con los libros de contabilidad de la fundación —le digo—. Con un poco de suerte, al final del día, tendremos buenas noticias que compartir.

Me encuentro con Risha y Chantelle en la recepción del *spa*.

—Hola, Risha. Me encantan tus zapatos —le digo al ver sus sandalias doradas—. Jimmy Choo, ¿no? Su nueva colección de verano es maravillosa.

—Sí, cariño. Y mírate. Estás guapísima.

—Gracias —me doy una vuelta rápida—. ¿Entramos, señoritas?

Yo entro primero y voy hacia la recepcionista. Le digo que tenemos cita para tres pedicuras y manicuras.

—Y hoy invito yo —me dice Chantelle cuando nos sentamos en el área de espera—. Después de todo, mañana es tu cumpleaños.

Ya casi lo había olvidado, con todo lo que está ocurriendo.

—Un enorme tres y un cero —dice Risha—. A partir de aquí, es cuesta abajo, cielo —se ríe.

—No, No digas eso. Estoy deseando cumplirlos. Tengo salud y estoy feliz. Tengo muchas cosas por las que estar agradecida.

—Increíble —comenta Risha.

—¿Qué? ¿Que aún sea feliz después de todo lo que he pasado?

Risha asiente.

—Sí, supongo —mira alrededor—. Creo que Arlene va a casarse en otoño —me susurra.

Yo me encojo de hombros con indiferencia. Una azafata nos acompaña dentro del *spa*.

—A veces las cosas pasan para que seas libre —les digo mientras andamos—. En el momento no lo sabes, pero cuando miras atrás te das cuenta de que estás mucho mejor que antes.

—Sé que estás tratando de ser fuerte —me dice Chantelle—. Pero no tienes por qué. Somos tus amigas, y puedes contarnos cómo te sientes —levanta un poco la voz, mostrando interés.

—¿Cómo me siento?

Risha asiente.

—Mm.

Antes de poder contestar, nos hacen sentar en sillas continuas y nos presentan a las manicuristas. Siento los ojos de Risha y Chantelle clavados en mí a un lado y al otro.

—Si queréis que os diga la verdad, siento un gran alivio.

—¿Cómo puedes decir que sientes alivio? —pregunta Risha—. ¡Ibas a casarte este sábado!

—Lo sé, pero...

—¿Pero qué? —me preguntan al unísono.

Han mordido el anzuelo fácilmente.

—Si os cuento algo, ¿prometéis no decírselo a nadie? A nadie.

—Claro —me dicen.

—Adam... Por mucho que lo amara, descubrí algunas cosas sobre él que no me gustaban demasiado.

—¿Cómo? —pregunta Chantelle.

—Como que le iba el rollo fetichista.

—¿Qué clase de rollo fetichista?

Yo me vuelvo hacia Risha.

—Fetichismo sexual.

Se queda perpleja y yo asiento.

—¿A qué te refieres?

—Por ejemplo, ir a un club de sexo —les digo en voz baja—. Nunca fui con él, pero me lo pidió. Como un mes antes de la boda. ¡Me pidió que fuera con él y me acostara con otra pareja!

—¡No! —las dos se quedan sin aliento.

Me doy cuenta de que Jolly, mi manicurista, me está mirando de forma extraña.

—Le dije que no. ¡A mí no me va eso! Y entonces una noche llegó a casa oliendo como si acabara de salir del club. Estaba colocado... Otra cosa que ha estado haciendo últimamente... Y yo me enfadé. Le pregunté dónde había estado. No había acudido a su cita con la de la agencia de bodas. No os vais a creer lo que me dijo.

—¿Qué?

—Me dijo que había ido a un club de intercambio de parejas. Ya sabéis. Un lugar donde la gente practica el sexo en grupo —vuelvo a bajar la voz, pero no lo bastante—. Me dijo que había pasado la tarde allí. Yo me puse furiosa y lo amenacé con cancelar la boda, pero él me juró que un amigo le había dado una sorpresa en una especie de despedida de solteros, y que solo había mirado. Me contó todo lo que vio. Tíos besándose con otros tíos. Sexo en grupo. Mujeres haciendo felaciones delante de todo el mundo —me estremezco—. Yo me enfadé mucho. ¡Sobre todo cuando me dijo que eso le ponía! ¡Que hubiera deseado que yo estuviera allí para hacerlo delante de la gente!

Risha resopla y entorna los ojos.

—Qué burdo.

—Lo sé. Y se lo dije. Pero él me dijo que podría ser... excitante. Liberador.

—¿Y tú qué le dijiste? —me pregunta Chantelle.

—Que no quería volverle a oír mencionar algo así. Él se disculpó y me dijo que no volvería a pensar en ello, pero...

—¿Pero qué? —preguntan las dos a la vez.

Yo suspiro, como si me doliera mucho contar esta parte.

—He oído que lo vieron en un club de *strippers* donde las bailarinas se acuestan con los tíos. ¡Me enteré hace unos días! Cuando me lo dijeron, pensé... ¡Menos mal! Que se lo quede Arlene.

—Vaya —Chantelle sacude la cabeza—. No tenía ni idea de que era así.

—Yo tampoco —le digo con tristeza—. Puedes

pasar años con una persona y no conocerlo en realidad. Me alegro mucho de haberme enterado de todo antes de la boda.

—Creo que hiciste lo correcto al sacarlo de tu vida —me dice Risha.

—Y francamente, nunca me gustó Arlene. Si lo pasa mal, tendrá lo que se merece por todo el daño que ha causado a lo largo de los años.

Yo me echo a reír. No puedo estar más de acuerdo.

—Después de todo lo que ha pasado con Adam... ¡No me puedo creer que alguna vez fuera a casarme con él! ¿Qué clase de hombre se le declara a otra mujer después de terminar un compromiso?

—Eso dice mucho de él —comenta Risha.

—Exacto —digo yo—. ¿No os preguntáis qué está pasando con la fundación? Ahí hay algo turbio. Después de todas las cosas que he descubierto sobre él...

Sé que las manicuristas y el resto de clientes se están poniendo las botas. Justo como esperaba. De hecho, todo está saliendo según el plan y tengo que reprimir una sonrisa.

En cuanto entren en el coche, Risha y Chantelle llamarán a sus amigas, que a su vez llamarán a otras amigas...

Pero mi trabajo aún no ha terminado. Voy a quedar con dos de las damas de honor para comer y después me voy al gimnasio. Poco después de las ocho, los sucios secretos de Adam estarán en boca de todos.

Capítulo 29

Annelise

Una vez a la semana nos limpian la casa a fondo. La asistenta siempre viene los miércoles, cuando Charles está en el trabajo. Para que le sea más fácil, le damos una llave, y también sabe el código de seguridad de la alarma.

Katya es mi llave para intentar entrar en la casa.

Aparco delante de la casa y cuento hasta diez sin soltar el volante. El coche de Katya está fuera, así que esta es mi oportunidad.

—Hazlo —susurro—. Sal y ve hacia la puerta.

Abro la puerta del coche y me quedo sin aliento. Las piernas me tiemblan de camino hacia la puerta principal. Giro el picaporte... Está cerrado. Apuesto lo que sea a que Charles cambió la cerradura. Voy a tocar el timbre pero me lo pienso mejor. Katya podría preguntarse por qué no uso la llave. Echo un vistazo por el porche. Hay un enorme macetero con una planta. No es la mejor opción, pero la levanto del suelo y la traigo hasta la puerta. Entonces uso la nariz para tocar el timbre.

Katya tarda un minuto en acudir a la puerta y yo empiezo a sudar del esfuerzo.

—¡Annelise! —exclama—. Deja que te ayude.

—No. Ya la tengo —resoplo y jadeo al tropezarme en el umbral.

Una vez dentro, me fallan las fuerzas y Katya me ayuda a ponerla en el suelo.

—Deberías haberla puesto en el suelo hasta que yo llegara. Podías haberte hecho daño en la espalda.

—Lo sé... No lo pensé —respiro hondo y miro alrededor—. Vaya. Qué bonito está todo y huele muy bien.

—Gracias.

—¿Has terminado ya?

—Sí. En la parte de arriba. Me queda la planta baja.

—Ah, ya veo. Bueno, no te entretengo. Voy a ver dónde pongo esta planta. Quizá aquí en el recibidor, de momento —le digo riendo.

Katya se encoge de hombros y va hacia la cocina. Yo voy en dirección contraria, hacia la oficina de Charles. Entro y cierro la puerta.

Abro todos los cajones y reviso los documentos. Trato de encontrar algo fuera de lo común. No solo los libros de contabilidad de la fundación, sino también algo que me pueda ayudar. Un número de cuenta... Estoy segura de que Charles está escondiendo el dinero.

Busco en todos lados, pero no encuentro nada. Me paro en medio de la habitación y miro alrededor. Hay una foto de Charles colgada en la pared, con un marco de cristal biselado. Siempre me ha parecido hortera.

Hay una caja fuerte detrás.

Retiro la foto con cuidado y pienso en cuál podría ser el código.

Pruebo con su fecha de nacimiento, el día que nos casamos, mi cumpleaños... Nada.

La golpeo con el puño.

—Ábrete, maldita sea.

Sé que Charles guarda dinero ahí. Vuelvo al escritorio y lo reviso todo con más cuidado. Veo algo debajo de unas carpetas. Es otra carpeta. La etiqueta pone *Hipoteca*. La abro y encuentro las escrituras de la casa. Las leo rápidamente.

Solo aparece el nombre de Charles. Maldita sea. Ahora recuerdo que me dijo que con mi historial financiero, sería mejor que estuviera solo a su nombre. No me cabe duda de que incluso en aquel momento ya estaba pensando cómo arruinarme la vida.

No sé si me servirá de algo tenerlas, pero decido llevármelas. Pensándolo mejor, hago una fotocopia y guardo el original. Vuelvo a poner la foto y salgo del despacho. Las escrituras podrían serme útiles, pero tengo que encontrar los libros de cuentas, y con un poco de suerte, algo de información sobre una cuenta en el extranjero.

Cuanto más pienso en ello, más me convenzo. Ahora recuerdo aquellos viajes de negocios. Siempre regresaba bronceado. Apuesto lo que sea a que el muy cerdo esconde dinero en las Islas Caimán.

Llego al dormitorio y cierro la puerta. Mi corazón palpita sin control. Charles no debería aparecer, pero... ¿Y si decide comer en casa?

Busco en su mesa de noche. No hay nada fuera de lo normal. Miro en el ropero, a ver si hay papeles escondidos en su ropa. No veo nada.

¿Dónde pueden estar?

Busco en todos los cajones y leo hasta el último pedacito de papel. ¿Es que no hay nada? Derrotada, me siento en la cama y escondo el rostro entre las manos.

«La cama...», dice una voz.

Me pongo de rodillas y respiro aliviada al ver una caja de zapatos. La saco y miro dentro. No hay nada que lo incrimine, pero sí hay algo que despierta mi curiosidad. Es un catálogo con una foto en la que se ven varios botes amarrados en un puerto. Al fondo se distinguen unas hermosas montañas. *Los Sueños*, dice en letra cursiva, y debajo... *Centro turístico y puerto deportivo*.

Abro el folleto.

—«Las Bay Residencias están en un enclave privilegiado, en primera línea de playa» —leo en alto.

Hay una foto nocturna de la piscina del complejo. Sigo leyendo y encuentro el lugar. La costa del Pacífico, Costa Rica.

¡Costa Rica!

De pronto recuerdo haberlo visto aprendiendo español en la oficina. Me dijo que tenía ganas de aprender una segunda lengua.

Ahora todo tiene sentido. He oído que Costa Rica se ha convertido en un destino turístico para los norteamericanos, y parece que Charles está muy interesado.

—Ya te tengo, imbécil.

Meto la mano entre el colchón y el somier. No

noto nada, pero quizá haya algo que no puedo alcanzar. Empujo el colchón, que golpea la mesa de noche y lanza la lámpara al suelo.

—Mierda —mascullo.

Reviso el somier, pero no hay nada.

—¿Señora Crawford?

La voz de Katya me da un susto de muerte. Me giro y la veo delante de la puerta. No sé qué se estará imaginando.

—¿Qué sucede? —me pregunta.

No sé lo que estoy haciendo, pero voy hacia ella.

—He encontrado una caja de condones en el cajón de Charles —le digo—. ¿Tienes un lío con mi marido?

—¿Qué? —dice ella tartamudeando.

—¿Sí o no?

—¡Claro que no! Yo nunca haría algo así.

—Estás despedida, Katya. Ahora.

—Pero señora Crawford...

—Vete ahora mismo, Katya. Haré que Charles te mande la liquidación.

Katya empieza a llorar.

—Por favor, señora Crawford. Necesito este trabajo.

Mi corazón retumba sin parar.

—Bien, me voy. Pero no te equivoques. Voy a hablar con Charles. ¡Esta noche! —le digo y salgo a toda prisa.

Al salir de la casa, esbozo una sonrisa.

—Costa Rica, allá voy.

Voy conduciendo por la I-285 cuando suena el móvil. Contesto enseguida.

—¿Hola?
—¿Annie? ¿Dónde demonios te has metido?
Me lleva un momento saber quién es.
—¿Sam?
—Sí. ¡Soy yo! Estabas conmigo, y de pronto te esfumas.
—Sam, de eso hace una semana. ¿Acabas de darte cuenta?
—Ugh. Tuve una semana horrible. Estaba saliendo con un tío y me quedé en su casa. Por primera vez en mucho tiempo creí que estaba enamorada, pero se estaba acostando con otra bailarina. ¿Te lo puedes creer? Por eso es que no confío en los hombres. Lo mandé a freír espárragos esta mañana —por fin respira—. ¿Pero qué ha pasado con Charles?
—Un montón de cosas. No solo me ha engañado, sino que ha robado dinero de la fundación. Y estoy segura de que tiene propiedades en el extranjero. Tengo que ir a Costa Rica urgentemente.
—¿Costa Rica?
—Sí. El muy bastardo me ha dejado sin un centavo. Voy a llamar a una de mis amigas, a ver si me puede dejar algo de dinero.
—¿Hola? ¿Y yo qué? Llevo mucho tiempo queriendo ir a Costa Rica.
—Pensaba que te acababan de romper el corazón.
—El mejor momento para hacer un viaje.
—Sam, no lo dices en serio.
—Claro que sí. Y no te preocupes por el dinero. Una de las ventajas de mi trabajo es que gano mucho.
—Bueno —le digo—. Podrías prestarme algo...

—Yo también quiero ir.

—Sam, no vas a venir a Costa Rica conmigo.

—¿Por qué no? Sería divertido. Casi nunca pasamos tiempo juntas. Estaría bien viajar juntas.

—Pero este viaje no es de placer. Tengo cosas que hacer.

—Yo te ayudaré.

—Charles podría estar allí. Llamé a la oficina y me dijeron que estaba de viaje. De nuevo. Y la furcia también —sacudo la cabeza, pensando en el tiempo que le ha llevado planear esto.

—Entonces vas a necesitarme.

Samera podría tener razón. ¿Y si Charles trata de hacerme daño?

—¿De verdad quieres venir?

—Quiero que estemos más unidas —me dice suavemente—. No salimos juntas como hacen las hermanas. Este viaje... Podría ser bueno para nosotras.

Sus palabras me llegan al corazón.

—Y yo hablo algo de español. Uno de mis novios, Paco, me enseñó un poco.

—¡No me puedo ni imaginar qué más te enseñó!

—¿Puedo ir contigo? —me ruega Samera.

—¿Tienes un ordenador a mano?

—Sí.

—Entonces empieza a buscar vuelos a San José, Costa Rica. Para esta noche, si se puede.

Samera grita, emocionada.

—¡Nos vamos a Costa Rica!

—Deja de cantar y mira el ordenador. Llámame luego.

—Vale.

Capítulo 30

Lishelle

He pasado unos días muy malos, de capa caída en casa y en la oficina. La cosa está tan mal que, antes de las noticias de mediodía, la directora de la cadena me pregunta si estoy bien.

No lo estoy, pero a Linda no se lo digo.

—Estoy bien —digo, mintiendo.

Linda cierra la puerta.

—Sé que no estás bien. No soy tonta. He notado que ya no llevas ese enorme pedrusco.

—Seguro que todo el mundo se ha dado cuenta.

—Glenn. ¿No?

Asiento.

—Es obvio que te ha roto el corazón, pero no puedes dejar que te afecte, Lishelle. Eres preciosa e inteligente. Tienes un mundo por delante. Conocerás a alguien que merezca la pena.

—Eso es lo último que quiero oír.

—Lo sé. ¿Recuerdas lo de Martin? Después de

cinco años de matrimonio me pidió el divorcio. Yo me comí la cabeza durante meses, sin saber que me estaba haciendo un favor.

—No entiendo adónde quieres llegar.

—No quiero verte hundida durante meses. Es mejor que las cosas terminen rápido si no estaban destinadas a funcionar —Linda se encoge de hombros—. Y si necesitas hacer un muñeco vudú y llenarlo de alfileres, adelante. Pero recuerda que tienes una vida. Te lo digo porque yo pasé por lo mismo y sé lo mucho que duele.

Sorprendentemente, las palabras de Linda me suben el ánimo.

—Gracias —le digo.

—De nada. Y ahora a maquillaje. ¡Estás en el aire dentro de media hora!

Un par de horas más tarde, aún recuerdo esas palabras. Y me doy cuenta de que tiene razón. Glenn me ha quitado mucho, pero no puedo dejarle que siga robándome el alma.

Si solo me hubiera roto el corazón... Tuvo que llevarse mi dinero también.

Debería estar furiosa. Lo bastante furiosa para hacer algo. Una mujer despechada puede convertir tu vida en un infierno, Glenn Baxter.

Está a punto de averiguar lo enfadada que estoy.

Un rato después voy a la oficina de Santiago. En la cadena todos lo conocen como «el hombre». Si necesitas encontrar a alguien, no hay nadie mejor que él, a menos que el individuo se esconda en un monasterio en el Tíbet con una identidad falsa. No obstante, Rubén le siguió la pista a un líder desertor de una banda callejera hasta la capital de México. Eso le valió un premio de televisión por su trabajo en periodismo de investigación.

No hace falta decir que confío en él para encontrar a Glenn.

A Rubén se le ilumina la cara al verme. Es una mezcla entre africano, irlandés y cubano. Tiene la piel bronceada, pero su largo pelo rizado muestra sus raíces africanas.

—Lishelle, cielo —dice y se levanta del escritorio—. Estás fabulosa, como siempre.

—Gracias, Rubén —siempre me hace sentir especial, pero su flirteo es inofensivo.

—¿Qué tal, Rubén?

—Igual que siempre. ¿Y tú?

—Necesito un favor, cariño. Y tú me puedes ayudar.

—De acuerdo —entrelaza los dedos y estira los brazos—. Siempre supe que algún día estarías lista para mí.

Yo me río.

—Oh, sí que estoy lista. Lista para que encuentres a alguien.

—¿Qué tienes?

Le doy una hoja de papel en la que he escrito el nombre completo de Glenn y su fecha de nacimiento. También he puesto los números de teléfono que me ha dado, aunque ahora no estén operativos.

—Este número es de Phoenix —comenta Rubén.

—Sí.

—Pan comido.
—¿Cuánto tiempo crees que te llevará?
—Quizá lo tenga a última hora.
La esperanza me invade.
—¿De verdad?
—Si no es así, es que he cometido algún error. Pero si no es hoy, será mañana a primera hora. ¿Estás segura de que este es su verdadero nombre?
—Sí. Y no creo que esté usando un nombre falso. Solo trata de esconderse de mí —sonrío.
—Qué pena me da.
—Oh, haces bien.
Rubén me guiña un ojo.

Cuatro horas más tarde, poco después de terminar el programa de las seis, alguien llama a la puerta de mi camerino.
—Adelante.
Rubén abre y asoma la cabeza.
—Quería pillarte antes de que te fueras.
—¿Lo has encontrado? —le pregunto, incorporándome en la silla.
Él me da un beso en la mejilla y me entrega un sobre.
—Todo lo que necesitas saber está aquí, cariño.
—Oh, Rubén —le pongo un brazo sobre el hombro—. Eres el mejor.
—Eso me dice mi mujer.
—Cuídala bien, y que no se te ocurra hacer ninguna estupidez.
—Por favor —me dice, sabiendo lo afortunado que es.

En cuanto me quedo a solas, abro el sobre. Hay cinco páginas. En la primera aparece el nombre de Glenn, su fecha de nacimiento y su número de la Seguridad Social. También figura su dirección actual e información de contacto.

En la segunda hay información sobre antecedentes penales. Cuando era menor fue arrestado por conducir en estado de embriaguez en Indiana. En el margen Rubén ha escrito que los cargos fueron borrados.

Pero es la página siguiente la que me deja perpleja. Es como un puñetazo en el estómago. Se trata de un certificado de matrimonio. Ni siquiera quiero mirar el nombre de la mujer. Miro la página siguiente a ver si se trata de un divorcio, pero no. Es un informe de su colegio.

La página final me da el golpe de gracia. Hijos. Glenn tiene dos hijos. Según esta información, tiene dos niños de tres y cinco años.

—Oh, Dios mío. ¡Está casado! ¡El muy desgraciado está casado!

¿Por qué se me declaró si ya estaba casado?

Por mucho que me duela admitirlo, Glenn me estaba utilizando. Como viajaba a Atlanta con frecuencia, supo que me había ido bien y quiso sacar tajada. Me pregunto si realmente quería abrir una compañía propia. Seguramente también era una mentira. Ya no creo ni una palabra de lo que me dijo.

Vuelvo al certificado de matrimonio. Parece que se casó hace seis años en el estado de Arizona.

«Quizá Glenn y su mujer se han separado y no quería decírmelo porque tenía miedo...».

Tan pronto pienso en ello, me dan ganas de morirme. ¿Cómo puedo inventar excusas? Si estuviera separado, me lo diría. No hubiera tenido que sacarse otra historia de la manga para fingir que estaba libre.

Examino el certificado. La mujer se llama Tess Baxter. Tess... Tess... ¿Por qué me suena?

Y entonces me acuerdo. Es la mujer con la que supuestamente se había comprometido. Su nombre era Tess, tenía un par de hijos, y se había casado.

Casi me río. Es tan patético...

Maldito desgraciado.

Pienso qué hacer de camino a casa. Podría tomar un avión y volar a Phoenix. Podría contarle unas cuantas cosas a Tess y decirle a qué se dedica su marido cuando no está en casa. Si le digo todo eso a su esposa, Glenn me devolvería el dinero en un abrir y cerrar de ojos. ¿Pero qué pasa si Glenn está casado con una mujer que le permite toda clase de aventuras, siempre y cuando vuelva a casa? Es una posibilidad. Nunca sabes lo que las mujeres son capaces de hacer por tener a un hombre en sus vidas.

¿Y si no es así? Quizá resulte ser una esposa devota y fiel cuyo mundo destruiría al presentarme en su casa. Francamente, se merece saberlo. ¿Pero debería ser yo quien se lo dijera?

En casa, me paso la noche repasando todas las posibilidades, pero a la mañana siguiente sigo igual de indecisa. En el coche, de camino al trabajo, pienso en Annelise y en Claudia, y en la deliciosa venganza que están urdiendo. No se merecen menos con el daño que les hicieron.

Glenn me ha hecho lo mismo, y aparte de mi dinero, quiero desquitarme. Quiero que a ese malnacido se le caiga el mundo encima. Ya casi he llegado cuando se me ocurre algo. Oh, Dios. Es perfecto. Glenn es un bastardo codicioso y yo sé dónde encontrarlo. Le pondré un cebo y seguro que lo engullirá como un pez a un gusano.

¿Pero está bien?

No del todo, pero lo que él me hizo a mí tampoco. Y puede que sea lo que tengo que hacer para recuperar el dinero que me robó.

—Sí —digo y sonrío por primera vez en mucho tiempo.

Esto va a ser genial.

Capítulo 31

Claudia

Echo la cabeza hacia atrás y me río.

—Lishelle, es perfecto.

—¿No crees que es muy poco... ortodoxo?

—¿Y robarte casi un millón de dólares lo es? Yo digo que le des donde más duele. Y cuanto más duro mejor.

Lishelle y yo estamos en mi casa, tomándonos unos Martinis mientras vemos la primera temporada de *Sexo en Nueva York*. Estamos solas, porque Annelise se ha ido a Costa Rica. Me dejó una nota diciendo que se iba a correr una juerga con su hermana en Costa Rica. Y se va a perder mi treinta cumpleaños, por no hablar de la nueva receta de Cosmopolitan que he decidido probar.

Tengo que decir que se me da muy bien lo de mezclar bebidas. Supongo que necesitaba un nuevo incentivo en mi vida.

Pero lo que realmente me motiva ahora es vengarme. Nunca me hubiera creído capaz de hacer algo para destruir la vida de Adam, pero ahora soy otra persona. Mi amor puro está magullado, y una mujer herida es incontrolable.

Adam me ha robado una parte de mí, y no la recuperaré si sigo adelante como si no hubiera pasado nada.

Maldito sea el amor. No quiero amor. Quiero venganza.

—¿Crees que funcionará? —me pregunta Lishelle.

—Glenn caerá fácilmente.

—Eso creo yo. ¿Pero cómo lo hacemos?

—¿Cómo podemos hacer que se manche las manos con dinero de la fundación? Oh, Lishelle. Es genial, de verdad. Y puede que sea más fácil de lo que piensas.

—¿Cómo?

—No tienes que ponérselo delante de la cara. Podemos arreglar los detalles con un poquito de contabilidad creativa.

Lishelle se queda sin aliento y sus ojos se iluminan.

—Oh, puede que tengas razón. Que parezca que robó dinero de la fundación.

—Claro. Cuando vuelva Annelise, tendremos los libros de cuentas. Podrías decir que la línea de crédito era un donativo para la fundación. Eso llamaría mucho la atención.

Lishelle sacude la cabeza.

—Todo el mundo se preguntará por qué una presentadora de televisión pide un préstamo para donarlo a una organización benéfica. Sí. Heredé algún dinero cuando murió mi padre, pero no lo suficiente para ser tan generosa.

Sigo bebiéndome el Martini. Está muy bueno. Esta podría ser mi nueva bebida preferida.

—Vale. Entonces no mencionamos el dinero que te robó. Simplemente decimos que ha robado dinero de la fundación. Aunque Annie no encuentre los libros, podemos contar esa historia.

—¿Sin pruebas? —le pregunto—. ¿Y qué pasa si la directora de la cadena me pide evidencias?

—Tienes razón —le digo—. Eso podría ser un poco sospechoso. ¿Puedes conseguir que te firme algún documento?

—Se está escondiendo.

Le cabeza me da vueltas. He bebido demasiado.

—No creo que necesitemos su firma, y tampoco los libros de contabilidad. A Glenn le hicieron una foto en la gala benéfica.

Lishelle me mira con ojos escépticos.

—Sí.

—Hazme caso. Todo tendrá sentido en un momento.

Me termino el Martini y hago una pausa para ordenar mis ideas.

—La foto. Vale. Conseguimos las fotos del evento y las filtramos a la prensa. Que quede bien claro que Charles es el marido de Annelise, que Adam era mi prometido y que Glenn era el tuyo. No solo nos engañaron a nosotras. Robaron dinero a la fundación. Todos estaban confabulados. ¿Lo pillas?

—Puede —dice Lishelle sin sonar convencida.

—En realidad, no se trata de ser culpable, sino de parecerlo. Yo digo que amañemos los libros y sigamos adelante con la historia. Y le damos una oportunidad a Glenn para que devuelva el dinero antes de inculparlo. Este no es el momento para preocuparse por la ética. Seguro que él no le dedicó ni un segundo.

—Ahí tienes razón.

—En cuanto estalle el escándalo, menciona el nombre de Glenn. Y entonces lo llamas en privado y le das una oportunidad para que te devuelva el dinero. Si no quiere, le dices que irá a la cárcel. Los dos podéis jugar a ese juego, pero tú lo harás mejor.

Lishelle se ríe y golpea el suelo con los pies.

—Me encanta. Hacerle chantaje. Es perfecto. Recuérdame que nunca te lleve la contraria... —me pongo seria—. Chica, te quiero con todo mi corazón. Yo nunca haría nada para perjudicarte. Y también sé que tú tampoco lo harías.

—Lo sé.

—Pero es que no entiendo a los hombres. Les das lo mejor de ti y ellos abusan de ese poder. Te arruinan la vida como si no les importara en absoluto. De verdad, no lo entiendo.

—Que les den. Yo paso de ellos. Soy una mujer feliz y tengo una vida. No necesito a un hombre... No los necesitamos, pero estaría bien tener a uno.

Lishelle asiente.

—Eso es cierto. ¿Pero qué pasa si nunca encontramos el tipo de amor que nos merecemos? ¿Tenemos que conformarnos? Yo prefiero envejecer tomando Cosmopolitan con mis amigas antes que conformarme con un capullo que me va a hacer la vida imposible. ¿Acaso no lo estamos pasando bien, tú y yo, tomando estos fabulosos Martinis en tu cumpleaños?

—Y tramando una venganza.

—Y tramando una venganza. Nos lo estamos pasando muy bien.

—Así es, pero... ¿No volver a estar con un hombre? ¿Qué hay del sexo? Afrontémoslo, los vibradores no dan la talla.

—Las mujeres podemos tener sexo siempre que queramos.

—¿Sexo del bueno?

—¿Acaso lo tenías con Adam? ¿Lo tuve yo con Glenn? Nos mintieron. Nada de lo que compartimos con ellos fue real.

Eso me resulta difícil de aceptar, pero sé que es verdad.

—Y ya sé que las mujeres quieren niños, pero hay muchas madres solteras y salen adelante. Y seguro que no tienen tantos dolores de cabeza, porque no hay hombres en sus vidas.

—Eso me asusta. Pero, creo que tienes razón.

Lishelle se termina la copa y se sirve otra. Tiene los ojos rojos y habla con dificultad. Está un poco borracha. Siempre le da por la filosofía cuando está así.

—¿Te apetece ver cómo Stella recuperó la marcha? —me pregunta.

—¿Después de esta charla antihombres?

Lishelle esboza una sonrisa pícara.

—¿Qué puedo decir? Si Taye Diggs entrara por esa puerta, lo tumbaría en esa cama enseguida.

—Entonces aún crees en el amor —le digo.

—Claro. Puede que Glenn me haya robado el corazón y el dinero, pero no le voy a dejar que me robe eso.

—No podría haberlo dicho mejor.

Tres mujeres y un destino

Me levanto del sofá y voy hacia la botella de Martini. Me sirvo otra copa y la choco con la de Lishelle.

—Por que todas encontremos un hombre tan dulce y bueno como Taye Diggs en esta película.

—Brindo por eso —Lishelle levanta su copa—. Que consigas tu deseo de cumpleaños. Venganza. Dulce venganza.

Yo sonrío.

—Definitivamente brindo por eso.

Capítulo 32

Annelise

Mi vida es una vorágine de acontecimientos. Anoche, después de pasar horas buscando el folleto entre las pertenencias de Charles, Samera y yo tomamos un vuelo directo a San José. Por suerte Samera cargó en su cuenta la escandalosa tarifa de última hora y me dijo que no tenía que devolvérselo. Dice que quiere vivir aventuras. Yo tengo intención de pagárselo, por supuesto, en cuanto obtenga mi parte con el divorcio, pero quizá no quede nada después de devolver el dinero robado a la fundación.

El sol está en lo más alto y yo miro la hora. Pasan dos minutos de las ocho. Nuestro avión aterrizó a las seis menos cuarto y yo debería estar durmiendo, pero no puedo. Creo que la adrenalina y la cafeína no me dan un respiro.

Samera y yo vamos en un taxi. Llevamos horas recorriendo tortuosos caminos rurales que conducen a la costa del Pacífico. Hemos reservado una habitación en el centro turístico Marriot, Los Sueños. El hotel está justo al lado de la propiedad que aparece en el catálogo.

A mi lado, Samera duerme plácidamente. Un viaje de cinco horas puede mejorar mucho una relación entre hermanas. No puedo creer lo mucho que nos hemos reído, y lo mucho que he disfrutado escuchando esas escandalosas historias sobre *strippers*. En el pasado, pasábamos tanto tiempo desaprobando la vida de la otra que apenas podíamos ser amigas. Pero todo eso no importa. Si esa profesión le hace feliz, yo estoy feliz.

Contemplo el paisaje. Exuberante. Esa es la única palabra que encuentro para describirlo. El lado de las montañas es un mar de verdes árboles frondosos. Es bello y aterrador al mismo tiempo. Un giro arriesgado nos podría mandar al fondo del abismo.

Estoy muy cansada. A pesar de todo el ajetreo del día, por fin cierro los ojos y el sueño me lleva.

—Vale. Este lugar es un paraíso —dice Samera una hora y media después.

El taxi para delante de un impresionante hotel. Está pintado de naranja y tiene un montón de arcos. Parece una casa de campo mediterránea. Ojalá hubiera venido de vacaciones, con un hombre que estuviera loco por mí.

—Voy a registrarme —dice Samera—. Tú ve por el equipaje.

Un botones se dirige a nosotras con una sonrisa en los labios.

Samera silba en voz baja.

—Pensándolo mejor... ¿Por qué no vas tú y yo me quedo aquí?

Abro el bolso y saco algunos billetes.

—Tienes que preguntarle al taxista cuánto es. Tú eres la que habla español.

—Vale.

—¿Necesita ayuda con las maletas, señora?

—Señora no —contesta Samera, con una sonrisa pícara.

Yo le pongo cien dólares en la palma de la mano.

—El conductor.

Samera se ocupa del taxista rápidamente.

—No traemos muchas cosas. Solo son dos maletas pequeñas —le digo al botones.

—Yo la ayudaré.

—Gracias.

—¿Es su primera visita a Costa Rica?

—Sí.

—Bienvenida —sonríe.

El joven nos lleva hasta el interior del hotel. Por el otro lado del hotel se divisa el océano. Una inmensidad brillante a la luz de sol. A la derecha está la recepción. La decoración es elegante y los sofás parecen cómodos. Yo esperaba que el botones nos llevara hasta el mostrador principal, pero nos detenemos frente a un mostrador que está entre los ascensores y los sofás.

—¿A nombre de quién está la reserva? —pregunta el botones.

—Samera Peyton. Señorita.

El botones nos entrega un sobre con dos llaves.

Nuestra habitación está en el tercer piso y tiene vistas al mar.

—Podría quedarme a vivir aquí —me dice Samera al ir hacia los ascensores.
—¿Cómo lo sabes? Apenas has visto el lugar.
—¿Estás de broma? Mira las montañas. Huele el mar. Y los folletos que conseguí hablan de cascadas, paisajes de ensueño... Mucho más excitante que Atlanta. Y puedes hacer surf. No puedo ni imaginarme todos esos cuerpos musculosos y húmedos.

Lo único que puedo pensar es que la mente de Samera solo va en una dirección. Pero entonces pienso... ¿Y qué? Quizá yo necesite un poco de su espontaneidad y arrojo.

—Bueno, podemos volver algún día —le digo—. Después de todo estoy segura de que mi marido tiene una propiedad aquí. Quizá la consiga con el divorcio —añado, sonriente.

Las puertas del ascensor se abren y salimos. Samera bosteza.
—Estoy muerta.
—Y yo. Qué vuelo tan largo.
—Pero ya estamos aquí y pronto conseguirás la información que necesitas para acabar con Charles.

Yo la miro y sonrío.
—Gracias. Por estar aquí conmigo. Significa mucho para mí.

Ella me aprieta la mano.
—Lo sé.

Me despierto con el olor de huevos con beicon.
—Despierta y disfruta, cielo —me dice Samera.
Yo abro los ojos. Ella lleva una bata blanca del hotel y tiene el pelo mojado.

—¿Estoy soñando, o eso es el desayuno?
—Es el desayuno. Y está delicioso.
Aunque tengo el cerebro entumecido, hago un esfuerzo por incorporarme.
—Ahora me comería una vaca. Tengo tanta hambre...
Bostezo, me estiro y me levanto de la cama.
—Ya he bajado —me dice Samera, mientras se come el beicon crujiente—. De verdad, este lugar es increíble. ¡Deberías ver la piscina! Tiene cinco secciones diferentes, pero todas están conectadas, aunque parece que están separadas. Puedes nadar de una a otra, e incluso hay una cascada...
—¿Ya has nadado en ellas?
—No. Solo di un paseo.
—Tú has descansado más que yo. Eso seguro. ¿Cómo puedes dormir en un avión?
Samera no me contesta porque está comiendo. Yo agarro el tenedor y empiezo a cortar un huevo frito. Me muero de hambre.
—Estoy deseando meterme en la piscina —le digo a Samera—. Después de visitar los apartamentos. No sé cuál es el de Charles.
—Más buenas noticias. Abajo, junto a la entrada principal, hay un montón de tiendas. Hay una cafetería pequeñita. Por lo visto, sirven café Britt.
—¿Y?
—Y también hay una agencia inmobiliaria al lado. Solo gestiona los apartamentos de Los Sueños. Apuesto a que Charles compró ahí el suyo. La gente de esa oficina sabrá algo.
—¡Sam! —le doy un abrazo.
—Es una oficina pequeña. Solo había una per-

sona cuando entré. No creo que trabajen más de tres personas. Los agentes deben de saber quién es Charles, o por lo menos podrán mirar qué compró.

—No me lo puedo creer. Estamos cerca.

—Ya lo creo.

Comemos en silencio durante un rato.

—Con un poco de suerte, encontraremos la carpeta esta tarde, y tendremos tiempo para dar una vuelta. Podríamos ir a Playa Jaco —me dice Samera.

—¿Dónde está eso?

—Al final del camino. El conserje me dijo que hay un montón de restaurantes y tiendas. Tíos buenos.

—¿El conserje te dijo que hay un montón de tíos buenos?

—No —responde Samera, lentamente—. Pero me imagino que debe de haber. Estamos en Costa Rica, cielo.

Yo entorno los ojos.

—Tú no piensas en otra cosa.

—¿Es que la hay?

—Deberías quitarte la peluca —me dice un rato más tarde, de camino a la agencia.

—Me gusta.

—Es hortera.

—Pero me siento mejor con ella.

—¿Por si... te encuentras con Charles? Si eso ocurre, te va a reconocer. Nadie más te conoce aquí.

Yo suspiro y me vuelvo hacia ella.

—¿Por qué te disfrazas en lugar de subir al escenario desnuda? Necesitas desempeñar un papel. Y eso es justo lo que yo estoy haciendo, desempeñar un papel.

—Ah, vale.

Me detengo y hago acopio de todo mi coraje para entrar en la oficina. Samera toma la iniciativa y abre la puerta. Ya está saludando al empleado cuando me decido a entrar.

—Hola, de nuevo —dice el hombre al tiempo que le da a Samera un beso en el dorso de la mano.

—Esta es la mujer de la que te hablé —dice Samera—. Mi hermana.

—Ah, hola —el hombre sonríe efusivamente y me extiende la mano—. Encantado de conocerla, señora Crawford.

—Igualmente —le digo.

«Samera... ¿Qué demonios has hecho?».

—Me llamo Miguel Santos y estaba esperándola.

—Usted... ¿Me estaba esperando?

—Sí. Su esposo me llamó.

Yo trago con dificultad.

—¿Ah, sí?

—Claro. Fue justo después de irme a tomar café. Cuando volví tenía un mensaje de su marido. Me dijo que llegaría al final de la semana y quería que le diera una llave en caso de que estuviera jugando al golf. O pescando. Tengo que decirle que está muy a gusto aquí.

—No me cabe duda —murmullo.

—Yo creía que llegaría mañana.

—Ah, sí. Eh...

—Decidimos venir antes —dice Samera—. Mi hermana y su marido se quieren tanto que no soportan estar lejos el uno del otro.

—Ah, entiendo —dice el empleado.

Yo me río, algo incómoda.

Samera me quita el bolso y yo la fulmino con la mirada.

«¿Qué estás haciendo, Sam?».

—Su esposo no me dijo lo hermosa que era —comenta Miguel.

—Vaya, gracias —me sonrojo y Miguel me sostiene la mirada.

Menudo lagarto.

—Es muy amable —le digo.

—Aquí están —dice Samera y le enseña a Miguel una foto de nuestra boda—. Entonces era rubia —añade, riendo.

Yo me toco la peluca con nerviosismo.

—Están tan enamorados... —continúa ella—. Y este lugar es tan romántico que ya me imagino lo que harán luego.

Yo carraspeo un poco.

Miguel va hacia un enorme escritorio y nos da la espalda un momento. Samera me lanza una sonrisa victoriosa. Yo levanto el pulgar.

Miguel regresa y yo escondo las manos detrás de la espalda.

—Le va a encantar el apartamento. Tiene tres dormitorios, dos baños, una enorme bañera, jacuzzi en el balcón, y una vista maravillosa del océano. Y por supuesto, tiene puerto deportivo.

—Oh, estoy muy emocionada. ¿Entonces tiene la llave?

Él toma el llavero de la mesa.

—Aquí tiene. ¿Sabe como ir?

—No —admito, esperando que no se dé cuenta de que soy una farsante.

—Yo la llevaría, pero me tengo que quedar en la oficina. Le daré un mapa y le mostraré el camino.

—¿Está lejos?

—A un minuto en coche. Cinco si va andando.

—Estupendo.

—Pero su marido no está en este momento. Me dijo que iba a comer con un amigo.

—Oh, genial —junto las manos—. ¡Le daré una sorpresa! Me encanta sorprenderlo.

—¿Qué le dije? Están muy enamorados —añade Samera.

Un minuto después, tengo la llave y nos dirigimos hacia el apartamento.

Pan comido.

—¡No me dijiste que habías hablado con Miguel! —le digo a Sam al salir de la oficina.

—Quería darte una sorpresa.

—Por lo menos podrías haberme preparado.

—Relájate. Todo ha salido bien. Tienes la llave.

Yo respiro hondo.

—Tienes razón. Tienes toda la razón. ¿Qué hiciste al entrar? ¿Cómo conseguiste la información?

—Miguel es un hombre y yo simplemente usé mis encantos. Por cierto, he quedado con él luego.

—¿Qué?

—No me mires así. Está muy bien.

Yo sacudo la cabeza.

—Pensaba que íbamos a pasar tiempo juntas cuando encontráramos la carpeta.

—Y lo haremos. Vamos a una disco en Jaco. Me va a enseñar a bailar salsa. Yo le dije que Charles vendría, pero está claro que no estará allí. No podía estropear la tapadera.

—Genial. De sujetavelas.

Samera mira a su alrededor.

—¿No lo has oído? Alguien te está llamando.

—¡Charles! —digo, aterrorizada.

Y entonces lo oigo. Mi nombre. Pero no es la voz de Charles.

¿Miguel?

Me doy la vuelta y... mi corazón se detiene.

¡Dominic!

Viene hacia mí desde la recepción del hotel.

—¿Dominic? —le digo.

Claro que es él.

—Hola —me dice, sin aliento—. Te vi desde la recepción y estaba seguro de que eras tú —me mira de arriba abajo—. Bonita peluca.

Me paso la mano por la falsa melena negra y también lo miro de pies a cabeza. Lleva unos shorts color beis y un polo blanco. Está muy sexy.

—¿Qué estás haciendo aquí?

—Salvándote el trasero.

—Dios mío. Sí que estás decidido. ¿Me has seguido? ¿Hasta Costa Rica?

—Hola, yo soy Samera —Sam le ofrece la mano.

—Vine por mi cuenta —dice mientras le estrecha la mano.

—No me lo creo. Es demasiada casualidad.

—Me enteré de que Charles había salido de la ciudad. Su secretaria me confirmó que había reservado un billete para Costa Rica. Y entonces me enteré de que Marsha piensa venir el fin de semana. Tenía que hacer algo antes de perderles la pista.

—¿Cuándo llegaste?
—Ayer.
—¿De qué lo conoces? —pregunta Samera.
—Es el auditor del que te hablé.
—Ah. Tenías razón. Está muy bueno.
Dominic arquea una ceja.
—Sam, por favor...
Dominic mira a Sam.
—¿Ha dicho que estoy bueno?
—Oh, sí. Me dijo que eras el tío más bueno que había visto en mucho tiempo. Que...
—¡Sam, cierra el pico!
—Qué interesante.
—¿Y por qué es interesante? Bah... ¿Por qué me preocupo? Lo único que te interesa de mí es mi marido...
—¿Eso crees?
—Sí.
—Bueno, te equivocas. Quiero encontrarlo. Claro que sí. Pero no es solo eso lo que me interesa de ti.
—¿Os dejo solos un momento? —pregunta Sam.
—No —le digo.
—Sí —dice Dominic, clavándome la mirada.
Nos miramos durante uno segundos.
—¿Es esa la llave del apartamento? —me pregunta.
Yo la meto en el bolso.
—No es asunto tuyo.
—No seas grosera, Annie. Es un tío majo. Y me cae bien.
—Escucha. Te estoy salvando el trasero. No estaba de broma. Charles está en el hotel —dice Dominic.

Yo me escondo detrás de una palmera.
—¿Qué?
—Está almorzando... con una mujer.
—¿Una mujer?
—Joven, guapa. Creo que estará ocupado durante un rato.
—Una prostituta —dice Sam.
—Bueno, si vamos a hacerlo, tiene que ser ahora. Antes de que regrese al apartamento —digo.
—No vas a ir sin mí —anuncia Dominic.
—¿Y por qué no?
—Por un lado, podría serte de ayuda. Y por otro, tengo un coche. Además, me lo debes.
—Oh... ¿Te lo debo? ¿Y cómo es eso?
—Porque la mujer que está con Charles es una prostituta. Yo la contraté. En este momento le está echando algo en la bebida.
Samera se echa a reír.
—Me encanta este hombre.
Dominic me mira, esperando una decisión.
Yo frunzo el ceño, aunque en realidad siento un gran alivio.
—Vale. Vamos.

Capítulo 33

Lishelle

Solo hay una manera de lidiar con Glenn: tengo que sacarlo de la zona segura. Me sudan las manos mientras el teléfono suena al otro lado de la línea. Al tercer timbre, alguien contesta.

—¿Hola? —dice una mujer, con voz somnolienta.
—Tú debes de ser Tess.
Una pausa.
—¿Quién es?
—Oh, soy Lishelle. Una amiga de Glenn. De hecho, soy su ex. Fue hace mucho tiempo. En realidad, nos vimos hace poco cuando me llamó en Atlanta. ¿Está en casa? —termino con algo de picaresca en la voz.

Tapan el auricular, pero aún se oye algo.
—Es para ti... Lishelle... ¿A esta hora de la noche?
Glenn se pone al teléfono.
—Lishelle, hola. Es de la oficina de Atlanta.
—Me dijo que era una ex tuya —oigo decir a Tess.
Glenn se aclara la garganta.

—¿Ha habido algún cambio en el horario? Tenía la semana libre.

—Por si te estás preguntando cómo te he encontrado, te recuerdo que trabajo en una importante cadena de televisión.

—Ah.

—Te lo voy a poner fácil. Mi dinero... Tienes que devolvérmelo. Si no lo haces, este fin de semana habrá un importante titular en las noticias sobre el robo de fondos de la fundación Pide un Deseo. ¿Cómo has podido robar dinero a esos pobres niños enfermos, Glenn?

—Oh.

—Sí —le digo con sarcasmo—. Claro. Si a última hora de hoy, depositan el dinero que me falta en mi cuenta bancaria, yo haré mi trabajo y te mantendré al margen. De lo contrario...

—No volveré hasta la semana que viene.

—No es mi problema. Saca tu trasero de la cama y ve al banco. Inmediatamente. No solo tengo tu número de teléfono, Glenn. Tengo tu dirección. Y tu número de móvil. Y el de tu esposa —hago una pausa para que reflexione—. Bien, ya sé que podrías intentar huir, pero no llegarías muy lejos. Tendrías que explicarle quién soy a tu esposa, y no querrías huir con los niños.

Oigo algo similar a un gemido de terror.

—Sí. Sé lo de los niños. Seguro que tienes una familia preciosa. Haz tu parte y no lo estropearás todo —suspiro, llena de felicidad—. Bueno... Despídeme de Tess.

—Me ocuparé ahora mismo —dice Glenn apresuradamente y cuelga el teléfono.

Ojalá pudiera oír lo que le dice a su esposa. ¿Cómo va a explicarle quién soy?

Con una sonrisa en los labios, cuelgo el teléfono, pongo las manos detrás de la cabeza y me dejo caer sobre la almohada.

Aunque Glenn me devuelva el dinero hoy, de lo cual no tengo dudas, su nombre estará vinculado al escándalo. No se merece menos por todo lo que me hizo. Por fin tendré mi revancha.

—¡Sí! —doy un puñetazo al aire y río a carcajadas.

Capítulo 34

Claudia

Oigo que llaman a la puerta con insistencia y esbozo una sonrisa. Sé quién es.

Miro el reloj. Son las cuatro de la mañana.

Un poco más tarde de lo que esperaba, después de los rumores que oí en el gimnasio, todo el mundo estaba hablando de Adam y sus excentricidades sexuales, por no mencionar que Arlene canceló el compromiso.

Oh, la venganza se sirve en frío.

Pongo el bol de palomitas en la mesa y paro la película que estaba viendo.

Siguen aporreando la puerta...

Voy hacia el recibidor con toda tranquilidad y me aliso la falda... Esta falda me hace unas piernas preciosas.

Abro la puerta.

—Oh —digo, fingiendo sorpresa—. Hola.

Adam entra en la casa.

—¿Qué demonios estás haciendo?
—¿Perdona?
—No dejan de llamarme. De todas partes. La gente dice que me han visto con una *stripper*, que frecuento clubes de intercambio de parejas...
—Supongo que alguien debió de verte. Deberías tener más cuidado.
—No podías dejarme marchar, ¿verdad? Tenías que vengarte.
—Dejarte ir es una cosa. Dejarte que me humilles es otra muy distinta —niego con un dedo delante de su cara—. De eso nada.

Adam se deja caer en el sofá con una exclamación.
—Maldita sea. Y para colmo hay rumores de corrupción en la fundación. Falta dinero y no sé dónde está Charles. Marsha no contesta mis llamadas. Mi vida está deshecha. No puedo presentarme a las elecciones ahora.
—¿Y por qué me cuentas esto?

Adam se levanta y viene hacia mí.
—Porque tienes que arreglar lo que has hecho. Tienes que solucionarlo.
—Pensaba que te habías liado con Arlene por ese motivo. Para limpiar tu reputación.

Adam se queda callado.
—¿Cómo has podido tratarme así después de lo mucho que te he amado?

Siento una punzada de arrepentimiento, pero no me voy a permitir ni un momento de debilidad.
—¿Y ahora tienes el descaro de culparme por tus problemas?
—¡Sé que estás detrás de todo esto! Les has llenado la cabeza de mentiras.

—Adam, tus propias acciones te están pasando factura. Hay algunas cosas que no se pueden ocultar por mucho que lo intentes.

Me agarra de los hombros.

—Me estás haciendo daño, Adam —le digo—. No querrás que grite y despierte a mis padres. Ellos llamarían a la policía. ¿Y si la policía te arresta, cómo quedaría tu reputación?

Adam me fulmina con la mirada, respirando entrecortadamente. Entonces me suelta como si se hubiera electrocutado.

—¡Que te jodan, Claudia!

—¿Que me jodan? No. ¡Que te jodan a ti, Adam Hart! Tú te lo has buscado. Y yo voy a disfrutar viendo cómo te hundes. Y ahora, sal de mi casa.

Capítulo 35

Annelise

En cuanto entramos en el apartamento, nos ponemos manos a la obra. Samera se dirige al salón y levanta los cojines del sofá. Yo voy hacia el dormitorio y rebusco en los cajones. Dominic mira en el otro lado de la habitación.

Diez minutos más tarde, aún no hemos encontrado nada. He mirado debajo de la cama y del colchón.

—¿El baño? —pregunta Dominic.
—Podría ser.
—Fuera no hay nada —dice Samera.
—Sé que está aquí —digo al salir del baño.
—Ya he mirado en la cocina. Encima de la nevera.

Sacudo la cabeza.

—Maldita sea.
—Quizá los destruyó —dice Dominic—. Si no tiene pensado volver a Estados Unidos, no los necesita más.

—Charles no tira nada. Lo guardará en algún lugar —abro la nevera.

Hay vino blanco y zumo de naranja, pero ni rastro de los papeles.

—¿Crees que Charles los escondería en la nevera? —dice Sam.

Yo la ignoro y abro la cocina. *Voilà*.

Hay una carpeta.

—¡Sí, sí! ¡Esto es! —digo emocionada.

—¿En serio? —pregunta Samera.

Miro el contenido. Veo cifras, el nombre de la fundación...

Hojeo el documento y encuentro el contrato de compraventa de este apartamento. ¡Quinientos veinticinco mil dólares!

Al mirar el final del documento, me quedo helada. Hay una fotocopia del cheque que usó para pagar. En la esquina superior izquierda figura el código de una corporación.

Y yo sé que se trata del número de identificación de la fundación.

—¡Oh, maldito desgraciado! Estás acabado.

Dominic me quita la carpeta.

—Déjame ver.

—No tan deprisa.

—Vale —Dominic se aparta—. Pero sabes que voy a necesitarlo. Porque él está fuera del país y necesito que las autoridades locales colaboren. Además, necesito pruebas...

—Todo lo que necesitas está aquí. Todas las evidencias que lo incriminan. Pero te lo daré luego. Ahora tenemos que salir de aquí. Charles podría regresar en cualquier momento.

Yo meto las pruebas en una bolsa que he traído conmigo. Tengo una fotocopia del cheque con el que Charles pagó al agente inmobiliario. Un cheque que salió de la cuenta de la fundación.

Vamos hacia la puerta y yo miro alrededor para asegurarme de que todo está en su sitio.

Satisfecha, extiendo la mano hasta el picaporte, pero antes de llegar a tocarlo, la puerta se abre de par en par.

Es demasiado tarde para esconderse.

Es Charles.

El estómago me da un vuelco y una sensación de terror sacude mi cuerpo.

—Oh, mierda —dice Samera, detrás de mí.

—¿Ann? —me dice Charles.

No sé qué hacer.

Yergo la espalda y me preparo para hacerle frente. Ya no le tengo miedo. Además, no estoy sola.

—¿Qué estás haciendo aquí?

Su voz suena extraña. Arrastra las palabras y arruga los ojos como si tratara de concentrarse.

—Me voy, Charles. No puedes impedírmelo. No vas a interponerte...

Charles viene hacia mí. Grito y retrocedo. Charles da un traspié y se aferra a una columna.

—No me encuentro bien —murmura.

—Le está haciendo efecto —dice Samera—. Salgamos de aquí.

Yo no dudo ni por un momento. Paso por la puerta, seguida de Samera y de Dominic. No paramos de correr hasta llegar al aparcamiento. No dejo de mirar por encima del hombro, esperando verlo detrás de nosotros, pero nadie nos sigue.

—Arranca el coche —ordeno—. Tenemos que salir de aquí antes de que se dé cuenta de lo que está pasando.

Dominic se pone al volante y Samera y yo montamos detrás. El todoterreno sale disparado en dirección al hotel Marriott.

—Vaya. Estuvimos cerca.

La mirada nerviosa de Samera se vuelve una sonrisa.

—No podríamos haber estado más cerca.

—Con las pastillas que le ha dado la prostituta, podría haber dormido hasta mañana por la mañana —comenta Dominic.

—Eso no importa ahora —sonrío, victoriosa—. Se ha acabado. Y tenemos las pruebas. ¡Sí!

—Charles deseará no haber conocido a una Peyton —añade Samera—. Oh, ya lo creo.

—Recé para encontrar esto —le digo—. Durante todo el vuelo. Y también en el apartamento, justo antes de dar con ello. Espero que te parezca una estupidez. Supongo que las viejas costumbres nunca se pierden.

—No creo que sea una estupidez. No soy una fanática religiosa, pero creo en Dios.

—Choca esos cinco, hermana —le digo a Sam.

Ella ríe y me choca la palma de la mano.

—Voy a necesitar una copia de todo lo que hay en esa carpeta, para poder divorciarme, pero por lo demás, puedes quedártela.

Dominic está hojeando los documentos mientras se come una patatas fritas. Todos estamos en mi habitación.

—Esto es una prueba que lo compromete. Es justo lo que estaba buscando.

—Podrías vender la historia en Hollywood. Es tan jugosa... —comenta Sam.

Dominic suspira y cierra la carpeta.

—Veré si hay una fotocopiadora en el hotel. Si no, tiene que haber una en el pueblo.

—Claro —le digo.

Me quito la peluca y disfruto de la vista. La piscina está llena de gente. Ellos no tienen ni idea del escándalo que está a punto de estallar.

—¿Qué vas a hacer después? —me pregunta Dominic.

Yo me vuelvo hacia él y encojo los hombros.

—Ahora que tenemos la carpeta, no tengo motivos para quedarme. En realidad preferiría salir de aquí cuanto antes por si Charles averigua lo que hemos hecho.

—Y cuando lo haga no se pondrá muy contento —dice Dominic—. Tratará de desaparecer. Y por eso tengo que quedarme para vigilarlo hasta conseguir la colaboración de las autoridades para su detención.

Yo me estremezco.

—Aún no puedo creerme todo esto.

—¡Qué drama! Es emocionante, ¿eh? Mejor que quedarse en Atlanta —Samera se levanta de la cama, va hacia la mesa y toma una patata frita—. Me voy —añade.

Yo la miro.

—¿Qué? ¿Me dejas?

—Te dije que tenía una cita. ¿Recuerdas?

Me levanto del alféizar de la ventana y corro hacia ella.

—Sí, pero...

—¡Quédate con él! —me dice.

—Tú dijiste...

—Mentí. Miguel quiere que estemos solos. Dominic, te veo más tarde. Mucho más tarde.

Yo le doy un empujón de camino a la puerta.

—No le des ideas —susurro.

—Oh, no creo que necesite ayuda en ese aspecto. ¿Y qué pasa contigo? Estás a punto de divorciarte del cerdo de tu marido y Dominic está buenísimo. ¡Aprovecha!

Mi corazón empieza a latir con fuerza cuando pienso en Dominic y en mí, solos en esta habitación.

—¿Cuándo volverás? —le pregunto a Samera.

—No te preocupes. Tienes mucho tiempo —me guiña el ojo y se marcha.

Cierro la puerta y me doy la vuelta lentamente. Sonrío con timidez.

Dominic parece estar muy cómodo en el butacón. Parece un amante que espera. Ahora podría caminar hacia él muy despacio, y quitarme la ropa poco a poco.

—Mi hermana siempre sabe dónde está la marcha.

—Parece que quiere dejarnos solos.

Yo me pongo roja de pies a cabeza.

—Lo siento. Para ser una mujer anticompromiso, no hay quien la entienda.

—Me gusta.

Yo lo miro, extrañada.

—Quiero decir que es maja. Muy divertida. Pero no me gusta tanto como tú.

Se me escapa el aliento.

—Oh, creo que no deberías decirme eso.

Dominic se pone de pie lentamente.

—¿Y por qué no?

—Porque... porque...

Él viene hacia mí y no puedo pensar.

Me rodea la cintura con los brazos y me da un beso en la frente.

—Necesito saber... —le digo suavemente—. Si esto es...

Me besa en la barbilla.

—Si es real, o si es solo por Charles.

—¿Estás de broma?

—Necesito saberlo. ¿Estarías interesado en mí si yo no tuviera las pruebas que resuelven tu caso?

Él me echa la cabeza hacia atrás y me mira fijamente.

—Me atrajiste desde el primer momento. Hubiera dado igual que nos conociéramos en el supermercado, en correos, en un restaurante, en el lavado de coches o...

—Vale. Creo que lo entiendo.

—O dando un paseo por el parque. O...

—Lo entiendo.

—En un *sex shop*.

Yo me quedo boquiabierta.

—No me puedo creer que hayas dicho eso.

Él me vuelve a besar en la frente.

—Ya sabes que te estoy tomando el pelo. Pero pusiste una cara cuando te miré de arriba abajo...

Yo me cubro la cara con las manos.

—Voy a morir de la vergüenza.

Dominic se ríe.

—Oh —gimo de placer al sentir sus labios sobre el cuello.

Hundo las uñas en sus hombros.

—Me haces sentir muy, muy débil.

—Y tú me haces sentir muy, muy caliente.

Me río y apoyo la cabeza sobre su hombro.

—¿En qué piensas?

—¿De verdad quieres saberlo? Hay una parte de mí que cree que esto no está bien. Todavía estoy casada, aunque solo en el papel. Ya sé que voy a divorciarme...

—¿Pero?

—Pero es que no me he acostado con nadie en mucho tiempo.

Dominic reprime una sonrisa.

—Qué pena. Creo que tengo que ponerle remedio.

—Sí, por favor.

Dominic roza mis labios con los suyos. Entonces me besa en la comisura de los labios, en la otra... Desliza los dedos por mi pierna hasta llegar al muslo. Me acaricia el trasero y empieza a besarme con pasión. Nuestras lenguas se entrelazan en un baile de deseo. Yo enredo las manos en su cabello y él me agarra el trasero con mucha fuerza, apretándome contra su abultada braqueta.

—Oh, Dios —tiro de su camisa y se la saco por fuera de los pantalones—. No me hagas esperar, Dominic.

Pongo las manos sobre su pecho y le beso la barbilla.

—No me hagas...

Él me desabrocha la camisa y me toca los pechos. A través del sujetador, pasa los pulgares por encima de mis pezones, que se endurecen al instante.

Me quito el sujetador a toda prisa.

—Tócame, bésame... Por favor —le digo.

Él cubre uno de mis pezones con su boca y empieza a chupar. Yo grito de placer.

—Oh, cariño. Eres... —me chupa el otro pezón y yo gimo una vez más—. Perfecta.

Dominic se pone de rodillas y desliza las manos hasta mis caderas. Sus labios recorren mi vientre hasta llegar al ombligo, donde hunde la lengua. Desliza una mano por mi entrepierna.

Yo cierro los ojos al sentir su mano en la vagina. Él juguetea con mis labios íntimos y mete un dedo dentro de mi sexo, dos... Yo le agarro la cabeza.

Las piernas me tiemblan.

—Dominic...

Él mueve los dedos cada vez más deprisa y yo empiezo a jadear. Me levanta la falda.

—Quiero besarte, probarte —me dice.

—Y yo quiero que me hagas el amor.

Le tiro de la camisa y lo hago incorporarse. Él se lleva los dedos a la nariz y aspira mi esencia. Entonces se chupa los dedos, lentamente, sin dejar de mirarme ni un segundo.

Yo lo rodeo con los brazos y lo beso con frenesí. Me aprieto contra su erección palpitante.

Un instante de cordura me hace detenerme. Me aparto de él.

—¿Tienes preservativos?
—No.

Gimo, frustrada. Y entonces me acuerdo de mi hermana. Ella tiene que tener preservativos en su equipaje.

—Mi hermana. Seguro que tiene alguno en la maleta. Por lo menos habrá veinte.

Dominic se resiste a soltarme la mano, pero finalmente me deja acercarme a la pequeña maleta roja de Samera. Busco rápidamente y encuentro un paquete de condones enseguida.

Me doy la vuelta, sonriente. Dominic ya se ha quitado la camisa y se está sacando los pantalones. Yo hago lo mismo.

Él se sienta en el borde de la cama y extiende sus brazos hacia mí.

Yo me siento encima de él.

—Es un *pack* de tres —le digo.

—Suficiente para empezar.

—Pero no es suficiente para todo lo que vamos a hacer juntos.

—¿No? —me pregunta Dominic, con esperanza.

Me rodea los pechos con las manos y empieza a acariciarme los pezones. Yo me siento a horcajadas encima de él.

Soy una mujer nueva.

—De eso nada —le digo.

Le agarro el pene y siento una descarga eléctrica.

—Quiero que me hagas gritar de placer como si fuera la primera vez —le susurro al oído—. No me importa que nos oigan.

—Cariño...

Lo hago callar con un beso y me froto contra su miembro. Él gime de placer y agarra los condones.

—No —le digo—. Déjame.

Me deslizo por su cuerpo y lo beso en el ombligo. Cuando llego a la bragueta, aspiro su masculina fragancia.

Abro el paquete, saco un condón y lo desenrollo sobre su miembro palpitante.

Me siento encima de él y lo guío hasta mi vagina. Dejo escapar un gemido al sentirlo a las puertas de mi sexo caliente.

Dominic me pone las manos en las caderas y me empuja hacia abajo. La sensación me hace gritar de placer.

—Vaya, Annie. Pareces una virgen.

—Eres increíble, Dom —susurro—. Increíble...

Mis palabras se convierten en un jadeo interminable. No hay nada como sentir a Dominic dentro de mí. Él me llena por completo y toca mi alma. Con cada embestida de pasión, me alivia. Me hace sentir completa otra vez.

Juguetea con mis pezones y yo arqueo la espalda. Entonces pierdo la razón.

Empezamos a movernos más deprisa. Dominic llega cada vez más adentro y yo creo que voy a morir de placer. Mi cuerpo se tensa como un alambre...Un orgasmo sacude todo mi ser como una erupción volcánica. Grito a viva voz y tiemblo sin parar. El grito se convierte en gemidos sofocados y los ojos se me llenan de lágrimas. Llevo mucho tiempo esperando esto.

Dominic me hace mirarlo a los ojos y me besa.

—No pares —murmullo.

Yo quiero que él sienta lo mismo que yo.

Me echo hacia atrás y empiezo a menear las caderas sobre él. Le levanto una mano y me llevo un dedo suyo a la boca.

—Esto es lo que quiero hacer después —le digo, recordando mi fantasía.

Y entonces él se aferra a mis caderas y grita. Su cuerpo tiembla y él gime sin parar de moverse. Yo vuelvo a alcanzar la cresta de la ola y me hundo junto a él en un abismo de éxtasis.

Exhausta, me desplomo sobre su pecho. Nuestro aliento caliente llena la habitación.

—Cariño —me dice—. Juro que...

—Lo sé —le digo—. Lo sé.

Capítulo 36

Lishelle

—Y ahora una noticia estremecedora. Charles Crawford, subdirector de la fundación Pide un Deseo, y Marsha Hinderberg, tesorera de la organización, han sido acusados de malversación de fondos por valor de casi dos millones de dólares. Adam Hart, un rostro conocido en Atlanta gracias a su trabajo en la fundación, está siendo investigado por su presunta implicación en el escándalo. Algunos dicen que la fundación empezó a zozobrar después de sus escarceos con las drogas. Glenn Baxter, piloto de All-American, también está en el punto de mira de la policía después de haber depositado ochocientos mil dólares en una cuenta de Arizona. Desgraciadamente, toda la fundación está en entredicho.

Hago una pausa sin dejar de mirar a cámara.

—Yo soy la primera en sorprenderme ante este inesperado giro de los acontecimientos. La fundación Pide un Deseo era muy apreciada por los ciudadanos de Atlanta gracias al apoyo que brindaba a niños enfermos terminales. Espero que la organización no sufra las consecuencias de una mala gestión.

Tumbada en el sofá de Claudia, veo el reportaje completo.

Claudia aprieta el botón de pausa y todas nos quedamos calladas.

Annelise es la primera en hablar.

—Vaya.

Mi corazón late deprisa.

—Lo sé —digo.

—Lo hicimos —dice Claudia.

Otro silencio. No sé lo que están pensando mis amigas.

Annelise se echa a reír.

—¿Visteis la cara que puso Charles? Oh, Dios mío, pensé que iba a desmayarse cuando lo hicieron entrar en el furgón policial. Y Marsha... ¡De pronto le han caído diez años encima!

—Y Adam —Claudia reprime una carcajada—. Verlo huir de los reporteros no tiene precio.

—Y la mirada de horror de Glenn cuando sale del avión y ve las cámaras —me tapo la boca para contener la risa—. No me puedo imaginar lo que dirá su esposa cuando vea las noticias.

—Siento un gran alivio —dice Annelise—. Y no podría ser más feliz. Aunque no tenga ni un centavo.

Yo me vuelvo hacia ella.

—Tengo que darte las gracias por lo de Glenn. No creo que Dominic tarde mucho en averiguar que Glenn no tuvo nada que ver con el escándalo, pero por lo menos ahí están las imágenes. Esa es la mejor venganza. Cómo se habrá quedado. Le dije que quería el dinero el viernes, pero no me hizo la transferencia hasta el sábado.

—Oye —dice Claudia—. Se lo advertiste.

—No me puedo creer que haya estado en Costa Rica hace unos días. Estamos a martes, y la historia ya está en los medios. Charles ha vuelto a Estados Unidos y pronto irá a la cárcel.

—Cariño, voy a llevarte a ver a mi tío, el abogado experto en divorcios. Creo que puedes sacar algo de la casa, aunque tengan que venderla por todo este asunto. Aunque no estoy muy segura de eso, porque Charles la compró antes de empezar a robar dinero de la fundación.

—Todo saldrá bien —le digo a Annelise—. Créeme.

Ella sonríe.

—Yo también lo creo.

—Oh, creo que ya no está hablando de la casa.

—A juzgar por esa sonrisa, creo que está pensando en Dominic —digo su nombre con un suspiro, como una colegiala.

—Me ha llamado hoy. Y ayer también. Y todos los días mientras estuvo en Costa Rica. Creo que le gusto de verdad.

—Claro que sí —Claudia entorna los ojos, bromeando.

—Nunca pensé que podría sentirme así. Tan...

—¿Renovada sexualmente? —sugiero.

Annelise sonríe.

—Eso también. Pero iba a decir «feliz». No me había dado cuenta de lo infeliz que había sido con Charles hasta que conocí a Dominic.

—Entonces debe de estar bien dotado.

—¡Claudia!

—¿Acaso lo niegas?

Annelise se echa a reír.

—No tengo quejas de la anatomía de Dominic. Está...

—Muy bien dotado —digo.

—Sí —admite Annelise—. Y es genial en todos los aspectos. Aunque las cosas no salgan bien entre nosotros, le estoy tan agradecida por aquella noche en Costa Rica...

—Te ha puesto en forma —dice Claudia.

—¡Ya lo creo!

—¿Y tu hermana? ¿Has tenido noticias de ella?

Annelise sacude la cabeza.

—No la entiendo. Dice que está enamorada de Miguel —Annelise sacude la cabeza sin dejar de sonreír—. Dice que ahora sabe de qué va el tema —se encoge de hombros—. Le doy diez días para que regrese a Atlanta. Pero nunca se sabe.

—Sí. Nunca se sabe —digo yo—. Hay algunos tíos majos por ahí. No puedo creer que haya dicho eso después de lo de Glenn, y lo de Adam, y lo de Charles...

—Es que no quieres que Glenn o cualquier otro te quite la esperanza —me dice Claudia—. Eso sería lo peor de todo.

Agarro mi copa de Martini. Sé que Claudia tiene razón. ¿Quién sabe si conoceré a mi media naranja? No puedo perder la esperanza.

—Siempre hay que tener esperanza —dice Annelise—. Mirad cómo ha mejorado mi relación con mi hermana en dos días. Estamos más unidas que nunca. ¿Y quién me hubiera dicho que conocería a alguien como Dominic?

—Tienes toda la razón —dice Claudia.

—Disfrútalo —digo yo—. Te lo mereces.

Nos quedamos en silencio mientras nos bebemos los Martinis.

—¿Sabéis lo que me resulta raro? —dice Claudia.

—¿Qué? —le pregunto yo.

—Me he desquitado y pensaba que me sentiría mucho mejor, pero estoy vacía por dentro. Sí, me he vengado de Adam, y me alegro de saber que ya no me puede hacer daño, pero me falta algo. ¿Sabéis lo que quiero decir?

Annelise se queda pensativa.

—¿Es que quieres ir al programa de Oprah o algo así?

—No. No es eso —se le iluminan los ojos—. Ya sé. ¡Tenemos que hacer algo por los niños!

Un cálido sentimiento me recorre el corazón.

—Me has leído el pensamiento.

—Tenemos que sacar algo bueno de todo esto —dice Claudia—. La venganza es dulce, pero...

—Ayudar a los niños es mucho mejor —dice Annelise—. Oh, chicas. Es una gran idea.

—¿Y cómo lo hacemos? —pregunta Claudia.

—Podemos pedir ayuda en los medios —digo yo—. Yo puedo hablarlo en la cadena. Podría ser algo a escala nacional.

—Sí, sí —dice Annelise, agitando las manos—. Podemos ayudar a tantos niños...

—Lo sé —digo.

La idea de sacar algo positivo de lo negativo hace que todo haya merecido la pena.

—Esto es perfecto —dice Claudia— .Estoy a punto de llorar al pensar en todos los niños a los que ayudaremos.

Yo levanto la copa.

—Un brindis, por la amistad que nunca muere. La amistad que te hace levantar cuando más lo necesitas. Las amigas con las que puedes contar sin tener que pedirlo. Las amigas que saben que es mejor dar algo de ti antes que ajustar cuentas —hago una pausa, emocionada—. Y también brindo por nosotras, porque hemos salido adelante y nos hemos librado de las alimañas. Brindo porque nunca perdamos la esperanza, y también porque encontremos el amor verdadero —respiro hondo—. Bueno, creo que eso es todo.

—No podrías haberlo dicho mejor —añade Claudia.

—No. Es perfecto —dice Annelise.

—Ya lo creo —digo yo.

Y entonces chocamos nuestras copas y brindamos por la amistad... y por un mañana mejor.

TÍTULOS DE LA COLECCIÓN

MEGAN HART
Dentro y fuera de la cama

SARAH McCARTY
Placer salvaje

NANCY MADORE
Cuentos para el placer

JINA BACARR
Placer en París

KAYLA PERRIN
Tres mujeres y un destino

MEGAN HART
Tentada

SARAH McCARTY
La llamada del deseo

AMANDA McINTYRE
Diario de una doncella

www.ingramcontent.com/pod-product-compliance
Lightning Source LLC
LaVergne TN
LVHW091620070526
838199LV00044B/878